Desert Tears

사막의 눈물 2

어느 한국인 용병 이야기

일러두기

1. 네멩게공화국은 중부아프리카에 위치한 가상의 국가이다.

2. 따라서, 이 책에 나오는 네멩게공화국과 관련된 내용은 모두 작가가 지어낸 허구이다.

3. 다른 사건들 역시 현실과는 아무 관련이 없다.

Desert Tears
사막의 눈물 2

어느 한국인 용병 이야기

윤충훈 지음

판테온하우스
Pantheonhouse

1부

2부

- **CH-47 치누크(Chinook)** : 동체에 앞뒤로 배열된 2개의 3엽 회전날개가 서로 반대로 회전하면서 균형을 이루고 추진력을 발생하는 탠덤회전날개식 헬리콥터. 최대내부 적재량 12,944kg, 외부견인능력 12,700kg, 이륙중량 22,680kg, 최대순항속도 259km/h, 항속거리 1,207km.

- **Mi-8** : 러시아제 헬리콥터. 전장 18.17m, 전폭 2.50m, 전고 5.65m, 기체중량 7,260kg, 순항속도 180km/h, 최대속도 260km/h, 실용상승속도 4,500m, 항속거리 445~500km, 출력 1,700hp 엔진 2기 탑재, 무장 55mm 로켓포드 4문, 대전차 미사일 탑재 가능.

- **BTR-70** : 러시아에서 개발한 차륜형 수륙양용 장갑차. 중량 11.5t, 길이 7.535m, 폭 2.8m, 높이 2.32m, 차체구조는 강판용접 구조. 장갑두께 9~7mm, 동력장치 6기통 가솔린 엔진 2기. 엔진 1기 출력 88kW/120마력, 변속장치 수동변속기(전진 4단, 후진 1단), 최고속도 80km/h(도로), 10km/h(수상). 연료탑재량 350리터, 최대항속거리 600km(도로), 부상도하능력 있음, 수직 장애물 통과능력 0.5m, 참호통과능력 2m, 승조원+탑승병력은 11명.

- **BTR-80** : 탑승인원 10명(승무원 3명+전투병 7명), 중량 13,600kg+3%, 톤당 마력수 19.1hp/t, 엔진 260마력, 타이어 tubeless 공기타이어, 전장 7.65m, 전폭 2.9m, 전고 2.35m, 지상고 475mm, 최고속도 80km/h(도로), 20~40km/h(야지), 수상속도 9km/h, 주행거리 600km(도로), 200~500km(야지), 수상주행시간 12시간, 등판각 30도, 수직

장벽 0.5m, 통과폭 2m.

- **M-47** : 1951년 미국에서 생산, 미국을 비롯해 독일 · 프랑스 · 그리스 등 세계 여러 나라에서 운용했다. 중량 46t, 시속 48*km*, 항속거리 128*km*. M36형 90*mm* 포 1문과 12.7*mm* M2 기관총 1정, 7.62*mm* 기관총 2정 등으로 무장.

- **M-48** : 1950년대 미국 크라이슬러가 M47을 대체하기 위해 개발된 주력 전차. 중량 44.6t, 시속 48*km*, 항속거리 110*km*, 탑승인원은 승무원 4명.

- **M-60** : 최고속도 48.3 km/h, 항속거리 480km, 주무장 105mm포, 부무장 12.7mm 기관총/7.62mm 기관총 2정.

- **T-54/55** : 러시아에서 개발된 주력전차. 최고속도 55km/h, 항속거리 500km, 주무장 100mm포, 부무장 7.62mm, 기관총 2정.

- **T-72** : 1973년 구 소련 육군이 채택한 주력전차. 무게 41t, 최고속도 60*km*/h, 항속거리 500*km*. 주무장 125mm 활강포, 부무장 7.62mm 기관총 2정.

- **M-40 106mm 무반동총** : 미국제 대전차 무반동총. 통상 차량에 탑재해서 운용. 무게 196.85kg, 길이 340.36cm, 강선수 36조. 우선유효사거리 1,100m.

- **CZ-75** : 체코에서 만든 자동권총. 9mmx19mm 탄 사용. 총 장탄수 15발.

- **M2 브라우닝 50구경 중기관총** : 미국에서 개발한 중기관총. 구경 12.7*mm*, 길이 165.0*cm*, 무게 38.2*kg*, 최대사거리 6,800m, 유효사거리 1,830m.

- **SVD 드라구노프** : 러시아 에비제니 F 드라구노프가 설계한 대인저격총. 작동형식 가스자동식/회전노리쇠방식/반자동, 강선 4조우선, 전장 1,255mm, 무게 4.31kg, 탄속

830m/sec, 구경 7.62mmx54, 총신 610mm, 탄창장전수 10발, 유효사거리 1,000m, 최대살상가능거리 3,800m.

- **M-79** : M-79 유탄발사기. 구경 40mm, 길이 730mm, 무게 2.72kg, 사거리 300m.

- **G3** : 독일 헤클러&코흐사에서 제작한 보병용 소총. 구경 7.62*mm*, 길이 102.5*cm*, 무게 4.4*kg*, 강선 4조 우선, 유효사거리 400m.

- **TOW 대전차 미사일** : 미국에서 개발된 대전차 미사일. 무게 22.6kg, 직경 14.9cm, 길이 121.9cm, 탄두중량 12.4kg, 비행시간 21초, 장갑관통능력 800mm, 최대유효사정거리 3,750m.

- **AGS-17 30mm 유탄기관총** : 탄약 30mm, 포구속도 185m/s, 무게(삼각대 및 사이트 포함) 31kg/본체 12kg, 발사속도 분당 400발, 사정거리 1,700m, 유탄 무게 350g, 유탄 비행무게 275g, 살상범위 71~112 m^2.

- **PKM(PK 다목적 기관총)** : 러시아의 칼라슈니코프가 개발한 다목적 기관총. 구경 7.62×54 mm, 작동방식 가스작동식, 총열 658mm, 전장 1,178mm, 중량 8.99kg, 총구속도 825m/s, 유효사거리 1,000m.

1부

- **FN-FAL** : 벨기에 FN사에서 만든 7.62mm 구경 보병용 소총.

- **M-16** : 미국에서 개발한 5.56mm 구경 보병용 소총.

- **M-249 기관총** : 벨기에 FN사에서 만든 FN Minimi 분대지원화기. 구경 5.56mm.

- **M-9 베레타** : 이탈리아 베레타사에서 개발한 9mm 권총.

- **45구경 콜트** : 미국 콜트사에서 개발한 45구경(11.43mm) 권총.

- **KA-Bar** : 미해병대의 전투용 및 다용도 칼. 전체길이 310mm, 칼날길이 180mm, 칼날 재질 고강도 탄소강, 핸들재질 적층가죽.

- **M-113** : 미국에서 개발한 병력수송 장갑차. 무게 12.3t, 길이 4.863m, 폭 2.686m, 높이 2.5m, 승무원 2명+11명 탑승, M2 50구경 중기관총 무장.

- **BMP-1 · BMP-2 · BMP-3** : BMP계열 장갑차는 러시아가 개발한 현대식 개념의 보병 전투장갑차로 BMP-1에는 73mm, BMP-2에는 20mm, BMP-3에는 100mm 포가 장착되어 있다.

- **RPG(Rokect Propelled Granade)** : 구 소련에서 개발한 대전차 로켓 발사기의 총칭. 수많은 개량형이 있으며, 저렴한 가격과 쉽게 구할 수 있기 때문에 가장 광범위하게 사용되고 있다.

- **AK-47** : 러시아의 미하일 칼라시니코프가 설계한 돌격용 소총. 구경 7.62*mm*, 길이 86.9*cm*, 무게 4.3*kg*, 최대사거리 1,500m, 유효사거리 300m.

- **UH-1** : 미국제 헬리콥터. 무게 2,517kg, 넓이 14.62m(로터 직경), 길이 17.46m, 높이 4.53m, 실용상승고도 6,097m, 최고속도 226km/h, 항속거리 517km, 승무원 2명 탑승.

- **UH-60 블랙호크** : 미국제 헬리콥터. 엔진 1,800마력, 최대순항속도 257*km*/h, 최대

항속거리 592*km*, 탑승인원은 승무원 3명+무장병력 11명.

•**수퍼푸마/쿠거 헬리콥터** : AS332/AS532는 AS330 푸마로부터 발달한 대형 수송용 헬기. 1990년 모든 군사용 수퍼푸마의 제식번호가 AS 332 수퍼푸마에서 AS532 쿠거로 변경됐다. 민간용과 군용을 구별하기 위해서였다. 소설에 나오는 프랑스군의 쿠거헬기와 칼리프사의 수퍼푸마는 같은 기종이며, 군용와 민간용의 차이가 있을 뿐이다. 메인로터 직경 16.20m, 전장 19.50m, 전고 4.97m, 총중량 9,750kg, 최대속도 327km/h, 항속거리 850km, 탑승인원은 승무원 2명+무장병 24명.

•**RQ-1 프레데터** : 미국이 개발한 무인정찰기 및 공격기. 날개길이 14.84m, 동체길이 8.23m, 비행고도 7.6*km*, 행동반경 900*km*, 비행시간 약 24시간(약 204*kg*의 화물탑재 시), 대당 가격은 약 2,500만 달러(약 325억 원).

•**R66** : 미국 로빈슨 헬리콥터사에서 개발한 5인승 민간용 헬리콥터.

•**C-123** : 미국 페어차일드사에서 제작한 쌍발수송기. 최대속도 367km/h, 순항속도 278km/h, 행동반경 5,279km, 한계고도 9,560m, 기체무게 16,043kg, 날개길이 33.53m, 본체 길이 23.92m, 높이 10.39m.

•**AC-130** : C-130을 화력 지원용으로 개조한 항공기. 105*mm* • 40*mm* • 25*mm* 포를 측면에 장착하고, 일정지역 집중 공격이 가능하다. 길이 29.8m, 높이 11.7m, 최고속도 마하 0.4, 비행가능고도 7,576m, 항속거리 2,400*km*, 탑승인원은 승무원 13명(AC-130U).

•**G3SG1** : 독일 Heckler&Koch사가 G3 소총을 저격용으로 개조한 소총. 작동형식은

지연 블로우백/반자동. 전장 1,025mm, 무게 5.54kg, 탄속 830m/sec, 구경 7.62m/51mm, 총신 450mm, 탄창장전수 5/20발, 발사속도 550발/min .

- **AT-4 대전차로켓** : 스웨덴에서 개발하고 미군이 채택한 대전차로켓. 길이 1,020mm, 무게 6.7kg, 구경 84mm, 포구속력 290mps, 길이 460mm, 무게 1.8kg 최소 사거리 30m, 최대사거리 2,100m, 유효사거리 300m, 관통력 400mm, 비행시간 250m, 1초 미만 포구속력 초당 285m.

- **M-72 66mm 로켓** : 미국이 1960년대 개발한 대전차로켓. 보병용으로 가벼우며 일회용이다. 중량 2.3kg, 런처길이 881mm(열었을 때)/630mm(닫았을 때), 지름 124mm, 로켓구경 66mm, 장갑관통력 300+mm, 길이 508mm, 중량 1kg, 초구 속도 144.8mps, 최소발사거리 10m(전투시), 최대사정거리 1,000m, 유효사정거리 200m(고정목표)/165m(이동목표).

- **M-4 Carbine** : M-16소총의 단축개량형. 구경 5.56mm, 전장 75.7cm~83.8cm, 중량 2.6kg.

- **M1919 브라우닝 30구경 경기관총** : 구경 7.62mm, 길이 104.1cm, 무게 14.05kg, 최대사거리 3,500m, 유효사거리 1,000m.

제1장

No Guts, No Glory

"죽지는 않았는데, 허벅지에 파편이 박혔어!"

레드가 말했다. 자신의 혁대를 풀어 히지가타의 허벅지를 단단히 지혈한 레드는 자기 위치로 돌아가다 근처에서 일어난 폭발로 갑자기 쓰러졌다. 60mm 박격포탄이었다. 고통스런 신음소리를 내며 얼굴을 감싸고 꿈틀거리는 것으로 봐 아직 죽지는 않은 것 같았다. 에드워드 영은 레드를 살피기 위해 기관총으로 적들을 저지하며 이동했지만 부상자가 연달아 2명이나 발생하자 곧바로 화력이 약해졌음을 눈치챈 반군들이 물밀듯이 밀려왔다. 이런 상황에서는 레드에게 다가갈 수 없었다.

"레드, 조금만 참아!"

에드워드 영은 탄통의 총알을 모두 꺼냈다. 30여 발 정도 남아 있었다. 3~4발씩 끊어 쏘았지만 채 1분도 넘기지 못했다. 노리쇠가 텅 빈 약실을 공허하게 두드리는 금속음이 울리자, 옆에 있던 히지가타의 총을 들고 다시 반군을 향해 쏘아대기 시작했다.

그 때였다. 반군들 사이로 거대한 불기둥이 연속해서 솟아올랐다. 혼비백산한 반군들이 허둥대기 시작했다. 엄청난 맷집과 화력으로 유명한 러시아제 공격헬기 Mi-24 하인드 2대가 반군들을 철저히 농락하고 있었다. 반군의 BMP-3는 이미 불타고 있었으며, 반군들은 소이로켓과 기관포에 의해 불태워지고 갈가리 찢겨지고 있었다.

Mi-24 하인드 1대가 주위를 돌아다니며 잔적을 소탕하는 사이, 또 다른 하인드 1대가 하늘에서 내려와 병력들을 내렸다. 익숙한 얼굴들이 보였다. 트래비스 중령과 인디고였다.

"꼭 이런 식으로 영화를 찍어야 합니까?"

에드워드 영이 허탈한 웃음을 지으며 말했다.

"늦어서 미안하네. 공격용 헬기를 부르느라 좀 늦었네."

"부상자들을 빨리 후송해주십시오."

곧이어 의무대원을 싣고 도착한 푸마 헬기 2대가 히지가타와 레드를 실었다. 둘의 부상을 살핀 인디고가 말했다.

"히지가타는 잠시 실신했었지만 괜찮아. 다리 부상도 중상은 아니고. 레드도 얼굴과 눈 주위가 찢겨졌긴 하지만 심하지는 않

아. 이만하니 다행이야. 캡틴도 등을 다친 것 같던데 좀 어때?"

"난 견딜만해."

잠시 후 푸마 헬기 2대가 먼저 출발했다. 남은 사람들도 하인드 헬기에 올랐다. 트래비스가 생존자 3명에게 시가를 건넸다.

"쿠바산이야."

에드워드 영은 기분 좋게 시가를 피워 물었다. 진한 향이 코와 입 안 가득 퍼졌고, 한껏 들이마신 연기는 폐부 깊숙이 스며들었다. 잠시 헬기 좌석에 기대 아무 생각 없이 시가의 향을 즐겼다.

다시 눈을 떴을 때 헬기는 스탠리산을 넘고 있었다. 반쯤 타버린 시가를 밖으로 집어 던진 에드워드 영이 트래비스에게 물었다.

"그런데 저 놈들이 왜 이리 악착같죠? 윌리엄 소령이 무슨 짓을 한 겁니까?"

트래비스는 대답 대신 껄껄거리며 웃었다.

"도대체 무슨 짓을 한 거죠?"

재차 묻자 트래비스가 웃으면서 설명을 시작했다.

콩고민주공화국 북동부 일대를 장악하고 있는 최대 반군세력의 우두머리인 은쿤다는 아프리카 대호수지역의 안정을 원하는 미국과 아프리카 국가들의 공적 1호였다. 그러나 콩고민주공화국 정부군 병력 2만 명이 투입됐음에도 1만 명에 이르는 은쿤다의 반군세력을 소탕하지 못하고 있었다.

아프리카에서의 영향력 확대를 모색하던 미국은 대호수지역의 평화정착을 첫 번째 과제로 선정하고, 콩고민주공화국의 카

빌라 대통령을 도와 모종의 군사작전을 계획한 후 실행에 옮겼다. 그것은 다름 아닌 은쿤다의 오른팔로 무기거래와 밀렵 등 자금조달을 담당하는 티모시 음베를 납치, 사살하는 것이었다. 하지만 정글 속에서의 비밀작전은 몇 차례 실패로 돌아갔고, 드디어 어제 알-카에다 세력을 소탕하는 윌리엄 소령에게 사살되었다. 우연한 기회에 알-카에다와 함께 제거된 것이다.

"자네가 먼저 장소를 이탈하고 난 후 무라트 고크타스와 함께 나타났지. 그런데 윌리엄 소령은 그 놈인지 몰랐다는 거야. 본부에 돌아와 사령부로부터 연락을 받고나서 깜짝 놀랐지."

에드워드 영과 오렌지, 블루는 허탈하게 웃었다. 달리 할 수 있는 일이 없었다. 우연한 사건의 연속이라는 생각만 들었다. 이렇게 짧은 시간 동안 얼마나 많은 우연과 실수가 연결되어 있을까? 반군들이 악착같았던 이유를 이제야 알 것 같았다.

일행을 쳐다보던 트래비스가 덧붙였다.

"이번 전투로 반군의 피해가 상당할 거야. 정부군의 소탕전에도 도움이 될 걸세. 결과적으로 대호수지역의 평화안정에 이바지한 셈이지."

해당국가가 하지 못한 일을 용병이 도와준다는 것도 참으로 웃긴 일이었다. 대호수지역의 평화를 바란다는 미국의 외교적 수사가 과연 불쌍한 난민들과 학살당하고 잡아먹히는 피그미족들과 무슨 관계가 있을까? 인도주의와 환경을 생각한다는 서구 문명사회가 이제는 마운틴고릴라보다 인간을 더 생각한다는 것일까?

에드워드 영은 자신이 코미디 영화의 주인공처럼 느껴졌다.

"미국이 기분 좋게 포상금이라도 준답니까?"

오렌지가 물었다.

"윌리엄 소령이 건의해보겠다는군. 돈을 준다면 자네들에게도 보너스를 지불하겠네."

미군들이 저지른 일의 마무리를 자신들이 했으니 당연히 돈을 받아야 했다. 뭐, 안 줘도 할 말은 없지만.

"그런데 윌리엄 소령은 왜 여기 안 왔죠?"

에드워드 영의 물음에 트래비스가 웃으며 답했다.

"같이 가자고 했는데, 사실을 알면 자네가 자기를 쏴 죽일 거라더군."

블루가 웃으며 말했다.

"돈이 나온다면 쏴 죽이고도 남지!"

그 말에 모두가 웃었다.

일렬종대로 늘어선 헬기는 대호수지역을 지나 네멩게로 막 들어서고 있었다.

"자, 그럼 끝난 겁니까?"

10여 분간의 위성전화 통화가 끝나자, 그룹 기조실장 차영훈이 긴 한 숨을 내쉬며 말했다. 인질로 잡혀있던 4명의 간부는 모두 무사히 구출되었다. 몸과 마음은 극도로 피곤하겠지만 별다른 부상은 없는 듯 했다. 일이 깨끗이 마무리됐으니 대책회의서부터 그룹 본사에서 숙식을 해결하며 계속 같이 지내던 8명은 이제야 홀가분한 심정이 되었다.

잠시 생각에 잠겨 있던 정보팀장 조남욱이 모처럼 찌푸렸던 인상을 펴며 입을 열었다.

"이번 일은 잘 끝난 것 같습니다. 문제는 대한방송 기자인데 귀국하면 우리가 조치를 하겠습니다. 곽 사장님, 수고 많으셨습니다."

조남욱이 말을 마치며 가볍게 목례를 하자 성창인터내셔널 곽정태 사장이 멋쩍게 웃으며 답했다.

"별 말씀을……. 두 분이 잘 도와주셔서 잘 해결되었습니다. 감사합니다."

그러나 정보팀장 조남욱과 기조실장 차영훈은 이미 뒤돌아서서 회의실을 빠져나가고 있었다. 곽정태는 식사라도 대접하려고 말을 꺼내려다 포기하고 말았다. 그 때 차영훈이 뒤돌아섰다. 뭔가 할 얘기가 남은 모양이었다.

"참, 내일 다시 연락드리겠습니다. 회장님께 직접 보고 드려야 할 겁니다. 오늘은 푹 쉬시죠."

말을 마친 차영훈이 조남욱과 함께 문을 닫고 나가자 회의실에 혼자 남겨진 곽정태는 넥타이를 거칠게 풀며 말을 내뱉었다.

"정나미 떨어지는 놈들!"

서류가방을 열어 어젯밤에 갈아입은 속옷과 양말을 급히 집어넣은 그는 텅 빈 회의실을 둘러보며 혼잣말을 내뱉었다.

'다시는 이런 일로 안 왔으면 좋겠군.'

그리고 서둘러 빈 회의장을 빠져 나왔다. 사우나에 가서 깨끗이 씻고 싶었다.

김중택이 눈을 떴을 때 앞에 보인 것은 위에서 돌고 있는 커다란 선풍기뿐이었다. 그는 눈만 끔뻑거리며 그동안 무슨 일이 있었는지 더듬었다. 에드워드 영에게 구출되어 헬기를 타고 네멩게 트래비스 경비 서비스로 왔다.그 때가 새벽 2시였던가? 그리고 다시 코퍼스타운의 작은 호텔로 옮겨 샤워를 한 후 로간 박사의 진찰을 받았다. 그리고 진정제를 먹고 지금까지 잤다.

돌아가는 선풍기를 보면서 어제 있었던 일을 되짚어보았지만 그 뿐이었다. 몸을 일으켜 왼손에 꽂혀있던 링거 주사기를 뽑아낸 그는 모기장을 걷고 호텔방의 창문을 열었다.

그의 방은 호텔 맨 위층이지만 6층 높이 밖에 되지 않아 아래에 있는 시장에서 오가는 사람들이 잘 보였다. 네멩게에 온 것은 이번이 두 번째였지만 왠지 낯설지 않았다.

전형적인 아프리카 시장의 모습이었다. 큰 칼로 고기를 썰어 팔고, 갖가지 열대과일과 수입한 중고 옷들을 내놓고 흥정을 하며, 시원한 음료를 비닐에 담아 팔고 있었다. 머리에 짐을 이고, 등에 아기를 업고, 아이의 손을 부여잡은 채 장을 보는 여인들과 땀을 뻘뻘 흘리면서도 뭐가 그리 즐거운지 웃고 떠들며 노는 아이들……. 세상 어디에서나 흔히 볼 수 있는, 사람 사는 모습이었다.

하지만 저들도 자신들과 다른 사람들에게 잔인할 때가 있을 것이다. 억울한 일을 당했든, 단순히 오해를 했든, 자유와 해방을 위해서든, 가족을 먹여 살리기 위해서든 간에, 저 칼로 고기를 썰듯이 사람을 썰 때가 있을 것이고, 그렇게 죽인 사람의 옷을 벗겨 팔고, 돈을 뺏어 음식을 사 먹을 수도 있을 것이다. 또 마냥 천진하게 웃고 떠드는 저 아이들도 총을 쥐면 충분히 사람을 쏘아 죽일 것이다. 무라트 고크타스와 찰스 배넷이 천사의 얼굴로 다가왔듯, 저들의 순박함 뒤에도 잔인한 면이 숨어있을 것이다. 그리고…… 그리고, 누구보다도 김중택 자신도 그럴 것이다.

"김 이사, 일어났군."

상념에 빠져있는 사이 장석환 이사가 방 안에 들어와 있었다.

"몸은 괜찮으십니까?"

장석환이 미소를 지으며 힘없이 물었다.

"괜찮네. 다른 친구들은 잠이 부족한 모양이야."

헬기를 타고 오는 동안 네 사람은 서로 부둥켜안고 울었다. 죽음의 공포에서 벗어나자 갑자기 서러움이 북받친 것이다. 남자의 자존심 따위도 필요 없었다. 서로의 안위를 묻고, 손을 붙잡으며 스스럼없이 눈물을 흘렸다. 이제 상황이 달라지자 그 때의 기억이 부끄러워진 것일까? 몸에 밴 격식 있는 태도가 다시 나오려고 했다.

"좀 앉으시죠."

김중택이 선배에게 자리를 권하자, 장석환이 침대에 자연스럽게 앉아 팔짱을 끼며 입을 열었다.

"김 이사, 나 더 이상은 이 일을 못하겠어."

순간, 아무 생각도 나지 않았다. 아직 나이 오십도 되지 않은 유력한 사장 후보인 그가 왜 이런 말을 주저 없이 하는지 이해할 수 없었다. 장석환이 말을 이었다.

"이번 일 때문만은 아닐세. 예전부터 조금씩 느껴왔던 거야."

장석환은 바닥에 시선을 고정한 채 힘없이 미소를 띠고 있었다. 뭔가 중요한 것을 포기한 것 같은 표정이었다.

김중택은 가까스로 할 말을 찾았다.

"한국에 돌아가서 같이 이야기를 해보시죠. 아직 충격이 가시지 않아서……"

그러자 장석환이 웃으면서 김중택을 바라보고 말했다.

"아니, 이미 본사와는 통화를 했네. 결심을 굳혔어, 더 이상 하고 싶지 않아. 내가 어떤 사람인지는 자네도 잘 알지 않나?"

물론 잘 안다. 스탠포드 MBA 출신에 영어와 일어, 프랑스어까지 능통한 일 중독자에 해외자원개발의 첨병, 무슨 일을 하건 성공시키고 마는 진정한 프로, 그리고 차기 성창물산 사장이 될 것이 유력한 회사의 핵심이자, 자신의 역할모델인 사람…… 비록 경쟁자지만 유일하게 존경할만한 사람이 바로 그였다. 그런 그가 왜 회사를 그만 두려는 것일까? 고지를 바로 눈앞에 남겨둔 채.

"그래서 말인데, 30분 뒤에 네멩게공화국 경제장관이 온다네. 우리를 만나고 싶어 한다는군. 자네가 가보게. 그리고 곽정태 사장한테도 연락해봐. 위성전화는 맥그루더 상사에게 말하면 되네."

"예, 알겠습니다."

갑자기 달라진 화제에 당황한 김중택이 얼떨결에 답하자, 장석환은 할 말을 다 했다는 듯 일어나서 나가려고 하다가 주저하듯 멈춰서 뒤돌아보며 말했다.

"혹시나 해서 말인데……."

잠시 뜸을 들이더니, 다시 그가 입을 열었다.

"기업은 정치를 이용할 수는 있지만 직접 행하면 위험해, 명심하게."

그리고 문을 열고 나가버렸다.

로비에 있던 맥그루더 상사가 다가왔다. 평상복에 전투조끼를 걸치고 야구모자를 쓴 마치 평범한 동네 아저씨 같은 모습이었다. 권총 역시 보일 듯 말 듯 허리에 차고 있을 뿐이었다. 선글라스를 낀 그의 모습이 멋있어 보였다.

"김 이사님, 탄지 장관께서 기다리고 계십니다. 제가 안내하죠."

맥그루더 상사가 안내한 곳은 그리 넓지 않은 호텔 로비의 창가에 있는 작은 테이블이었다. 비서로 보이는 젊은 흑인이 하나 서 있었고, 탄지는 앉아 있다가 김중택을 보고 일어나 손을 내밀며 반갑게 맞았다. 맥그루더 상사가 돌아가고 3명만 남게 되자 간단한 인사가 있은 후 탄지가 본격적인 말을 꺼냈다.

"며칠 동안 있었던 일은 트래비스 중령을 통해 들었습니다. 일이 잘 해결됐다니 천만다행입니다. 경황이 없으실 테니 본론만 말씀드리죠."

요지는 네멩게와 한국의 경제협력 및 대사급 외교관계 수립 요청이었다. 아직 내전이 끝나지 않았고, 주변국들과의 마찰이 계속되고 있지만 경제개발을 위해서는 해외자본의 투자유치와 네멩게의 자원개발이 이루어져야 하는데, 서구 열강에 대한 반감과 세계적인 경제불황, 투자 위험으로 인해 문제가 많다고 했다. 그래서 한국과 같은 아시아권 국가가 투자 위험을 감수하고 협력해준다면 네멩게의 자원개발을 한국 업체에게 맡길 수도 있다는 것이었다.

"회사 차원에서는 적극 협조하도록 하겠습니다. 하지만 외교 관계 수립은…… 글쎄요, 저는 정부 관리가 아니라서 확실하게 답변을 못하겠습니다. 그런 것은 외교부에 문의해보시죠. 아마 네멩게공화국은 남아공 한국대사관에서 담당할 겁니다."

김중택의 말에 탄지가 웃으며 답했다.

"벌써 해봤소. 하지만 아직 일언반구, 연락이 없소. 우리가 앙골라나 나이지리아, 콩고민주공화국처럼 매력적이지 않다는 것이겠지요. 충분히 이해합니다. 그런 자원부국들에 더 관심이 가겠지요. 하지만 불쾌하더군요. 그러면서도 당신한테 부탁하는 이유는 우리는 선택의 여지가 별로 없기 때문이오. 그나마 남아 있던 외국 자본은 다 철수했고, 니켈광산에 투자했던 영국 회사도 떠났소. 지금은 세계 경제 위기에다 분쟁지역이라 그냥 파 가라고 해도 파 갈 사람이 없는 상황이오. 이럴 때 당신 회사라도 나서준다면 훨씬 더 좋은 조건에 계약을 맺도록 하겠소."

김중택은 힘들고 피곤한 상태였지만 사업가로서의 머리는 잘 돌아가고 있었다. 위험만 조절할 수 있다면 상당히 괜찮은 조건이었다. 탄지가 말한대로 정부가 나서지 않는다면 회사가 비집고 들어가 다른 나라가 엄두도 못 내는 곳을 차지할 수도 있을 것이다. 게다가 이곳은 트래비스 경비 서비스의 본거지니, 일이 훨씬 더 잘 될 수 있을 것이다.

네멩게의 니켈광산에 대한 이야기는 김중택도 이미 알고 있었다. 채굴량은 세계 4위지만 추정 매장량은 세계 2위라는 조사 분석결과도 있었다. 하지만 내전으로 인해 니켈 생산이 자주 중단된데다 영국 자본의 철수 이후 사실상 폐쇄된 상태였다. 그리고 지금까지 투자할 외국 자본을 찾지 못한 상태였다. 이로 인해 조금씩 나아지던 경제 상황 역시 그럭저럭 버티고 있는 형국이었다.

"다른 자원도 경제성이 있는 편입니다. 비록 자원부국은 아니지만 한국 같은 나라가 상대하기에는 아주 좋은 곳이라고 생각합니다만. 어떻소?"

탄지가 웃으며 답변을 재촉했다.

외교관계가 수립되지 않아도 사업은 충분히 할 수 있다.

"잘 알겠습니다. 정부와 정치권에 알아보겠습니다. 그리고 정 안되면 회사 차원에서라도 먼저 투자가 이뤄질 수 있도록 해보겠습니다. 조만간 다시 뵙겠습니다."

김중택이 부드럽게 답했다. 그러나 사실 어느 것 하나 약속한 것은 아니었다. 사업상 오가는 의례적인 말이었다. 하지만 탄지는 만족한 듯 환하게 웃으며 일어났다.

"고맙소, 긍정적인 답변을 기대하겠소. 잘 계시다 가시오. 혹시 무슨 일이 있으면 나를 찾으시오. 당신은 네멩게의 귀빈이자, 내 손님이니까."

네멩게 공화국 경제장관 탄지와의 만남은 그렇게 끝났다.

김중택은 맥그루더를 찾아 위성전화기를 빌려서 서울 본사와 통화를 시도했다. 그러나 시간이 늦었는지 곽정태 사장과 통화를 할 수 없었다. 다행히 그룹 기조실장과 통화를 할 수 있었다. 기조실장은 최대한 빨리 귀국하라고 종용했다. 일이 이렇게 된 이상 그도 하루 빨리 돌아가고 싶었다. 그러나 그 전에 꼭 해야 할 일이 있었다. 트래비스와 로간 박사에게 고맙다는 말을 전하고 싶었던 것이다.

"맥그루더 상사, 나를 회사로 데려가 줄 수 있습니까? 트래비스 중령을 좀 만나보고 싶은데……."

맥그루더가 미소 지으며 말했다.

"지금 회사에 안 계십니다. 정부군과 협의할 일이 있어서요. 비행기가 내일 아침 요하네스버그로 출발하는데 더 쉬시죠?"

그냥 가만있으라는 말 같았지만 억지로라도 가고 싶었다.

"로간 박사나 에드워드 영이라도 만나보고 싶은데, 괜찮겠습니까?"

이번에는 통했다. 잠시 떨떠름한 표정을 지은 맥그루더가 다시 미소를 지으며 말했다. 고객은 왕이니까 용병도 별 수 없는 모양이었다.

"뭐, 그러시죠. 캡틴은 로간 박사 병원에 있을 겁니다."

맥그루더는 바로 차량으로 안내했다. 도요타 픽업트럭에 오를 때 김중택이 다시 물었다.

"에드워드 영이 부상이라도 당했습니까?"

그러나 맥그루더는 아무렇지도 않게 답했다.

"등을 좀 다쳤는데 별 문제 없답니다. 캡틴은 잠을 못 자는데 박사님 병원에서는 잠을 잘 자죠. 자, 가시죠."

연병장은 곳곳에서 훈련 중인 용병들과 사격장에서 나오는 소음으로 인해 시끄러웠다. 김중택은 곧장 로간 박사를 찾았다. 주둔지에서 멀리 떨어진 로간 박사의 병원은 주둔지와는 달리 조용하고 아늑했다. 처음에 왔을 때는 밤이라서 잘 몰랐는데 오후의 태양 아래 서 있는 병원의 모습은 마치 경치 좋은 별장 같은 분위기를 풍기고 있었다.

박사의 사무실을 찾았을 때 로간 박사는 독서를 하던 중이었다.

로간 박사는 웃는 모습으로 김중택을 맞았다.

"간호사가 별 문제 없다고 해서 저녁 무렵에 한 번 가 볼 생각이었소. 몇 가지 간단한 검사를 했는데 네 분 모두 이상 없었습니다."

"내일 돌아가야 해서 고맙다는 말을 전하러 왔습니다. 그런데

제가 독서를 방해했군요."

"아, 괜찮소. 건강해진 환자의 방문을 받는 것보다 기분 좋은 일도 없죠."

로간 박사가 홍차를 따르는 사이 김중택은 박사가 읽고 있던 책을 슬쩍 보았다.

"마크 트웨인 자서전이군요."

김중택의 말에 로간 박사가 답했다.

"그는 재미있는 사람이었죠."

로간 박사가 건넨 홍차는 마시기 좋을 정도로 따끈했다.

"마누라 때문에 고생했던 사람이기도 했고요."

김중택의 말에 박사가 홍차를 마시려다 잔에서 입을 떼고 웃으며 말했다.

"당신하고는 말이 통할 것 같군요. 저기 누워 자는 에드워드처럼요."

박사가 가리킨 곳을 보자, 문이 열린 어두운 병실이 보였다. 문 틈으로 낮게 코고는 소리가 들려왔다.

"등을 다쳤다는데 괜찮습니까? 잠자는데 옆에서 시끄럽게 해서 미안하군요."

"등의 상처는 깊지 않아 곧 아물 겁니다. 저 친구는 이곳에서 잠을 자면 옆에서 전투가 벌어져도 모릅니다. 걱정 안 하셔도 됩니다."

그 말에 김중택이 웃자 박사도 따라 웃었다. 잠시 후로간 박사가 진지한 표정으로 김중택에게 말했다.

"그런데 네 분의 육체적 건강은 이상 없습니다만 정신 건강이 걱정되는군요. 인질로 잡혀있었던 경우, 처음에는 모르지만 그 충격이 오래갑니다. 평생을 걸쳐 진행되기도 하죠. 특히 단순납치가 아닌 테러의 경우에는 더욱 그렇습니다. 그러니 한국에 가시면 정신과 상담을 받아보십시오."

사실 그것이 로간 박사를 찾은 목적이었다.

"사실 그것 때문에 찾아왔습니다. 납치범이 정치적 · 사상적으로 접근하더군요. 그냥 제 말을 들어만 주실 수 있으십니까?"

김중택이 주저하며 부탁하자 로간 박사가 팔짱을 끼고 잠시 생각하더니 담담하게 말했다.

"심리학 학위는 없지만 의사로써 그냥 넘길 수는 없죠. 다 들어드릴 테니 편하게 말씀해보십시오."

이윽고 김중택은 자신이 혼란스러운 이유를 말하기 시작했다. 그 대화는 해가 진후에도 한참동안 계속되었다.

트래비스 경비 서비스가 제공한 보잉 737을 타고 아침 일찍 출발한 김중택 일행은 점심 무렵 요하네스버그에 도착했다. 인도를 거쳐 홍콩으로 가는 비행기가 2시에 있으니 시간이 충분했다. 네 사람이 국제선을 타기 위해 걸음을 옮기려고 할 때 흑인 소년 하나가 앞을 가로막고 영어로 말했다.

"김중택 이사님이 누구세요?"

"내가 김중택인데, 무슨 일이니?"

김중택이 앞으로 나서자 소년이 쪽지를 건넸다. 종이에는 한글로 메모가 적혀있었다.

비행기 탑승까지 시간 여유가 있을 테니, 아이를 따라서 혼자 오시죠.

– 에드워드 영

"잠시 전화를 하고 와야겠습니다. 먼저 가 계십시오."

영문을 모르는 일행이 멀뚱히 서 있는 사이 김중택은 소년을 따라갔다. 대합실은 사람이 별로 없어서 한산했지만 에드워드 영의 모습은 보이지 않았다. 그 때 관상용 수족관 뒤에서 누군가 불쑥 모습을 드러냈다. 에드워드 영이었다. 그가 흑인 소년에게 동전 몇 개를 줘서 보내자 둘만 남게 되었다.

"콜라 한 잔 하시겠습니까?"

김중택이 대답도 하기 전에 자판기에서 캔콜라 2개를 뽑아 든 에드워드 영은 멀찌감치 떨어져 있는 벤치로 자리를 옮겼다. 김중택은 선생님을 따르는 초등학생처럼 그의 뒤를 졸졸 따랐다.

"여기까지 어떻게 알고 왔죠? 같은 비행기에는 없었는데."

선글라스와 야구모자를 옆에 놓고 콜라를 한 모금 들이킨 에드워드 영이 아무렇지도 않게 대답했다.

"같은 비행기에 있었습니다. 조종석에 있었죠. 다른 사람들 눈에 띌까봐."

"그랬군요. 구해줘서 고맙습니다. 다쳤다고 들었는데 좀 어떻습니까?"

김중택의 조심스런 질문에 콜라를 한 모금 더 들이킨 에드워드 영이 김중택을 똑바로 쳐다보며 말했다.

"어제 로간 박사님을 찾아왔더군요. 잠결에 이야기를 다 들었습니다."

"자는 줄 알았는데, 깨웠군요."

김중택은 갑자기 할 말이 없어졌다. 같은 한국인이 그 이야기를 들었다는 사실이 조금 부끄러웠기 때문이다.

"코를 곤다고 다 자는 건 아니죠."

에드워드 영이 또박또박 말을 이었다.

"간단하게 내 생각을 말하죠. 무라트인지 뭔지가 했던 말은 다 개소리입니다. 그렇게 잘난 놈들이 그런 짓이나 하고 다닙니까? 깡패, 양아치들 얘기를 뭐 하러 담아둡니까? 머리에서 지우세요. 'No Guts, No Glory.' '배짱 없이는 영광도 없다는 말입니다.' 지금까지 잘 해왔으니 앞으로도 잘 하실 겁니다. 배짱 없이는 영광도 없어요."

김중택은 잠자코 있었다. 잠시 뜸을 들인 에드워드 영이 다시 입을 열었다.

"그리고 전세계 어떤 나라의 역사도 부끄러운 부분이 있고 감추고 싶은 부분이 있습니다.

어떻게 역사에서 영광만을 찾을 수 있겠습니까? 세상에 완벽하고 깨끗한 역사만을 가진 나라가 어디 있습니까? 부끄럽다고, 감추고 싶다고 역사를 소설로 둔갑시킬 수 있습니까? 완벽하고 깨끗한 역사라는 것은 또 뭡니까? 대한제국의 수치스런 멸망도, 이승만도, 박정희도 모두 우리의 역사입니다. 도덕적 판단 이전에 그냥 그 자체로 역사인 것입니다.

이곳 아프리카 흑인들도 자긍심이 강한 사람들입니다. 남들이 미개인이라고 치부하더라도 나름의 역사와 전통에 자부심을 느끼죠. 이 사람들이 원하는 게 뭔지 아십니까? 바로 경제개발입니다. 자신들도 세계 무대의 일원으로 당당히 인정받고 싶어 하는 겁니다. 해외 자원개발이 제국주의 아니냐고요? 겉으로 보기에는 그럴 수도 있죠. 하지만 이곳 사람들이 더 나은 미래로 나아가기 위해서는 어쩔 수 없는 과정입니다. 경제성장과 고등교육이 없으면 아프리카에서 민주주의는 불가능합니다. 부족 간 분쟁이 왜 발생하는 줄 아십니까? 또 나 같은 용병들이 왜 있겠습니까? 고등교육을 받은 사람이 없고 경제가 엉망이기 때문입니다. 그런 상황에서는 당연히 폭력이 난무하죠. 정 미안하면 투자한 나라에 학교라도 세우고 지원해주십시오. 주민들의 생활여건도 개선해주시고. 그러면 됩니다. 기업이 할 수 있는 것은 바로 그런 것들입니다.

무라트와 찰스 배넷은 알-카에다입니다. 이슬람 광신도들이죠. 그들이 아프리카에서 무슨 짓을 했는지 아십니까? 사하라를 건너와 흑인들을 노예로 잡아다 팔았습니다. 이곳 최초로 등장한 노예상인들이 바로 그들입니다. 그러니 그런 놈들 말은 귀담아 듣지 마십시오. 그 놈들은 역사도, 도덕적으로도 문제가 많으니까요. 심리적으로 위축된 상태에서는 뭐든 쉽게 받아들일 수 있으니, 아무 생각하지 마시고 모두 잊으십시오.”

비록 두서없이 내뱉는 말들이었지만 김중택의 머리에는 쏙쏙 들여 박혔다.

“아프리카에서 일어난 일은 아프리카에서 마무리하고 돌아가는 게 좋을 것 같아서 이렇게 찾아온 겁니다. 빨리 잊고 하던 일을 계속 하셔야죠.”

말을 마친 에드워드 영이 모자를 쓰고 일어났다.

“다른 것은 다 잊어도 이것 하나만은 기억하십시오. ‘No Guts, No Glory.’ 배짱 없이는 영광도 없습니다.”

말을 다 마친 에드워드 영은 선글라스를 쓰고 콜라를 다 마신 후 재활용 쓰레기통에 넣고는 작별인사도 없이 가버렸다. 홀로 남겨진 김중택은 에드워드 영이 남긴 말들을 곱씹었다.

‘배짱 없이는 영광도 없다.’

맞는 말이었다. 에드워드 영의 말대로 과거를 들추면 어떤 나라도 수치스런 역사가 있을 것이다. 그리고 그것이 정말 걱정된다면 주민들에게 더 잘 해주면 된다. 학교도 지어주고, 생활여건도 향상시켜주고……. 그것이 당장 할 수 있는 최선이다. 김중택은 마음을 다잡고 일어나 동료들이 기다리고 있는 국제선 터미널로 향했다.

잠시 후 김중택과 에드워드 영이 얘기를 나누던 벤치에 동양인 하나가 나타났다. 그는 말없이 재활용 쓰레기통을 뒤졌다. 다행히 음료수 캔은 하나 밖에 없었다. 비닐봉지에 캔을 넣은 그는 조심스럽게 가방에 넣었다. 누구인지는 몰라도 김중택과 한국말을 나누는 것을 보면 중요한 사람임에 틀림없었다. 분명 자신이 겪은 일과도 관련이 있을 거라는 생각이 들었다. 새로 구입한 디지털 카메라로 사진을 여러 장 찍었고, 지문이 묻은 캔도 손에 넣었으니, 그의 정체를 아는 것은 이제 시간 문제였다.

그는 조금 전 김중택이 걸어간 국제선 터미널로 발걸음을 옮겼다. 비행기 편을 알아보고 예약을 한 후 호텔로 돌아가 지문을 채취할 생각이었다. 그는 빨리 떠나고 싶었다. 더 이상 머물기에는 요하네스버그가 지겹고 무서웠다. 그는 다름 아닌 조석태였다.

제2장

현실 부적응자

세인트 조지 병원(St. George Hospital)은 요하네스버그 외곽에 있었다. 낡고 허름한 흰색 건물로 일반인들의 눈에 띄지 않으려는 병원의 방침을 잘 고수하고 있었다. 트래비스 경비 서비스가 운영하는 중상자용 병원이자 휴양소인 이곳은 유럽에서 교육받은 의사들과 최첨단 시설을 보유하고 있어 다른 용병회사의 부상자들도 자주 이용했다. 특히 전투로 인한 부상자가 많은 이유로 뛰어난 외과의가 몇 명 있었는데, 옐로우를 담당한 닥터 카진스키 역시 그 중 하나였다.

"앙골라에서 신장을 떼어내긴 했지만 수술은 성공적이었고 경과도 좋습니다. 안 그랬으면 죽었을 겁니다. 앙골라에서 잘 처치를 했더군요. 솜씨가 아주 좋았습니다. 그리고 다른 부상자들도 잘 처치되었습니다. 네멩게에서 온 다른 환자들은 2주 정도 상황을 더 지켜본 후 퇴원을 생각해보겠습니다.”

감사의 말을 전하고 닥터 카진스키의 사무실을 나온 에드워드 영은 옐로우를 만나기 위해 병실로 발걸음을 옮겼다. 다른 부상자들도 이곳으로 후송되었지만 옐로우말고는 알지도 못했고 관심도 없었다.

10인용 병실의 문을 열었을 때 한가운데 위치한 병상에서 옐로우의 목소리가 들렸다.

“어이, 캡틴! 빨리도 찾아왔군. 어서 밖으로 나가자고.”

병상에서 몸을 일으키는 옐로우를 도와 휠체어에 그를 옮겨 실은 에드워드 영은 긴 복도를 지나 정원으로 나왔다. 오른팔 하나를 통째로 잃은 흑인이 환자복을 입고 홀로 앉아 담배를 피우고 있었다. 오른팔의 옷자락을 느린 바람이 약 올리듯 살랑대며 흔들었다. 용병이라면 누구라도 저렇게 될 수 있다. 그는 앞으로 고단한 삶을 살아야 할 것이다.

깨끗하게 정리된 유럽식 정원은 이곳이 아프리카라는 것을 잊게 할 만큼 이국적이었다. 하지만 이곳을 감상하기 위해서는 비극적이게도 전투 중 중상을 입어야 했다. 그러나 잘 가꿔진 정원도 불구가 되거나 사망한 용병에게는 아무런 의미가 없었다.

한적한 곳에 자리를 잡은 에드워드 영과 옐로우는 콩고민주공화국에서 벌어졌던 전투에 대해서 얘기를 나누며 담배를 피웠다. 그런데 한참을 재미있게 떠들던 옐로우가 갑자기 심각한 얼굴로 말했다.

"이봐, 캡틴, 부상을 당했다고 쫓아내는 건 아니지?"

뜻밖의 질문이었다. 옐로우는 왜 그런 생각을 한 것일까?

"갑자기 무슨 소리야? 내가 왜 자네를 쫓아낸다고 생각하지?"

옐로우는 흥분한 목소리로 말했다.

"이 정도 부상은 아무것도 아니야. 신장 하나 없어도 문제없어. 그동안 서로 목숨을 구해주고 지냈잖아. 나 버리지마."

"이곳에서 부상자들을 보고 엉뚱한 생각을 한 모양인데 완쾌되면 바로 복귀해. 내가 왜 자네를 버리겠어?"

옐로우는 속내를 처음으로 털어 놓았다. 피비린내 나는 우간다 내전을 피해, 온 가족과 함께 탈출한 옐로우는 여기저기 떠도는 과정에서 가족 모두를 잃고 혼자 떠돌이 용병으로 살다가 몇 년 전 나미비아에서 다시 새로운 가정을 만들었다. 뒤늦게 새로 만난 아내가 근사한 식당이라도 할 수 있게 돈을 모으려면 에드워드 영과 함께 일을 하는 것이 제일 빠르다고 생각한 그는 그야말로 살기 위해 목숨 걸고 전장을 누볐다.

"불안해서 그래, 불안해서. 나는 글을 읽고 쓰지도 못해. 영어도 떠돌이 용병생활을 하면서 말만 겨우 배웠지. 나 같은 우간다 출신 흑인이 뭘 제대로 배울 수나 있었겠어? 할 줄 아는 것이라곤 싸우는 것밖에 없어. 나미비아에 있는 가족들도 나 없이는 못 살아. 그러니까 부탁인데, 나 버리지마. 퇴원하면 바로 복귀해도 되는 거지?"

"걱정말게. 우리는 전우 아닌가? 자네 자리는 비워뒀으니 몸만 좋아지면 언제든 복귀해. 쫓아내지는 않을 테니까."

에드워드 영은 옐로우에게 확신을 심어주고 싶었다. 심리적으로 불안한 옐로우가 어떻게 받아들일지는 모르지만 옐로우가 원한다면 어떻게든 데리고 있고 싶었다. 그에게 어떠한 형태로든 희망을 줄 수만 있다면 어떻게라도 해주고 싶었다.

아프리카에 가장 필요한 것은 거창한 구호에 불과한 민주정부도, 종족 간 평화도 아닌 한 개인과 한 가정이 희망을 가지고 살아갈 수 있도록 하는 것이다. 김중택에게 말했던 학교와 생활여건 개선이 바로 그것이다. 학교에서 교육을 받은 아이들은 더 나은 삶을 살 것이고 깨끗한 상수도가 공급되면 수인성 전염병과 기생충 감염도 많이 줄 것이다. 하지만 이러한 변화는 거창한 정치적 구호로는 결코 이루어지지 않는다. 희망을 갖는다면 아프리카의 문제는 지금보다 훨씬 덜 할 것이다. 에드워드 영의 말에 옐로우의 기분이 조금 안정되었는지 다시 시시콜콜한 대화가 이어졌다.

눈을 떴다. 옐로우를 만나고 돌아온 후 호텔방의 조명도 끄지 않은 채 침대에 엎드려 깜박 잠을 잔 것이다. 등의 상처는 여전히 쓰라렸다. 밤 11시 40분. 한 번 깬 잠은 다시 오지 않았고 달리 할 일도 없었다. 위성방송으로 BBC 월드를 보려다 이내 포기하고 말았다. 내일 다시 네멩게로 돌아가야 하기 때문에 마음 놓고 편히 쉴 수도 없었다. 무엇을 하든, 조직에 소속되었다는 것이 이렇게도 사람을 얽매이게 했다.

그는 가방에서 노트북을 꺼내 하드 드라이브에 가득 들어있는 일본 AV를 켰다. 히자가타가 휴가에서 돌아오면서 가져온 신작 AV를 한 동안 쳐다보지도 않았다. 그에게 있어 AV는 종종 수면제 역할을 했으며, 아무 생각 없이, 어떤 사상에도 구애받지 않고 행위 자체를 즐길 수 있는 유일한 탈출구였다. 또 어느 누구에게, 어떤 피해도 주지 않는 훌륭한 도피처였다. 하지만 이번에는 달랐다. 초코볼 무카이는 나이가 들어서 배가 더 불룩하게 나와 있었고 그의 행위 역시 예전과 달리 처량해보였다. 가토 다카 역시 머리가 더 빠져 이제는 색골 영감으로 보였다. 미나미 요시야의 잘 생긴 외모와 근육으로 다져진 몸도 이제 별 감동이 없었다. 무표정한 얼굴과 근육질의 몸으로 여배우들을 자지러지게 하는 영상도 기계적인 반복운동과 과장된 연기에 불과했고, 남자들을 위한 서커스에 지나지 않았다. 그리고 정작 자신들은 쾌락을 느끼지 못하는 힘겨운 노동에 불과할 것이다.

여배우들도 마찬가지였다. 샐리 요시노의 얼굴과 육체는 싱싱함이 사라졌고 인공적인 힘으로 겨우 버티고 있었다. 마도카 오자와의 작고 앙증맞은 육체도 이제는 더 이상 어울리지 않았다. 단지, 먹고 살기 위해 하던 일을 계속 해야 하는 늙은 AV 배우들의 의미 없는 몸짓만이 있을 뿐이었다.

이어지는 신인 여배우들은 너무 애들 같았다. 아프리카의 소년 병들을 많이 봐 왔던 그가 1991년 생 여자들이 성년이 되자마자 AV를 찍었다는 사실을 선뜻 받아들이지 못한 것은 무엇 때문일까? 혼자만 나이를 먹는 것도 아닌데 왜 이렇게 현실과의 괴리감을 느끼는 것일까? 어쩌면 자신도 다른 사람들처럼 이중적인지 아니면, 강요된 연출이나 조작된 환상이 지겨운 것인지도 모른다.

전쟁터에서 실전을 경험한 사람은 전쟁·액션영화를 보지 않는다. 또 사회와 담을 쌓은 용병은 드라마를 보지도 않는다. 그런데 이제 포르노도 재미가 없다. 자신을 받아 줄 환상의 세계는 더 이상 없다. 그렇다고 잠도 오지 않는다.

단지, 나이가 들어서 그런 것일까?

'내 시대는 갔다!'

하지만 이런 그에게도 한때는 열정이란 것이 있었다. 육사생도 시절 4년 내내 책상 앞에 '조국·충성·명예' 세 단어를 붙여놓고 생활을 했다. 군인이 되고 싶어 4년제 정규 육사에서 교육받고 임관했지만 현장의 현실은 학교에서 배운 것과는 너무도 달랐다.

전투력 향상보다는 사고를 두려워했고, 직언보다 아부를 일삼았으며, 합리적·체계적 교육훈련 보다는 즉각적이고 감정적인 폭력이 난무했다. 또 사병을 물건 취급하는 것이 그의 눈에 비친 군대의 모습이었다. 진급을 위해 부정을 저질러도 처벌받지 않고 비육사 출신들을 무시하는 것이 장교의 명예, 화랑대의 명예를 지키는 것이라고 주장했다. 도무지 말이 통하지 않았고, 그가 할 수 있는 일은 아무것도 없었다.

"자네가 아직 어려서 그래. 군생활을 계속하려면 이런 게 필요해."

이것이 그가 매번 듣던 말이었다. 뭔가 전환점이 필요했다.

GOP 연대 소대장으로 2년을 보내고, 특전부대에서 대위까지 그럭저럭 버틴 그가 전역을 심각하게 고민 중일 때 정보사령부로 소속을 옮기게 되었고 자원을 해서 이곳 아프리카로 왔다. 그리고 8년이 지난 지금, 포르노마저 지겨운 용병의 삶을 살고 있다. 어디에도 마음을 둘 수 없는 운명이 되고 만 것이다.

침대 한 쪽으로 밀쳐 낸 노트북에서는 계속해서 남녀의 교성이 들리고 있었지만 아랑곳하지 않고 리모컨으로 천장의 조명을 끈 채 누웠다. 다시 등의 상처가 쓰려왔다. 늙은 AV 배우와 자신은 닮은꼴이었다. 제아무리 원칙과 소신과 철저한 프로정신을 지니고 있다고 해도 그들은 포르노 배우일 뿐이고 자신은 용병일 뿐이다. 그것이 현실이다.

'현실 부적응자.'

'할 수 없이 환상 속에 살지만 이제는 환상조차 거북하고 부담스런 존재.'

그는 열정으로 가득 찼던 과거를 떠올리며 이제는 더 이상 자신과 관련이 없는 세 단어를 천천히 중얼거렸다.

"조국 · 충성 · 명예…… 조국 · 충성 · 명예…… 조국 · 충성 · 명예…… 조국 · 충성 · 명예…… 조국 · 충성 · 명예…… 조국 · 충성 · 명예…… 조국 · 충성 · 명예…… 조국 · 충성 · 명예…… 조국 · 충성 · 명예…… 조국 · 충성 · 명예…… 조국 · 충성 · 명예…… 조국 · 충성 · 명예…… 조국 · 충성 · 명예…… 조국 · 충성 · 명예……"

제3장

국가정보원

서일철이 인상을 찌푸린 채 안경을 벗었다. 강진수가 예상한 모습이었다. 예상치 못했던 문제에 직면했을 때 나오는 그만의 전형적인 반응이었다.

"충분히 가능한 얘기군. 그런데 우리 기업들이 이런 배짱이 있을까? 민간기업이 용병을 모아서 전쟁이라도 하려고?"

보고서를 책상에 내려놓으면서 서일철이 말했다.

"전쟁이 무슨 애들 장난도 아니고."

안경 렌즈를 닦던 서일철이 고개를 들자 강진수가 말했다.

"해외파트에서 정확히 알겠지만 경제팀에서 올라온 보고를 조사해서 올린 겁니다. 혹시라도 국내 언론에 알려지면 파문이 상당히 클 겁니다."

이미 깨끗해진 안경 렌즈를 계속 닦으면서 서일철이 말했다.

"해외파트에서 문제가 터져도 국내로 들어오면 우리 소관이니까 알고는 있어야지."

강진수는 손을 뒤로 모은 상태에서 어깨를 펴고 서 있지만 긴장되는 것은 어쩔 수 없었다. 국가정보원 국내담당 2차장인 서일철과 함께 일한지도 15년 가까이 됐지만 그의 속을 알기란 어려웠다. 현장에서 오래 근무한 정보요원들의 속마음도 어느 정도 추측이 가능하지만 유독 서일철 2차장만은 알 수 없었다. 특히 뛰어난 정치감각과 정보분석력은 도저히 따라갈 엄두가 나지 않았다.

서일철이 다시 말을 이었다.

"해외파트에서 알고 있다고 해도 문제가 터지기 전까지는 우리에게 일일이 설명하지 않을 거야. 그러니까 시간을 갖고 무슨 일이 벌어지고 있나 조용히 알아봐."

"예, 알겠습니다."

강진수가 짧게 대답하자, 그제야 안경을 다시 고쳐 쓴 서일철이 슬쩍 웃으며 말했다.

"요즘 같은 정치상황에서는 최대한 조심해야 해. 간첩 못 잡는다고 욕들을 바에야 이런 거라도 알고 있어야지. 안 그런가?"

서일철의 방을 나온 강진수는 곧장 자신의 방으로 돌아와 푹

신한 의자에 몸을 묻었다. 그는 책상 위에 놓인 티백 녹차의 뜨거운 김을 바라보며 한동안 생각을 집중했다.

외국기업이 용병을 고용하는 것은 간간이 알려진 사실이었다. 외국 기업들도 비밀리에 고용하는 용병을 우리 기업이 고용 못할 이유는 없었다. 하지만 그런 일을 벌이려면 정보기관의 묵시적 동의나 사후 승인을 얻는 것이 관례였다. 나중에 발생할 문제를 사전에 차단하기 위해서였다. 그런데 성창그룹이 몇 달 전 나이지리아 근로자 납치사건에서 비밀리에 용병을 고용했고, 이제 상시고용을 위해 계약을 체결한다는 것은 차원이 다른 문제였다. 만약 소문이 사실로 확인되면 큰 파문을 일으킬 가능성이 컸다.

가장 문제가 되는 것은 용병에 의한 구출작전이 실패해서 인질이 사망한 경우와 용병이 통제불능에 빠져 현지인들과 무력충돌을 일으킬 경우였다. 만일 이런 일이 발생한다면 국제적인 문제가 되어 민간기업이 감당하지 못하는 상황이 될 수도 있다.

단순하게 생각하면 용병 고용 그 자체는 국가경제 발전을 위해서 못할 이유가 없지만 일반 국민들은 그렇게 생각하지 않을 것이다. 제국주의 침략을 받은 나라가 용병을 고용해서 해외사업장을 보호한다는 발상은 일반 국민들이 도저히 납득할 수 없고, 또 외교적으로도 중대한 사안이었다. 그렇다. 여론이 진실을 감당하지 못할 때는 어떻게든 감추는 것이 국익에 도움이 되는 것이다. 하지만 그러기 위해서는 그 전에 진상을 파악해야 했다.

문제는 해외파트에서 어떻게 파악하고 있느냐는 것이다. 물론이 역시 파악하기 쉬운 일은 아니었다. 해외파트의 갖가지 일들은 저들도 잘 모르는 경우가 많았다. 특히 정보사령부가 개입하는 각종 비밀공작의 경우 상세한 내막을 알 수 없는 것이 일반적이었고, 공식적인 업무협조를 구해도 정보를 얻기 힘든 경우가 많았다. 직접 관계자가 아니면 몰라서 말 못하고, 직접 관계자라면 알아도 말 하지 않는다. 그것이 정보기관원의 생리다.

강진수는 과거 안기부 시절부터 근무한 이곳이 겉보기와는 다르다는 것을 잘 알고 있었다. 모든 부서가 하는 일만 다를 뿐 아니라 서로 적이었다. 업무협조는 자신들에게 이익이 되지 않는 한 얻기 힘들었다. 어떻게 움직이는 것이 자신들에게 이익이 되고 개인의 이익이 되는지 철저하게 따지는 것이 바로 정보기관이다. 일반 회사보다 더 했으면 더 했지 덜 하지 않다. 때문에 자신이 직접 나서서 해외파트의 주목을 받는 것 보다 다른 방법을 택하는 것이 좋다는 것을 잘 알고 있었다. 그래서 가능한 방법을 찾아보기로 하고 좀 더 기다려보기로 했다.

김중택은 아프리카에서 있었던 일을 빨리 잊기 위해 한 동안 일에 몰두했다. 정신적 충격을 잊기 위한 방법으로 의사가 권하기도 했지만 목표가 설정된 이상 머뭇거리고 싶지 않았다. 게다가 같이 납치됐던 다른 2명은 아직도 정신과 상담을 받고 있었고, 장석환 이사는 그의 말대로 퇴사를 해서 당장 아프리카를 전담할 핵심인력이 자신 말고는 없었다. 납치사건이 조용하게 마무리 된 것도 김중택의 정신적 안정에 큰 도움이 되었다. 사업가에게는 대외적인 이미지 관리도 무시할 수 없다. 만약 언론에서 떠들기라도 했다면 회사는 물론 개인적으로도 감당하기 힘들었을 것이다. 그런 면에서 잘 된 것이다.

책상 위의 서류더미에서 파일 하나를 꺼냈다. 며칠 동안 그가 집중하고 있는 것은 몇 년 전부터 시작된 아프리카 문화행사에 관한 일이었다. 아프리카에 출장을 간 사이 서울에서는 외교통상부 주최로 '아프리카 문화축전'이 열렸다. 2006년부터 '쌍방향 문화교류 사업'의 일환으로 그동안 잘 알려지지 않았던 아프리카와 중동의 나라들과 문화교류를 실시해왔는데, 작년 연말에는 아프리카 영화·미술·음악을 비롯해 소규모이지만 다채로운 행사가 열리기도 했다.

그동안 그가 외교통상부를 찾아서 요청했던 것이 들어 먹혔는지 모르지만, 이러한 아프리카 문화행사가 지속적으로 이루어져야 했다. 아프리카 현대미술 전문 갤러리도 있고, 제주도와 경기도 포천에 아프리카 박물관과 아프리카 문화원도 있었지만 아직은 더 많은 준비와 노력이 필요했다.

그 때 인터폰이 울리고 비서의 목소리가 들렸다.

"외교부 박종찬 국장 전화입니다."

"연결해."

친한 친구 동생인 박종찬에게 네멩게공화국과의 외교관계 수립에 대해 알아봐달라는 부탁을 한 적이 있었다. 물론 그 전에 국회의원들과 고위 공무원들에게도 도움을 요청했지만 실무 돌아가는 것은 실, 국장들이 더 잘 아는지라 그에게 부탁한 것이다.

"전에 부탁하신 거 대강 알아봤습니다."

"정부에서는 어떻게 보고 있나?"

"솔직히 네멩게에는 별 관심이 없습니다. 아니, 아예 관심 밖입니다."

"이유가 뭐야?"

"정부의 관심이 자원외교이긴 하지만 석유나 천연가스, 우라늄 같은 에너지 자원에 집중되어 있고, 다른 것에는 아직 별 관심이 없기 때문입니다. 사태 파악을 잘 못하고 있다고나 할까요? 게다가 요즘 경제문제 때문에 여력이 없습니다. 어쨌든 아프리카에 관심을 가진다고 해도 당장은 에너지 자원에 집중할 것 같습니다."

"결국 그렇게 됐군."

"아, 그 대신 네멩게 경제장관 방문은 예정대로 가능하다고 합니다. 하지만 이 역시 정치권 상황이 상황인지라 얼마나 성과가 있을지는 모르겠습니다."

"알았네. 신경써줘서 고맙네. 다음에 식사라도 대접하지."

"도움이 못 돼서 죄송합니다. 변동사항 있으면 바로 연락드리겠습니다."

대충 짐작은 했지만 확인하고 나니 기분이 찜찜했다. 아프리카 문화행사가 열려서 분위기가 무르익고 있다고 지레 짐작한 것이다. 대한민국의 국제적 인식은 아직 이 모양이었다. 현실을 모르는 사람들이 정치권과 고위직에 눌러 앉아있었고, 각종 정치사건과 맞물려 술렁이는 정치판과 어수선한 공직사회 분위기……. 이런 상황이 어제 오늘의 일은 아니었지만 말로만 국익을 외친다고 나라가 잘 돌아가는 것도 아닌데, 왜 이토록 모르는 것일까?

정부 보고서는 네멩게의 석유는 내륙 깊숙한 곳에 위치하고 있기 때문에 경제성이 월등히 뛰어나지 않는 이상 우선순위에서 밀린다고 명시적으로 언급하고 있었다. 나머지 자원에 대해서는 잘 알려지지 않아 당장의 판단을 유보했다. 가장 우려되는 점은 내전으로 인해 정치불안이 심각하다고 지적했다. 때문에 정부나 기업들은 카스피해 일대와 시베리아, 남미, 중동처럼 익히 알려진 곳에 관심을 가졌다. 그나마 위험지역이라고는 얼마전 언론에 알려진 쿠르드 자치지역의 자이언트급 유전(매장량 5억 배럴이상의 유전)이 유일했다.

하지만 분쟁지역, 위험지역이기 때문에 더욱 진출할 필요성이 있고, 면밀한 조사와 분석이 필요하지 않을까? 알려지지 않았다고 포기하는 것은 외국 자원개발에 있어서 뒤치다꺼리 밖에 되지 않는다. 지금처럼 세계적인 경제불황으로 인해 자원선점 경쟁이 비교적 저조할 때가 오히려 공세적으로 자원을 확보할 수 있는 적기라는 것을 왜 모르는 것일까? 왜 이런저런 이유에 '예산부족'이라는 말을 더해 간단히 유보해버리는 것일까? 김중택은 정부와 다른 기업이 나서지 않는다면 성창인터내셔널이라도 나서서 일을 추진하고 싶었다. 결과야 어찌 되건 밀져야 본전이었기 때문이다.

일단, 탄지 장관의 방한 일정이 어떻게 잡혔는지 확인해야 했다. 그를 통하면 어떤 실마리를 풀 수 있을 것이다. 서둘러 인터폰을 들고 비서에게 말했다.

"국제전화로 네멩게공화국 경제부 연결해."

에드워드 영은 GPS를 꺼내 다시 위치를 확인하고 주변을 둘러보았다. 위치는 정확했지만 아직 어떤 이상증후도 포착되지 않았다. 사막화가 시작된 황무지의 흙먼지가 중부 차드의 뜨거운 오후를 간질이고 있었다.

옆에 엎드려 있던 레드가 나직이 말했다.

"캡틴, 이미 약속시간이 지났는데, 어떻게 할 생각이야?"

"트래비스 중령이 반드시 올 거라며, 시간이 지나도 더 기다리라고 했어."

"명령이니 할 수 없지. 물과 식량은 충분하니까."

말을 마친 레드는 다시 전방을 살피기 위해 쌍안경을 들었다.

에드워드 영이 자신의 대원들과 함께 뜨거운 흙먼지가 날리는 차드 사막에 진을 친 것은 칼리프 정보원을 구출하라는 명령 때문이었다. 24시간 전에 도착해 주변을 살핀 일행은 랑데부 지점의 안전을 확인했고 바로 매복에 들어갔다.

최근 격화된 차드내전은 차드의 수도 은자메나를 중심으로 일어나고 있었다. 수단의 은밀한 지원을 받고 있다는 차드의 3개 반군 조직의 연합체인 '민주주의와 개발을 위한 연합군(UFDD)'은 수도 은자메나를 포위한 채 아드리스 데비 차드 대통령을 압박하고 있었다. 그래서인지 여기저기서 차드의 정권 붕괴가 임박했다는 소식이 들려왔다.

이 모든 것이 엄청난 오일머니 때문이었다. 세계은행의 빈곤퇴치자금과 차드-카메룬 송유관 건설비용도 부패한 데비 정권이 착복했다. 그러나 경제상황은 전혀 나아지지 않았다. 이 틈을 타서 이웃의 수단이 반군을 지원하자 사태가 급변한 것이다. 그리고 수단의 배후에는 다르푸르 사태와 마찬가지로 중국의 묵인이 있을 것이다.

"2시 방향! 꼬리가 밟혔다. 전투준비!"

우측을 맡은 블루의 목소리가 헤드셋을 울리자, 전 대원의 시선이 한 곳을 향했다. 1km 정도 떨어진 곳에서 터번을 두른 사내가 전속력으로 말을 달리고 있었다. 그리고 500m 뒤에 병력을 실은 트럭 1대가 사내를 쫓고 있었다. 기다릴 틈이 없었다. 에드워드 영과 대원들은 거리가 더 좁혀지면 바로 사격할 준비를 마쳤다.

"차를 타고 바로 간다, 실시!"

에드워드 영이 소리치자 30구경과 50구경 기관총이 장착된 2대의 도요타 픽업트럭이 위장망에서 모습을 드러냈다.

"소형트럭이 하나 더 나타났어. 총을 쏘는데?"

시동을 걸고 출발할 무렵 히지가타가 외쳤다. 그의 말대로 트럭 뒤에 숨어있던 픽업트럭 1대가 앞으로 달려 나오며 말을 탄 남자를 향해 총을 쏘기 시작했다.

"브라보팀은 트럭을 맡아. 우리는 픽업을 막겠다."

M2 50구경 중기관총이 장착된 도요타 픽업트럭에 탄 브라보팀이 전속력으로 달려 나갔다. 인디고와 블루가 운전석과 조수석에 탔고, 옐로우와 오렌지가 화물칸에서 RPG와 기관총을 맡았다.

적의 차량은 갑자기 나타난 2대의 차량을 경계하며 말 탄 남자로부터 멀어져갔다. 대형트럭을 향해 먼저 달려간 브라보팀은 적들을 혼란시키기에 충분했다. 터번을 두른 백인 인디고와 블루가 앞에 있었고, 터번을 두르지 않은 흑인 옐로우와 오렌지가 픽업트럭 짐칸에서 기관총을 잡고 있으니, 자신들과 같은 반군일수도 있다고 생각한 것이다. 그래서인지 경계를 하면서도 총을 쏘지 못하고 주저하고 있었다.

50구경 기관총을 맡은 오렌지 옆에는 부상에서 회복한 옐로우가 천연덕스럽게 웃으며 손까지 흔들고 있었다. 운전을 맡은 인디고 역시 부드럽게 대형트럭의 우측면으로 접근했다. 그러자 오렌지가 중기관총을 갑자기 발사하기 시작했다.

트럭 뒤에 있던 6~7명의 병력들이 미처 대응하기도 전에 50구경 기관총탄이 그들의 육신을 산산조각 내었다. 오후의 밝은 햇빛보다 더 밝은 예광탄이 바람을 가르며 쏟아졌고 그 보다 4배나 더 많은 50구경 탄환이 그 사이를 메웠다. 순식간에 살아 숨

쉬던 인간들이 한낱 고깃덩이로 전락했다. 트럭 운전석과 조수석 역시 상황은 같았다. 차량이 멈췄다. 완벽한 학살이었다.

"꼭 닭장 안의 닭을 쏘는 기분이군."

오렌지가 만족한 듯 큰 소리로 소감을 피력했다. 강력한 화력으로 상황이 순식간에 끝났다.

"옐로우, 정리하자고."

조수석의 블루가 M-4 카빈을 들고 내려서 앞장섰다. 운전석과 조수석의 2명은 머리가 터진 채 죽어있었다.

옐로우가 말했다.

"뒤도 다 끝났어. 정리는 내가 하지."

옐로우는 휘발유통을 들고 올라가 차량 곳곳에 뿌린 후 불을 붙였다. 불은 인간의 조각난 살점과 내장, 팔, 다리 모두 깨끗하게 태울 것이다. 그것이 일면식도 없이 죽여야 했던 인간에 대한 최소한의 예의였다.

브라보팀이 사격을 개시하던 순간, 100여 미터 전방에서 픽업트럭을 향해 가던 알파팀을 향해서도 총알이 날아들었다. 반군이 쏘아대는 AK 총탄이 낡은 차체를 두드리자 히지가타는 재빨리 방향을 전환했다. 잠시 후화물칸에 있던 레드가 RPG를 발사했지만 아슬아슬하게 빗나가고 말았다. 그러나 적을 당황시키기에는 충분했다.

"조금만 기다려. 기관총으로 해결할 테니까!"

잠시 후 적의 픽업트럭이 대형트럭이 있는 곳으로 방향을 돌려 달아나기 시작했다. 하지만 그것은 치명적인 실수였다. 직선으로 달아나는 적은 고정표적이나 마찬가지였다. 30구경 기관총의 예광탄은 선명하게 사격을 유도했고 그 결과는 명확했다. 레드의 기관총탄은 화물칸에 있던 적 2명을 찢어놓았고, 운전석과 조수석에 있던 적의 머리통을 한순간에 날려버렸다. 곧이어 불안한 주행을 하던 차량이 둔탁한 지형에서 전복되고 말았다.

"한 바퀴 돌면서 확인 사살하지."

에드워드 영의 말에 히지가타가 뒤집힌 적의 픽업트럭으로 차를 돌렸다. 차에서 내린 에드워드 영과 레드가 전복된 차량을 향해 다가갔다. 차에 타고 있던 4명은 레드의 기관총탄에 이미 죽었고, 하나는 트럭에 몸통이 깔려 비명을 지르고 있었다. 내장이 파열되었는지 입에서 피가 새어 나오고 있었다. 그냥 놔둬도 죽을, 열대여섯 살 밖에 되지 않는 소년병이었다.

이 소년병은 자신이 무슨 일을 하고 있었는지 알고나 있을까? 어떻게 살아갈지 고민해본 적 있을까? 이 소년병에게 과연 삶이란 어떤 것일까? 반군이 승리한다고 이들에게 희망이 있을까? 죽어가는 소년병을 쳐다보며 에드워드 영은 잠시 엉뚱한 생각을 했다가 다시 정신을 차렸다. 다 쓸데없는 상념이다. 그는 비명을 지르는 소년병에게 다가가 M249의 방아쇠를 당겼다. 4발의 기관총탄이 그의 상체를 갈가리 찢어버렸다.

말에서 내린 남자가 터번을 풀며 다가오고 있었다. 흑인이었다.

"트래비스사 직원들이오?"

미국식 억양이었다. 총을 겨눈 채 에드워드 영이 말했다.

"확인부터 합시다. 런던 시계탑이 무너졌다던데?"

그러자 흑인 남자가 하얀 이를 드러내며 답했다.

"템즈강도 범람했소. 에펠탑은 무사하오."

암호가 맞았다. 칼리프의 정보요원이 틀림없었다.

"차량으로 랑데부 지점까지 가야 합니다. 2시간 내에 비행기가 올 거요."

에드워드 영이 남자를 픽업트럭의 짐칸에 태웠다. 다른 대원들은 반군의 차량과 시체에 휘발유를 끼얹었고 불을 붙였다.

"출발하자! 시간이 없다!"

에드워드 영은 레드와 함께 짐칸에 올랐다. 앙골라에서 스템피 사건 이후 정보요원은 영 내키지 않았다. 레드와 함께 짐칸에 탄 이유도 칼리프의 정보요원을 감시하기 위해서였다. 트래비스 중령이 중요한 정보를 지닌 요원이니 반드시 살려오라고 신신당부를 했지만 내키지 않았다.

"자, 출발!"

잠시 후 2대의 차량은 빠르게 장소에서 이탈하기 시작했다. 시체와 차량이 불타는 사이로 주인을 잃은 말 한 마리가 돌아다니고 있었다.

조석태는 교보문고 근처 우동 전문점에서 튀김우동을 먹고 있었다. 점심을 성창그룹 관계자들과 함께 호텔에서 먹는 바람에 저녁은 조촐하게 먹고 싶었다. 그에게 있어 그 날 점심은 농민의 고혈에 지나지 않았다. 근처에서 남대문 복원사업이 진행 중이었지만 관심조차 없었다. 남대문 역시 인민들의 고혈이긴 마찬가지였기 때문이다. 지배계급에 의해 착취당한 흔적이 어떻게 문화유산일 수 있는지 이해되지 않았다. 더러운 자본주의의 썩어빠진 정신을 깡그리 쓸어버리고 싶었다.

"어이, 조 기자, 늦어서 미안해."

최욱철 경정이었다. 경찰청 정보1과에 근무하는 그에게 요하네스버그에서 찍은 사진과 지문을 건네며 신원확인을 부탁한 지 한 달이 지났다. 바쁜 사람인 줄은 알고 있었지만 그렇게 시간이 걸리는 일인지는 예상 못했는데, 그 날 점심 무렵 전화가 와서 지금 만나는 것이다.

조석태가 면발을 삼키며 눈웃음을 짓자 최욱철이 말했다.

"출출한데 나도 우동이나 한 그릇 해야겠군."

최욱철이 주문을 마치자, 조석태가 히죽거리며 말했다.

"요즘 바쁘시죠? 곤란한 부탁을 해서 죄송합니다."

"바쁘긴 바쁘지. 요즘 신경쓸 일이 많아서."

조석태는 국물을 마신 후 손수건으로 이마를 닦았다. 최욱철이 다시 말을 이었다.

"자네도 요즘 정치비리 사건 취재한다고 바빴다며?"

"뭐, 그냥 일없이 왔다갔다만 했죠. 몸통이 잡히겠어요? 변죽만 울리다 말겠죠."

최욱철이 실없이 웃었다. 조석태도 따라 웃었지만 속은 그렇지 않았다. 그는 당장이라도 재벌을 갈아엎고 싶었지만 현실은 그렇게 녹록치 않았다. 일단, 정치비리 사건 후 성창그룹 용병 고용설을 제대로 취재해서 다룰 생각이었다. 그 일 때문에 지금 최욱철을 만난 것이다.

"그런데 전에 부탁드린 일은 진전이 있습니까?"

조석태가 조심스럽게 물었다.

"결론부터 말하지. 자네가 왜 그 사람을 찾는지는 모르겠지만 당장 손 떼게."

조석태의 눈이 갑자기 휘둥그레졌다. 그리고 주문한 우동이 나오면서 잠시 대화가 끊겼다. 종업원이 돌아가자, 잠시 진정한 조석태가 물었다.

"자세히 설명해주세요. 왜 그래야 되죠?"

조석태의 당황한 태도에도 최욱철은 별 반응 없이 작은 국자로 우동 국물을 떠먹으며 천천히 설명했다.

조석태로부터 건네받은 사진과 지문은 깨끗하게 처리되어 추적 자료로 쓰기에 충분했다. 하지만 경찰청 데이터에는 기록이 전혀 남아있지 않았다. 처음부터 한국 사람이 아닐 수도 있지만 혹시나 하는 마음에 개인적 친분을 이용해 외교통상부의 데이터를 분석하던 최욱철은 사진과 비슷한 용모의 여권사진을 40여 장 찾아냈고 정밀·분석작업에 들어갔다. 그리고 마침내 조석태가 건넨 사진과 용모가 97% 이상 일치하는 사람의 사진을 찾아냈다. 하지만 그 사람의 사진 말고는 지문을 비롯한 다른 기록들은 모두 흔적 없이 사라진 상태였다. 누군가 의도적으로 삭제한 것이다. 외교 통상부 직원도 어떻게 이런 일이 발생했는지 모르겠다고 했다. 뿐만 아니라 출입국관리소 등 다른 기관의 데이터에서도 지문은 커녕 비슷한 사진조차 찾을 수 없었다고 했다.

조석태가 언성을 높이려다 주위를 살피고 목소리를 낮췄다. 밤 8시를 넘긴 시간이라 젊은 사람들이 계속 들어와 가게 안이 북적거렸다.

"그게 가능합니까? 경찰청 정보1과에서 조회가 안 되는 사람이 있다는 게 말이 됩니까?"

경찰청과 그 소속기관 등 직제시행규칙에도 나와 있듯이 경찰청 정보1과는 정보경찰 업무에 관한 기획 · 지도 및 조정 · 신원조사 · 기록관리를 전담하는 부서이다. 때문에 사진에 나오는 사람이 도대체 어떤 인물이기에 신원조회가 안 된다는 것인지 조석태는 선뜻 이해할 수 없었다.

최욱철은 여전히 국자로 국물을 떠먹으며 담담하게 말을 이었다.

"일반 국민이나 전과자라면 경찰 정보망에 걸리지. 그렇다면 일반 국민이나 전과자가 아니라는 얘기 아니겠나? 또 그런 사람을 어디서 관리하겠나? 또 누가 지웠겠나?"

최욱철의 말대로라면 그런 사람을 관리할 수 있는 곳은 단 2곳이다. 조석태가 몸을 앞으로 숙이며 속삭이듯 말했다.

"국방부나 국정원이겠군요."

최욱철이 상의 안주머니에서 편지봉투를 하나 꺼냈다.

"그 쪽 사람이 분명해. 그래도 옛날에 찍은 사진이 실수로 남았으니 그나마 다행이지. 이걸 보게. 내가 찾은 사진이네."

건네받은 편지봉투에는 A4용지에 여권용 증명사진이 확대 인쇄되어 있었다. 자세히 들여다보니 자신이 요하네스버그 공항에서 찍은 사람과 똑같았다. 차이가 있다면 지금 보고 있는 사진이 훨씬 더 젊어 보인다는 것 뿐.

최욱철이 입가심이라도 하듯 젓가락으로 단무지를 집어 먹으며 말했다.

"그래서 말인데, 이 일은 더 이상 도울 수 없네. 그 쪽에 아는 사람이 있을 테니까, 따로 알아봐. 하지만 솔직히 권하고 싶지는 않군."

조석태가 마지못해 답했다.

"예, 알겠습니다."

기계적으로 대답을 한 조석태가 잠시 멍한 눈으로 최욱철을 바라보았다. 그는 처음에 국내 경비업체의 비밀직원이나 대기업이 고용한 해결사 정도로만 생각했었다. 그런데 이런 배경이 있을 줄이야. 무슨 할리우드 영화도 아니고 꿈같은 일이 현실로 나타난 것이다. 그렇다면 더더욱 여기서 멈출 수 없었다. 다른 계통으로 더 알아봐야 했다.

"그럼, 전 먼저 가 보겠습니다. 계산은 제가 하죠."

조석태가 서둘러 인사를 하고 자리에서 일어났다. 최욱철은 더 이상 조사를 하지 말라고 다시 한 번 당부하고 싶었지만, 조석태가 이미 계산을 마치고 밖으로 나가 버린 후였다.

테헤란로의 한 빌딩 5층에 자리 잡은 'Simon & Turk Finance Consulting 한국지사'는 여느 때와 마찬가지로 조용한 분위기에서 오후 업무를 시작했다. 출입하는 사람은 거의 없었지만 사무실은 항상 분주했다. 사실 이곳은 국정원에서 만든 위장회사로 해외공작에 필요한 자금운영을 담당하고 있었다. 총 직원이 9명인 이곳의 지사장은 김종근이었다. 3년 넘게 지사장으로 일하고 있는 그는 점심식사 후 자신의 책상에 놓여있는 상부 지시서를 보고 있었다.

 - 현 정부는 재외국민 피랍사건에 대비해 인질구출 전담부대 창설을 고려하고 있음. 이에 대한 견해를 A4용지 한 장 분량으로 요약, 정리해서 오후 2시까지 전송할 것.

긴급현안일 경우 1 · 2 · 3급 직원들 중 무작위로 뽑아서 이런 보고를 명할 때가 간혹 있었다. 1~2시간 정도의 마감시간을 주고 직관력을 최대한 발휘하게 만드는 일종의 테스트였다. 이번 건의 경우 오후 2시까지니까, 본사에서 오후 3시쯤 요약, 정리해서 공식 입장을 정할 것이다. 30분 정도의 시간 밖에 없었지만 충분했다.

1년 전 언론을 통해 그 소식을 처음 접했을 때는 국방부가 언론 플레이를 한다고만 생각했는데 정말 하려는 모양이었다. 김종근은 펜을 들어 당장 떠오른 생각들을 적어나갔다.

국방부에서 고려하는 인질구출 전담부대 창설은 다음과 같은 문제가 있다고 판단됨.

- 정치적 · 법적 문제 : 국군의 전투파병은 헌법상 국회의 동의를 거쳐야 함. 하지만 해외 인질구출이라는 긴급사태의 경우 국회의 논의과정에서 적절한 시기를 놓칠 수 있음. 따라서 국회 동의 없이 파병할 경우 위헌이라는 국내법적 · 정치적 문제 발생.
  또한 납치 주체가 단순범죄조직인 경우와 정치 목적의 테러조직인 경우는 과격한 형태의 범죄로 봐야 하는지 저강도 전쟁으로 봐야 하는지 국내법적으로 아직 결론이 나지 않았음. (범죄조직과 정치테러조직이 구분 가능한가?)
- 군 작전상 문제 : 현재 군이 보유한 특수부대의 경우 실전 경험은 물론 해외 작전 경험도 전무함. 우방국과의 군사교류 차원에서 소수의 인원이 교환훈련을 하고 있으나 실전 참가가 아니고 해당 국가와 지속적인 교환 훈련도 이루어지지 않아 현지 기후 · 지형 · 문화에 대한 이해가 부족.(이는 외교부와 국정원도 마찬가지임.) 군 장비 수송 역시 문제임.
- 외교상의 문제 : 한국과 직접 수교관계가 아닌 경우나 분쟁지역일 경우 한국의 군 병력 파견을 거부할 수 있음.

– 정치적 파급효과의 문제 : 최악의 경우 작전이 실패하거나 성공하더라도 인질이나 진압 병력에 사상자가 발생할 경우 테러단체에 정치적 승리를 안겨줄 수 있음.

· 결론과 대안
외교정책의 기조를 공세적으로 전환하고 전투 파병을 적극적으로 고려해 평상시 해외 각지에 대한 사전 파병능력을 제고해야 함. 현재 상태로는 인질구출 전담부대의 편성은 시기상조인 것으로 판단됨.

세련된 표현을 쓸 필요는 없었다. 당장 떠오르는 생각만 적어도 종이 한 장은 너끈히 채울 수 있었다. 정상적인 판단을 하는 사람이라면 누구나 하는 말을 적었을 뿐이었다. 그는 다시 자신이 적은 글을 읽어 보았다. 특별히 문제될 내용은 없었다. 그리고 자신이 비밀리에 진행 중인 일과도 연관이 없었다.

'설마 욕들을 일은 없겠지.'

그렇게 생각하면서 컴퓨터 자판을 두드리기 시작했을 때 직원 하나가 다가왔다.

"지사장님, 성창인터내셔널 전화입니다."

그는 급하게 전화를 받았다.

"김중택입니다. 바쁘십니까?"

"아닙니다. 괜찮습니다."

의례적인 안부인사가 오가고 본론이 시작되었다.

"일전에 부탁드린 일 있지 않습니까? 네멩게공화국……"

"아, 그건 제가 잘 말해뒀습니다. 김 이사님은 언제든 만날 수 있습니다."

"신경써주셔서 고맙습니다."

"별 말씀을요. 사실, 정부는 물론이고 다른 기업들도 관심이 없더군요. 탄지 장관도 김 이사님을 만나고 싶어 한다고 합니다. 장관이 기분 나쁘지 않게 잘 해주십시오."

"예, 잘 알겠습니다. 다음에 인사 올리겠습니다."

통화는 간단하게 끝났다. 아프리카 소국 경제장관의 내방 소식에 아무도 관심을 보이지 않았지만 유독 성창인터내셔널만큼은 관심을 보이고 있었다. 그나마 다행이었다. 상황이 부드럽게 흘러가고 있었다. 분위기를 자연스럽게 만드는 것이 이번 작전의 핵심인데 아직까지는 잘 돌아가는 것 같아 기분이 좋았다.

"이런 마감시간에 늦겠군."

그는 다시 컴퓨터 화면을 들여다보며 서둘러 자판을 두드리기 시작했다.

트래비스의 사무실은 텅 비어 있었다. 차드에서 데리고 온 정보요원의 브리핑이 있을 예정이었지만 개미 한 마리도 찾아볼 수 없었다. 만프레드 소령과 함께 온 에드워드 영은 하던 대화를 계속했다.

"박격포 중대는 어떻게 개편합니까?"

만프레드 소령이 말을 이었다.

"60mm와 4.2인치 박격포는 운용이 좀 애매해서 정부군에게 헐값에 넘길 계획이야. 이번 기회에 81mm와 120mm 박격포만으로 화력을 보강해야지. 트래비스 중령의 허가도 났고, 현재 작업 중이네."

60mm 박격포는 화력이 모자랐고, 4.2인치는 너무 낡았다. 또 포탄 수급에도 문제가 있었다. 그러나 RPG와 M-72처럼 쉽게 구할 수 있는 휴대용 무기가 많아 60mm 박격포를 충분히 대체할 수 있었다. 이것은 에드워드 영도 꾸준하게 주장해온 것이었다. 차량으로 빠르게 이동해서 보병에게 근접 화력지원을 제대로 하기 위해서는 대구경 박격포가 훨씬 더 좋았다.

"화력계획도 다시 짜야겠군요."

"차량도 개조해야 하고, 주요 전술 포인트에 좌표까지 새로 따고 있다네. 한 동안 바쁠 것 같군."

그 때 사무실 문이 열리고 트래비스 중령이 나타났다. 그 뒤로 차드에서 데리고 온 칼리프의 정보요원과 윌리엄 소령이 보였다. 윌리엄 소령은 이제 없어서는 안 될 존재가 되어버렸다. 미국의 능력을 이용할 수만 있다면 용병회사로서는 큰 힘이 되기 때문이었다.

"늦어서 미안하네. 미군 정보와 확인, 대조하느라고 며칠 걸리는군. 자, 이제 시작하지."

칼리프 정보요원이 노트북을 켰다. 잠시 후화면에 사진이 나오자 정보요원이 설명을 시작했다.

"네멩게 국경에서 100km 정도 떨어진 버려진 마을입니다. 이 곳에 얼마전 잔자위드가 고용한 용병 2백여 명이 주둔하고 있습니다. 그들은 강제로 주민들을 이주시켜 생활하게 함으로써 용병 주둔 사실을 숨기려고 했습니다."

윌리엄 소령이 말했다.

"인공위성과 항공정찰에서도 알 수 없었던 게 바로 이런 이유 때문이었소."

정보요원이 다시 말을 이었다.

"현재 차드 반군을 지원하기 위해 차드로 이동했기 때문에 쉽게 접근할 수 있었습니다. 용병대장은 '푸른 수염' 반 카야(Van Kaya)라고 알려져 있습니다만 사진 확보는 실패했습니다."

잔자위드가 용병을 고용했다는 소문은 있었지만 푸른 수염 반 카야를 고용했다는 소식은 에드워드 영에게 큰 충격이었다. 미치광이 마이크 호어와 보브 드나르 밑에서 용병을 시작한 벨기에 출신 반 카야는 푸른 수염이라는 별명에 걸맞게 살육을 즐기는 전쟁광이었다. 마이크 호어가 종적을 감추고 보브 드나르가 2007년 사망한 후 구세대 용병은 끝난 것으로 생각하고 있었는데 반 카야가 다시 나타난 것이다.

한 동안 잠잠하던 그가 다시 활동을 재개한 것은 얼마전부터이다. 하지만 제대로 된 정보가 없던 탓에 소문만 무성했는데 비로소 확인이 된 것이다. 미리 정보를 확인한 트래비스 중령도 한

숨을 내뿜었다. 그에게도 반 카야는 벅찬 상대였다.

사진은 계속되었다. 흙벽돌로 만든 집들이 모래에 묻히기 시작한 폐허지를 찍은 것이었다. 주민들 사이로 터번과 스카프를 두른 무장병력들의 모습도 보였다. 얼굴은 보이지 않았으나 장비와 복장만으로도 오합지졸 반군은 아님을 알 수 있었다.

"저 병력들은 어디 출신들이지?"

만프레드 소령의 질문에 정보요원이 답했다.

"동구권 출신들과 이슬람 참전자들이 중심이라고 합니다. 잔인하기로 유명합니다. 최근 차드 정부군 1개 연대를 궤멸시켰고, 다르푸르 인근의 마을 4곳에서 기독교계 양민 수 백 명을 학살하기도 했습니다."

유고 내전과 이슬람 의용군 출신들이라면 상당한 전투경험이 있을 것이다. 반 카야 같은 거물 용병이 아무나 데리고 올 리 없었다. 갈수록 골치 아픈 상황이었다. 하지만 그것이 끝이 아니었다. 새로운 파일이 열리고 다시 몇 장의 사진이 더 나왔다.

"반 카야의 용병 주둔지에서 10km 동쪽에 위치한 또 다른 용병 주둔지입니다. 동양인 용병 100여 명이 머물고 있었는데, 이들의 정체는 확인할 수 없었습니다. 특히 경계가 삼엄해 접근하기가 매우 힘들었습니다."

칼리프 정보요원의 설명이 다 끝나자 트래비스가 먼저 입을 열었다.

"저 놈들이 수개월 전부터 네멩게 정글지대에 나타난 놈들이

군. 중국군인지, 중국이 고용한 용병인지, 아니면 북한군인지 도대체 정체를 알 수 없어."

그러자 에드워드 영이 입을 열었다.

"그래도 이제 놈들의 위치는 알았군요."

만프레드 소령이 웃으며 말했다.

"미국이 토마호크를 몇 발 날려주면 일이 간단하게 끝날 텐데. 안 그렇소, 윌리엄 소령?"

윌리엄 소령이 웃으며 답했다.

"내가 대통령이라면 그렇게 하죠."

"그래도 희소식이 있습니다."

정보요원의 말에 모두가 그를 쳐다보았다.

"동양인 용병 중에 탈주자가 있는 모양입니다. 마지막으로 주둔지에 접근했을 때 탈주자를 찾느라 잔자위드 병력을 포함한 인근의 전 병력이 동원되었습니다."

에드워드 영이 물었다.

"탈주자의 행방은?"

트래비스가 답했다.

"지금 확인 중이야. 아직 수색이 계속되는 것으로 봐서 잡히지 않은 것 같더군. 칼리프의 정보망을 총동원해서 알아보고 있네. 브리핑 내용은 이게 끝인데, 다른 질문 있나?"

잠시 침묵이 이어지자 트래비스가 정보요원을 밖으로 내보냈다. 그러자 만프레드 소령이 말했다.

"그런데 칼리프의 휴민트(Humint : 인간정보)는 약하다고 생각했는데 가까이서 사진을 찍은 걸 보니 대단하군. 카메라가 좋아도 이렇게 찍으려면 근처까지 접근해야 했을 텐데."

"저 친구 원래 저격수야. 이 바닥에서 일 한지 10년이 넘었지. 칼리프에서 고용한 미국인인데 이번 일을 잘 처리했더군. 저격수 활동도 계속 하고 있고."

트래비스는 잠시 말을 끊고 담배에 불을 붙였다.

"우리도 슬슬 준비해야지. 미국 측 정보에 의하면 수단이 네맹게를 계속 압박할 생각이라는군. 칼리프에서도 그렇게 분석하고 있고. 그래도 지금은 순서대로 처리해 나가야지. 만프레드는 박격포 중대를 가능한 빨리 실전 배치하고, 에드워드 자네는 언제든 출동준비를 해두게. 그리고 윌리엄 소령은 반 카야와 동양인 용병들의 정찰사진을 계속 제공해주시오."

제4장

경제장관 탄지

반 카야가 어떻게 나올지는 더 두고 봐야 했다. 아직 반 카야의 용병부대가 네멩게를 침략하지는 않았지만 계속 주시할 필요가 있었다. 당장은 동양인 용병들의 정체를 밝히기 위해 탈주자를 찾는 것이 급선무였다.

자리에서 일어난 에드워드 영이 밖으로 나가다 돌아서서 트래비스에게 물었다.

"그런데 돌비 소령과 맥그루더 상사가 안 보이는군요. 어디 갔습니까?"

트래비스가 홍차를 마시며 말했다.

"탄지 장관이 일본과 한국을 방문한다네. 그래서 장관 경호원으로 보냈지. 일본을 거쳐 지금은 한국에 있을 거야. 이번 기회에 성창인터내셔널과 계약을 체결할 걸세. 이미 사업장 경비는 시작했으니까 계약서에 서명하는 일만 남았지."

윌리엄 소령이 일어서며 말했다.

"일본과 한국에 간다면 경호가 아니라 휴가군요."

트래비스가 짧게 답했다.

"뭐 그런 셈이오."

김중택이 탄지를 만나기 위해 찾아간 것은 그의 한국 방문 4일째 되는 날이었다. 영빈관이 아닌 호텔에 묵고 있는 네멩게 경제사절단 일행은 탄지를 포함해 5명이었다. 방문 첫날과 이튿날까지 정관계 인사들을 만나고, 나머지는 국내 산업시설을 시찰한다고 했다. 총 6박 7일의 일정 동안 이들이 둘러볼 산업시설에는 삼성전자·LG전자·성창전자·현대자동차·포스코 등 국내 굴지의 기업들이 포함돼 있었다. 한 마디로 후진국 외교사절에 대한 정형화된 일정이었다.

김중택이 탄지의 전화를 받은 것은 오전이었다. 삼성전자 기흥사업장과 성창전자 용인사업장 방문 후 밤 9시에 숙소에서 단둘이 만나자는 것이었다. 김중택은 사절단이 귀국하기 전 회사 차원에서 만찬에 초대하고 싶다고 했다.

만찬은 납치사건 당시 네멩게 정부의 호의에 대한 회사 차원의 보답으로 이미 허가가 난 상태였다. 이는 정식 국교 수립 이전에 네멩게를 선점하겠다는 그룹 차원의 시도이기도 했다. 하지만 탄지의 반응은 의외였다. 일정보다 빨리 귀국할 수 있으니 만찬은 다음 기회로 미루자는 것이었다. 밤 9시에 만나자는 약속을 다시 확인한 후 통화를 끝냈다.

전화상으로 탄지는 기분이 그리 좋은 것 같지 않았다. 직접 만나봐야 알겠지만 자신의 감정을 애써 억누르고 있는 듯 한 느낌을 받았다. 김중택은 호텔로 들어가면서도 그 생각에 골몰해 있었다. 네멩게 투자계획과 트래비스사와의 계약 건으로 며칠 바쁜 사이, 과연 탄지에게 무슨 일이 있었던 것일까?

8시 40분을 막 지나 로비에 들어섰을 때, 백인 남자가 웃으며 다가왔다.

"김중택 이사님이시죠? 트래비스사의 밥 돌비입니다. 탄지 장관께서 기다리고 계십니다."

처음 보는 사람이 자신을 아는 것에 놀랐지만 트래비스사 직원이라는 말에 곧 침착해졌다.

"트래비스사에서 탄지 장관을 수행했습니까?"

"그렇습니다. 같이 가시죠."

외국 귀빈 경호를 맡은 사복 경찰에게 간단한 설명을 한 그는 김중택을 데리고 엘리베이터를 탔다. 김중택이 이런저런 질문을 했지만 돌비는 미소를 지으며 잘 모르겠다는 말만 되풀이 했다. 30층 경제사절단 숙소 앞 복도에는 다른 사복 경찰 3명과 맥그루더 상사도 있었다. 김중택은 맥그루더 상사와 간단한 인사를 나눈 후 그를 따라 탄지의 방에 들어섰다.

"어서 오시오, 김중택 이사. 잘 지내셨소?"

탄지는 간단한 체육복 차림으로 침대에 걸터앉아 맥주를 마시고 있었다. 김중택이 웃으며 인사를 건넸다.

"다시 뵙게 되어 반갑습니다. 한국 방문은 어떠십니까?"

"앉아서 이야기합시다."

정중하게 악수를 나눈 두 사람은 창가의 작은 테이블로 가 의자에 앉았다. 야경이 아름답게 빛나고 있었지만 탄지는 관심이 없는 듯 했다. 탄지가 입을 열었다.

"단도직입적으로 묻겠소. 우리 네맹게공화국이 투자처로서 가치가 있습니까?"

갑작스런 질문에 김중택이 말문이 막혔다. 탄지가 어떤 인물인지 조사를 통해 대강 알고 있었지만 외국의 사업가에게 일개 국가의 장관이 이런 질문을 하리라고는 미처 예상하지 못했다. 김중택은 미소를 지으며 질문의 의도를 살피려고 했다. 일단, 술에 취해 흥분한 것은 아닌 듯 했다.

"장관님, 혹시 기분 상하신 일이라도 있었습니까? 의전상 문제가……"

탄지는 팔짱을 낀 채 김중택을 똑바로 쳐다보며 말했다.

"외교적 수사는 집어치우고 당신의 사업가적 의견을 말해보시오. 나는 군인이라 직설적인 것을 좋아하오. 우리나라가 투자할 가치가 있소?"

탄지의 얼굴을 본 김중택은 그의 말이 진심임을 느꼈다. 서구에서 엘리트 교육을 받은 그가 이런 질문을 한다는 것은 뭔가 중요한 이유가 있다는 것이었다. 그리고 이런 경우 솔직하게 답하는 것이 좋다.

"유망한 투자처라고 봅니다. 하지만 정보가 부족해서 확실한 판단을 내리지 못하고 있습니다."

"정보부족이라?"

김중택의 말은 사실이었다. 관심이 있었으면 어떻게든 정보수집을 했겠지만 어느 누구도 중부아프리카 내륙의 작은 분쟁국가에 관심이 없었다. CNN이나 BBC 월드에서 말하는 아프리카 관련 소식은 한국과는 아무 관련이 없기 때문이다.

김중택의 말에 탄지가 일어나 방 안을 서성였다. 김중택은 말없이 탄지를 바라보았다. 기분이 나쁠 수도 있지만 사실을 말했으니 계속 반응을 살펴야 했다.

이윽고 탄지가 입을 열었다.

"우리에 대한 일본과 한국의 인식이 이렇게 차이가 나는 줄은 미처 몰랐소. 어쨌든 일본보다는 희망적이군. 별로 유쾌하지는 않지만."

"요 며칠 동안 많은 일이 있었던 모양입니다. 자세한 말씀을 해주시죠. 뭐든 도와드리겠습니다."

김중택의 진심 어린 말에 탄지는 침대에 걸터앉아 그동안 있었던 일을 털어놓기 시작했다.

네멩게공화국이 경제개발을 위해서 외국 자본을 끌어들일 생각을 한 것은 오래 전부터였지만 계속되는 내전과 백인들에 대한 반감으로 적당한 국가를 찾을 수 없었다. 그러다 최근 실시한 지질조사에서 경제적 가치가 높은 자원을 찾아낼 수 있었고, 이를 계기로 산업국가 중에서 상대적으로 자원빈국에 속하는 한국과 일본을 대상으로 경제협력을 구상하게 되었다.

탄지는 이미 수개월 전부터 일본에 자신들의 자원 현황을 설명하고 일본 정부와 기업의 투자를 요청했다. 그러나 한 차례의 형식적인 정부 파견단을 제외하고는 묵묵부답이었다. 그리고 얼마전 직접 일본을 방문한 후 경제협력을 사실상 포기했다.

일본의 관료들과 기업인들은 정중하게 그를 맞았고, 네멩게에 대한 방대한 정보를 알고 있었다. 방문기간 내내 일본인의 민족성에 걸맞게 매사에 친절했지만 경제협력에 대한 확답은 피했다. 일본 방문이 끝나갈 무렵 탄지가 확답을 달라고 했을 때, 한 고위관료는 미안하다는 듯 그에게 이런 말을 했다.

"네멩게의 지하자원은 상당히 매력적입니다만, 중국과 수단이 내전에 개입하고 있는 한 일본 기업의 네멩게 진출을 허가할 수 없다는 것이 정부 방침입니다. 중국, 수단과 외교적 마찰을 원하지 않습니다. 영국도 니켈광산에서 손을 떼지 않았습니까?"

아프리카 사정에 밝은 일본은 오래 전에 내부방침을 결정했을 것이다. 특히, 일본의 동아시아 경제연구소는 40년 전부터 아프리카에서 발행되는 모든 종류의 신문기사를 분석할 만큼 치밀했다. 따라서 그들이 네멩게의 상황을 모르고 있을 리 없다. 일본에 실망하고 마지막 희망을 걸고 한국에 온 탄지는 곧 새로운 계획이 필요함을 절감했다.

"일본은 우리에 대한 많은 정보를 알고 있는 데 반해, 한국은 어떠한 정보도 가지고 있지 않더군요. 한국이 자원외교를 한다기에 기대를 하고 왔는데, 설마 이런 꼴을 당할 줄은 몰랐소."

한-미, 한-EU FTA 문제와 개성공단, PSI 참여문제 그리고 최근의 천안함 사태로 외교 관련 부서는 바쁘게 돌아갔고, 계속되는 정치문제로 인해 공직사회는 산만했다. 정관계 인사들과의 면담은 형식적이었고, 실무자들은 '정말로' 아는 것이 없었다. 모 부처의 장관을 면담하러 갔을 때, 장관의 비서는 경호비서로 동행했던 돌비 소령을 탄지로 착각하고 인사까지 했다. 즉, 그들은 탄지가 누구인지 조차 파악하지 못하고 있었던 것이다. 이런 상황에서 정식 외교관계 수립을 요청할 수는 없었다. 그것이 한국방문 48시간 동안 일어났다. 그 후로는 대기업 계열사를 방문하며 형식적인 산업시찰을 하고 시간을 때웠다.

"저기 쌓여있는 상자들을 보시오. 우리가 받은 선물이오. 우리가 거지인줄 아는 모양이지."

탄지가 침대에서 일어나 방 한 쪽 구석에 쌓여있는 크고 작은 상자더미로 다가갔다.

"노트북 컴퓨터 · MP3 · 캠코더 · 디지털카메라 · 헤어드라이어……. 웃긴 건 우리나라는 전력 공급조차 제대로 안 되고 있다는 것이오. 상대방의 상황을 알아보지도 않고 맞지 않는 선물을 하는 것은 심각한 모욕이오."

그가 들고 있던 헤어드라이어 상자를 다시 내려놓으며 말했다.

"최소한 일본인들은 이런 짓은 하지 않았소. 뭐, 한국 사람들은 별 관심도 없겠지만."

김중택의 낯이 후끈거렸다. 김중택의 생각에도 김영삼 정부 이후 세계화 · 국제화를 부르짖은지 15년이 지났지만 달라진 것은 별로 없었다. 오히려 군사정부 때 보다 국제인식이 더 낮아진 것 같았다.

김영삼 정부가 비록 세계화를 외쳤지만 그 구호조차도 국제정세에 관심도 없는 사람들이 국내의 권력투쟁을 위해 만든 선전 문구에 불과했다. 그리고 그 후의 정부 역시 국제인식은 나아질 기미가 보이지 않았고 문제가 될 때마다 영어 광풍만 몰아치는 엉뚱한 상황이 계속되었다. 영혼이 영어에 물들고 세계화 · 국제화를 입에 달고 살면서도 국제인식은 여전히 조선시대에 머물고 있는 대한민국. 김중택은 할 말이 없었다. 자신이 특별히 잘못한 것은 없지만 이런 상황을 먼저 알지 못한 자신도 큰 실수를 한 것임에 틀림없었다.

"한국의 기업인으로서 머리 숙여 사과드립니다. 제가 이런 상황을 알았더라면 더 좋았을 텐데, 미처 알지 못했습니다. 늦게나마 사과드립니다."

김중택은 일어나 머리를 숙여 진심으로 사과했다. 비록 자신은 외교관, 정관계 인사도 아니었지만 한 기업을 대표해 외국 장관과 면담을 하는 것 역시 엄연한 외교활동이엇다. 때문에 자연스런 격식과 절도가 필요했다. 탄지가 부드러운 목소리로 말했다.

"당신 책임은 아니지만 그 사과는 받아들이겠소. 하지만 당신을 부른 목적은 따로 있소."

"뭐든 말씀해주십시오. 최대한 긍정적으로 고려해보겠습니다."

탄지가 침대에 돌아와 다시 앉았다. 그리고 팔짱을 낀 채 천천히 입을 열었다.

"국가 간 일대일의 관계에서 경제협력을 하는 것은 현재 상황에서는 무리가 있소. 그래서 우리 네멩게공화국과 성창그룹이 일대일의 관계에서 경제협력을 하는 것이 어떻겠소? 국가대 기업의 경제적 상호대등 관계로 말이오."

제5장

탈북자 용병

김중택이 눈을 멀뚱거리며 물었다.

"장관님, 지금 하신 말씀이 무슨 뜻인지 정확하게 말씀해주십시오."

"우리나라 같은 약소국이 한국을 상대로 대등하게 경제협력을 바랄 수는 없소. 그보다는 한국의 일개 기업을 상대하는 편이 훨씬 낫다는 게 내 생각이오. 그러니까 서로 독점권을 갖는 거요. 일본 기업들과 일본 정부에서 꺼려하니 당신에게 제안하는 거요."

"그러니까 동인도 회사 같은 모델이군요."

"그렇소. 아까도 말했듯이 서로 독점하는 거요. 당신도 알겠지만 궁극적인 이윤창출은 독점에서 발생하오. 독점이 현실적으로 힘들기 때문에 경쟁우위니 비교우위니 하는 개념이 등장했소. 하지만 모든 사업의 궁극적 지향점은 바로 독점이오. 정치인들이 민주주의를 말하지만 그들의 지향점 역시 항상 독재이듯 말이오. 특히 속도와 효율을 강조하려면 독점, 독재도 좋은 방법이지. 그렇지 않소?"

잠시 담배에 불을 붙이던 탄지가 다시 말을 이었다.

"나는 군인이라 경영이나 경제는 잘 모르오. 하지만 따지고 보면 군사전략이나 경영전략이나 핵심은 비슷하지 않겠소? 합법성과 정당성이 부여되면 전격적으로 밀어붙이는 것이 좋다는 게 내 생각이오. 그리고 방법은 단순한 것이 좋소. 일을 하다 보면 돌발변수가 많은데 이를 처리하기 위해서는 처음부터 단순한 모델이 가장 좋지. 그래서 한국 정부를 거치지 않고 직접 성창그룹과 일대일 관계를 맺으려고 하는 거요."

미국 MBA를 나온 자신보다 군인인 탄지가 경영, 경제의 핵심을 더 잘 꿰뚫고 있었다. 김중택도 어렴풋이 느끼던 것이지만 군사전략, 전술과 기업의 경영전략·전술은 일맥상통하는 것이 많았다. 사실 인간이 만든 조직 중에서 군과 기업만큼 특정목적을 위해 전문적이고도 방대한 조직을 운영하는 곳은 없다.

역사적으로 군사전략가와 경영·경제 사상가의 생각은 서로 모방했다고 생각될 만큼 유사한 것들이 많았다. 어쩌면 군사전략가들이 더 앞섰다고도 할 수 있다. 기업이 R&D를 그들의 핵심역량으로 인식할 무렵, 군사전략가들 역시 적의 전쟁 수행 핵심역량을 파괴하기 위해 전략과 무기체계를 발전시켰고, 기업이 소비자를 상대로 한 마케팅의 중요성에 눈 뜰 무렵, 군은 이미 민사심리전을 실전에 활용하고 있었다. "속도가 부를 창출한다."는 엘빈 토플러의 말은 이미 2차 대전 당시 독일의 기갑부대에 의해 전격전으로 실현되었고, 몇 년 전부터 한국에도 불기 시작한 팀제의 원조 역시 특수부대의 팀 단위 편성이었다. 기업의 아웃소싱? 그것 역시 용병 고용이 그 원조 아닌가? 한 마디로 탄지는 군사작전과 같은 방법으로 자국의 경제개발을 하려는 것이었다.

공군장교로 근무하던 시절 미 공군의 서적과 논문을 번역하기도 했던 김중택은 탄지의 말을 들으면서 과거의 기억을 재생해내고 스스로 놀랐다. 그리고 탄지를 바라보며 어떻게 저런 사람을 '아프리카 흑인'이라고 무시할 수 있을까? 하고 생각했다. 도대체 한국의 외교 당국은 어떻게 이런 인물을 모르고 있다는 말인가? 김중택은 탄지의 말에 감탄하고 있었지만 결코 내색하지 않았다. 담배연기를 길게 뿜은 탄지가 일어나 두툼한 서류봉투를 내밀며 말을 이었다.

"우리나라의 자원 현황이오. 깨끗하게 정리되어 있소."

A4용지에 깨끗이 인쇄된 두툼한 종이뭉치가 쏟아져 나왔다. 김중택은 영문으로 작성된 서류를 빠르게 넘기며 훑어보았다.

이미 알려진 추정 매장량 세계 2위, 생산량 세계 4위의 니켈광산과 중부아프리카를 가로지르는 구리벨트의 새로운 광맥인 네멩게 구리광산, 그리고 얼마전 확인된 하루 20만 배럴을 생산할 수 있는 유정, 무엇보다도 갈륨·인듐·탄탈륨·니오븀 등 시장성이 있는 7가지의 희소금속이 눈에 띄었다. 현지조사를 해봐야 알겠지만, 이 정도 규모라면 성창그룹 전체가 나서도 충분한 이윤을 보장받을 수 있는 규모였다. 김중택은 떨리는 손으로 서류뭉치를 봉투에 넣으며 말했다.

"최대한 빠른 시일 내에 상부에 보고한 후 확답해드리겠습니다."

탄지가 재떨이에 담배를 비벼 끄며 말했다.

"내일 성창인터내셔널과 트래비스 경비 서비스와의 계약체결이 끝나는 대로 바로 떠날 생각이오."

"이번 제안은 최대한 긍정적으로 검토하겠습니다."

김중택의 말에 탄지가 악수를 청하며 말했다.

"당신들이 손해볼 일은 없을 거요. 곧 다시 봅시다."

날이 완전히 어두워지고서야 시작된 행군은 3시간째로 접어들고 있었다. 수단 남부의 기독교 세력 지역은 서부의 다르푸르 사태와는 별 관계없는 듯 평온해보였으나, 최근 들어 수단 정부군의 비호를 받는 잔자위드 민병대의 잦은 습격으로 더 이상 안전지대가 아니었다.

선두를 맡고 있는 레드가 정지신호를 보내며 잠시 멈추었다 다시 이동했다. 긴장하고 있는 듯 했다. 특이한 점이 있냐고 물어보면 느낌이 안 좋다는 말만 되풀이할 뿐이었다. 미국 위성에서 보내주는 위성정보에도 특이사항은 없었다. 하지만 에드워드 영 역시 레드만큼 긴장하고 있었다. 어제 의류 도매업자인 가말라가 전해준 정보 때문이었다.

"거래처 사람에게 들은 말인데, 동양인 용병 3명이 탈출해서 현재 수단 남부 기독교 지역의 한 마을에 숨어있다고 합니다. 그런데 그 중 하나가 부상을 입어서 이동이 힘든 모양입니다."

그러나 수단이나 반 카야 측에서 거짓정보를 흘릴 수도 있기 때문에 일단 확인부터 해야 했다. 칼리프 정보요원들과 상의한 트래비스는 에드워드 영이 얼마전 차드에서 데리고 온 미국 출신 흑인 정보요원(그의 암호명은 베르쿠트였다.)을 침투시켰다.

그가 보내온 정보는 가말라의 정보가 틀림없다는 것이었다. 베르쿠트는 12시간 전부터 이곳에서 감시임무를 수행하고 있었다.

이제 문제는 이들 동양인 용병들을 어떻게 데리고 올 것이냐는 것이었다. 베르쿠트와의 랑데부 지점으로 가는 도중 중에도 별다른 방법이 떠오르지 않았다.

그때 선두에 있던 레드의 목소리가 들려왔다.

"랑데부 포인트에 접근 중. 경계 철저히 할 것."

위성정보에는 계속해서 별 이상이 없다고 나오고 있었지만, 적이 위장해서 매복해 있을 수 있으니 안심할 수는 없었다. 잠시 후베르쿠트의 음성이 전 대원의 헤드셋에 울렸다.

"위치에 도착했나? 주변은 안전하다. 빨간 불빛을 비추고 나가겠다."

"우측 2시 방향, 불빛이 반짝인다."

히지가타의 말에 전 대원이 한 곳에 총을 겨눴다. 빨간 불빛이
몇 번 더 반짝이더니 곧 꺼졌다. 곧이어 사람 형상 하나가 소리
없이 나타났다. 베르쿠트였다. 그는 저격수답게 완벽한 사막위
장과 드라구노프 저격총을 들고 있었다.

"놈들은 여기서 200m 정도 떨어진 마을에 있습니다. 마을 주
민들은 이들에게 식량을 나눠주고는 어제 마을을 버리고 떠났습
니다. 잔자위드 민병대가 오면 자신들이 학살당할 수 있기 때문
이죠. 그래서 지금은 동양인 용병 3명 밖에 없습니다. 하나는 다
리에 부상을 입고 심하게 절뚝거리고, 다른 하나는 힘이 없어 보
입니다. 멀쩡한 놈은 한 놈뿐입니다. 그 놈이 좀 전에 부비트랩
을 설치했습니다."

베르쿠트가 낮은 목소리로 브리핑을 마치자 블루가 말했다.

"마을 사람들이 모두 떠났다면 이 근방에 소문이 났을 테고,
탈주자를 잡으려는 놈들도 곧 쫓아오겠군."

맞는 말이었다. 주민들이 마을을 떠난 것이 어제라면 지금쯤
적들도 알고 있을지 모른다. 따라서 적보다 먼저 움직여야 했다.

히지가타가 말했다.

"그런데 놈들은 왜 도망을 안 가는 거지? 설마, 여기서 싸우다
죽을 생각일까?"

오렌지가 말을 되받았다.

"하나는 다리 부상이고, 다른 하나는 병에 걸린 것 같고. 그렇다면 여기서 끝까지 싸우다 자폭할 생각인지도 모르겠군."

그럴지도 모른다. 만일 그들이 북한인들이라면 충분히 그럴 가능성이 있다.

베르쿠트가 일어서며 말했다.

"그냥 밀고 들어가서 제압하면 될 겁니다."

에드워드 영이 말을 받았다.

"우리도 그럴 생각이오."

마을 외곽은 황량할 만큼 조용했다. 크고 작은 움막 스무채 정도가 유일한 식수원인 우물을 중심으로 모여 있었다. 베르쿠트가 우물을 가리키며 말했다.

"우물 바로 앞에 있는 움막에 놈들이 있습니다. 크레모어가 우물 주변 두 곳에 설치되어있습니다."

다행히 진흙으로 만든 집은 한 채도 없었다. 사막에서 흔히 볼 수 있는 진흙 집이라면 안으로 들어가기 힘들 것이다. 그 때 움막 앞에 나 있는 작은 창으로 사람의 형상이 어른거렸다.

에드워드 영이 물었다.

"크레모어가 부비트랩으로 설치되었다고?"

"그렇습니다."

히지가타가 물었다.

"다른 방향에는 설치되지 않았소?"

베르쿠트가 다시 답했다.

"내가 본 바로는 저것 뿐입니다."

에드워드 영은 곧 방법을 생각해냈다. 놈들의 위치를 정확히 파악하고 있고 부비트랩의 위치도 알고 있으니, 접근로만 확보하면 된다. 움막을 따라 접근하면 탁 트인 곳을 지나는 모험을 할 필요도 없다. 교전이 벌어져도 은폐물이 있으니 어느 정도 안심할 수 있다. 따라서 움막 안으로 전 대원이 순식간에 쇄도해 들어가면 생포할 수 있을 것이다. 물론 자폭하기 전에 성공해야 한다.

"왼쪽으로 접근한다. 명심해라. 놈들이 자폭할 수 있으니 신속, 정확해야 한다. 베르쿠트, 당신은 여기서 지원해주시오."

미처 파악하지 못한 다른 부비트랩이 설치되었는지 모르기 때문에 밤눈이 밝은 히지가타가 선두를 맡았다. 침 삼키는 것도 조심스러울 만큼 바짝 긴장됐다. 잠시 후 히지가타가 크레모어를 꺼내 전자식 뇌관을 꽂았다.

그 때 베르쿠트의 음성이 전 대원의 귀를 때렸다.

"안에서 움직임이 있다. 눈치 챈 것 같다."

히지가타가 엎드린 채 움막 7~8m 앞에 크레모어를 놓고 조용히 철수했을 때 총성이 울렸다. 히지가타를 보고 쏜 것인지는 알 수 없었지만 바로 터트려야 했다. 크레모어의 각도가 정확하기를 바랄 수밖에 없었다. 총성이 2발 더 울렸다. 에드워드 영이 원격조종 격발기의 버튼을 힘껏 누르자 크레모어가 천지를 찢어놓는 폭발음과 함께 움막을 향해 거대한 폭풍을 일으켰다. 돌격명령을 내리기도 전에 대원들은 방풍 고글을 쓴 채 이미 뛰어가고 있었다. 상대가 아직 정신을 차리지 못했을 때 제압해야 했다.

희뿌연 흙먼지 사이로 움막을 이루고 있던 나무들이 멀리까지 날아가 흩어져 있었다. 폭발의 충격으로 흙투성이가 된 적들은 널브러져 있었다. 제압은 신속하게 이루어졌다. 탈주자 1명당 2명씩 달려들어 손을 뒤로 묶고 재갈을 물렸다.

에드워드 영이 탈주자의 입에 재갈을 물리려는 순간, 한 쪽에서 탈주자 하나가 입에 재갈이 물려진 채 거칠게 반항했다. 양손을 제대로 결박하지 못한 사이 그가 허리에 찬 수류탄의 안전핀을 뽑았다.

그 때 누군가 다급한 목소리로 외쳤다.

"수류탄이다. 피해!"

히지가타가 쏜살같이 뒤에서 달려들어 탈주자를 앞으로 거칠게 밀고 가더니 그대로 패대기쳤다. 수류탄을 몸에 지닌 탈주자는 균형을 잡지 못한 채 혼자 앞으로 고꾸라졌다. 그리고 수류탄과 함께 산산조각이 났다.

다행히 다친 사람은 아무도 없었다. 히지가타가 구시렁거리며 일어났고, 에드워드 영은 재갈을 채우기 위해 다시 마닐라 끈을 잡았다. 그리고 그 때 자폭한 사람과 눈앞의 사람, 최소한 2명은 한국인임을 알게 되었다. 그의 눈앞에 있는 탈주자의 입에서 분명히 한국어가 흘러나온 것이다.

"종태, 리종태가 이렇게 가다니……."

박우철은 게토레이를 시원하게 들이키며 갈증을 달랬다. 역시 운동으로 땀을 빼는 것만큼 개운한 것은 없다. 성창인터내셔널 부장으로 있던 그는 현재 자리를 옮겨 그룹 인재개발팀에서 일하고 있었다. 납치당했던 일로 위로금도 두둑하게 받았고, 새로 옮긴 자리는 별로 바쁜 일이 없는 한가한 곳이었다. 가족들과도 시간을 가질 수 있었고 정신적 여유도 생겨 이제는 납치의 충격도 많이 벗어났다.

그는 빈 깡통을 쥐고 한참을 바라보았다. 한때는 깡통의 원료인 보크사이트를 구하기 위해 아프리카를 누비고 다닌 적도 있었다. 국가경제에 이바지한다는 자부심도 있었다. 그러나 이제 다 옛날이야기가 돼 버렸다.

깡통을 분리수거 통에 집어넣은 그는 담배 한 갑을 산 후 편의점을 나와 차를 가지러 다시 헬스클럽 건물로 향했다. 오후 5시 40분이니 집에 가서 저녁을 먹기 딱 좋은 시간이었다.

편의점 근처의 신호등 앞에 섰을 때 누군가 옆으로 다가왔다.

"실례합니다. 박우철 부장님이시죠?"

박우철이 경계하는 눈으로 조금 떨어져 말을 건 남자를 빠르게 훑는 사이 남자가 미소를 지으며 말했다.

"안녕하십니까? 대한방송 조석태 기자입니다."

박우철이 기자라는 말에 당황해 하는 사이 조석태가 재빨리 기자증을 보이며 신분을 확인시켰다.

"아, 예……."

적당히 얼버무리며 자리를 피하려고 했지만 때마침 신호등에 파란불이 들어오자 가던 길을 가는 것이 낫겠다는 생각이 들었다. 저녁 무렵이라 오가는 사람들이 제법 있었다. 박우철에게 따라붙으려다 시장을 보고 뒤에서 따라오던 젊은 여자와 부딪힌 조석태는 미안하다는 말도 없이 계속 따라붙으며 말을 걸었다. 젊은 여자는 눈을 흘긴 뒤 다시 앞장서서 걸어갔다.

"아프리카에서 무슨 일이 있었기에 보직이동이 있었습니까? 위로금도 많이 받았죠? 좀 말씀해주시죠?"

박우철은 조석태를 쳐다보지도 않고 앞만 보고 걸었다. 회사에서 신신당부했었다. 대한방송 기자가 대강의 눈치를 챘지만 아는 것은 별로 없으니 걱정 말라고. 그리고 찾아오더라도 절대 아무 말도 하지 말고 회사로 연락하면 회사에서 알아서 처리하겠다고. 한동안 조용하기에 회사에서 미리 잘 처리한 줄 알고 있었는데, 마침내 올 것이 온 것이다.

조석태가 끈질기게 늘어졌다.

"아무 말 없는 걸 보니 무슨 일이 있긴 있었군요. 그렇죠?"

건널목을 다 지나서도 박우철이 아무 말이 없자, 조석태는 좀 세게 나가기로 했다. 그는 박우철의 귀에 대고 목소리를 낮춰 살짝 말했다.

"성창그룹이 용병을 고용한 사실을 다 알고 있습니다. 그 사람 얼굴만 확인해주세요."

반응은 즉각 나타났다. 박우철이 걸음을 멈추고 놀란 얼굴로 조석태의 얼굴을 똑바로 쳐다보았다. 조석태는 이 기회를 놓치지 않았다.

"박 부장님이 출장가 있을 때 저도 요하네스버그에 있었죠. 성창물산 요하네스버그 지점에서 무슨 일이 있었는지 잘 압니다. 폐쇄된 다이아몬드 광산에서 성창물산의 현지 고용인을 괴한들이 총으로 쏘아 죽이고, 그 괴한들은 성창에서 고용한 용병들에게 다 죽었죠. 이 두 눈으로 다 봤습니다. 못 믿겠다면 현지 지점장에게 확인해보세요. 같이 있었으니까."

박우철은 흔들리고 있었다. 요하네스버그에서 무슨 일이 있었는지 정확하게는 몰랐지만 현지 고용인 하나가 자신들의 몸값을 전달하려다 테러범의 총에 맞아 죽었다는 소문은 알고 있었다. 그런데 눈앞에 있는 기자가 사건현장에 있었다니. 믿을 수 없었지만 상황 묘사가 너무도 상세했다.

노련한 기자인 조석태 역시 박우철의 심리를 파악하고 있었다. 이제 더 밀어붙여야 한다.

"박 부장님도 저 같은 경험을 해보셨습니까? 총성이 난무하고 눈앞에서 사람이 죽어나가는……"

그 말에 박우철의 심장 박동이 빨라졌다. 한동안 잊고 지냈던 일들이 다시 머릿속에 떠올랐다.

"당신이 몸값 지불 현장에 있었던 모양인데, 그 사람들이 구해주지 않으면 우리도 벌써 죽었을 거요. 그러니 그만 합시다."

아차차, 순간 후회했지만 이미 조석태가 다 알고 있으리라 생각했다. 격앙된 어조로 흥분한 채 쏟아내는 박우철의 말은 조석태에게는 한 줄기 광명과도 같았다. 순식간에 사건의 윤곽이 파악되었다.

조석태는 서둘러 양복 상의에서 A4용지에 인쇄된 사진을 꺼내 보였다.

"한 가지만 더 묻겠습니다. 이 사람을 본 기억이 있습니까?"

박우철이 사진을 쳐다보지도 않고 퉁명스럽게 내뱉었다.

"몰라요!"

박우철이 불쾌한 듯 다시 걸음을 옮기자 조석태가 그의 팔을 붙잡으며 늘어졌다.

"어두워서 그렇습니까? 좀 밝은 데서 보시죠. 김중택 이사하고 잘 아는 사람인 것 같던데 본 적이 없나요?"

박우철이 거칠게 팔을 뿌리치며 말했다.

"김중택 이사하고 한국말로 말 한 사람이 있었소. 누군지는 몰라도 그 사람도 한국 사람이겠지. 하지만 위장을 하고 있어서 자세히 볼 수 없었소. 김중택 이사에게 직접 물어보면 될 것 아니오? 더 이상 귀찮게 하지 마시오!"

거칠게 팔을 휘저은 박우철이 씩씩거리며 발걸음을 옮겼다. 조석태는 더 이상 붙잡지 않았다. 이미 목적 달성을 했기 때문이다.

"일단, 저녁부터 먹어야겠군."

조석태는 기분 좋은 시장함을 느끼며 근처 음식점을 찾아 두리번거리기 시작했다.

그 때 건널목에서 조석태와 부딪힌 젊은 여자가 검정 비닐봉투 몇 개를 들고 설렁탕 집으로 들어가는 조석태의 뒷모습을 지켜보고 있었다.

"내가 끓인 된장찌개 맛있어?"

조석태와 부딪히면서 그의 오른쪽 어깨에 일회용 송신기를 장착한 젊은 여자가 대화 내용이 잘 녹음됐는지 물었다.

"아주 맛있다. 수고했다, 이상."

20여 미터 떨어진 승합차의 요원이 잘 수신했음을 알리자 젊은 여자는 종종걸음으로 조용히 사라졌다.

아침 9시에 아침식사를 마친 에드워드 영은 곧바로 로간 박사를 찾았다. 그가 동양인 포로 2명을 데리고 돌아온 시각은 새벽 1시가 넘어서였다. 그 중 몸 상태가 안 좋아 보이는 1명을 로간 박사에게 데려다 주었는데 상태가 어떤지 확인하러 간 것이다.

"황열병이라네. 다행히 가벼운 증상이야. 그런데 더 큰 문제가 있더군."

링거 주사를 맞고 잠을 자고 있는 모습은 악독한 전사의 모습이 아니었다. 난동과 자해를 막기 위해 감시병 둘을 붙였고, 그것도 모자라 손과 발을 수갑과 족쇄로 묶었지만 입의 재갈은 풀린 상태였다. 전장을 잘 아는 로간 박사가 재갈을 풀었다면 뭔가 이유가 있을 것이다.

"입의 재갈이 풀렸군요. 혀를 깨물지는 않았습니까?"

"그렇게 할 수가 없을 거야. 혀가 잘렸다네."

로간 박사가 설명했다. 어젯밤 에드워드 영이 진료소로 데리고 왔을 때 로간 박사는 바로 진정제를 주사하고 신체 이상을 조사했는데 입에서 출혈이 있는 것을 보고 입 안을 살펴보다 혀가 잘려서 피가 베어나는 것을 발견했다.

"잘린 시점은 얼마전이야. 한 달 정도 된 것 같은데 죽지 않은 것이 다행이지. 외과 전문의가 아닌 누군가가 고문을 하다가 자른 것 같더군. 제대로 치료가 되지 않은 상태야. 일단 지혈은 했지만 치료를 더 해야 하네. 아침에 트래비스 중령에게 보고했네."

이런 몸으로 탈주했다는 것이 놀라웠다. 몸이 성한 다른 포로를 찾아 취조를 시작해야 했다.

"박사님, 잘 부탁드립니다. 이놈들 때문에 그동안 고생 좀 했거든요. 다시 오겠습니다."

"우리가 가말라 그 친구를 고용했어야 했는데 말이야. 놈들을 어디서 찾을 건지 걱정했는데 이렇게 해결되다니."

트래비스 중령은 에드워드 영과 함께 감옥으로 가는 동안 계속해서 정보회사 칼리프의 역량부족을 얘기했다. 거액을 들여 인수한 정보회사보다 가말라의 정보가 정확했으니 그런 푸념도 당연했다.

감옥으로 개조한 창고는 꽤 튼튼해 보였다. 네멩게 내전 당시 포로수용을 위해 만든 것이었다. 한때는 100여 명도 수용했던 적이 있지만, 지금은 북한인 1명만 수용된 상태였다.

감옥관리를 맡은 경비병 5명과 칼리프 직원이 2명이나 나와 있었다. 이들은 에드워드 영을 기다리고 있었다. 한국어를 할 줄 아는 사람이 에드워드 영 밖에 없었기 때문이다.

북한인은 데려올 때와 같이 입에는 재갈이, 손과 발은 수갑과 족쇄로 묶인 채 감옥 바닥에 모로 누워있었다. 복잡한 법적절차는 필요 없었다. 그냥 가서 물어보고 확인하면 된다. 감옥 문이 열리고 에드워드 영이 들어갔다. 누워 있던 북한인이 눈을 떴다. 이제부터 한국어가 오갈 것이다.

"고개만 끄덕여. 너 북한에서 왔지?"

자신과 비슷한 동양인이 한국어로 말을 하자 북한인의 눈이 커졌다. 에드워드 영이 다시 물었다.

"귀 먹었나? 맞으면 고개를 끄덕여. 다시 묻는다. 너 북한 사람이지?"

그가 고개를 끄덕였다.

"배고픈가?"

그가 다시 고개를 끄덕였다.

"살고 싶은가?"

계속 고개를 끄덕였다.

"우리에게 협조하면 살려주지. 그렇게 하겠나?"

콧구멍에서 숨소리가 씩씩 나며 거칠게 고개가 끄덕여졌다.

"입의 재갈을 풀어줄 것이다. 나를 물어뜯거나 혀를 깨물어서는 안 된다. 그러면 같이 온 친구처럼 혀가 잘릴 수도 있다. 알겠지?"

그 말에 그의 눈에 잠시 분노가 떠올랐다. 에드워드 영은 그의 몸을 일으켜 앉힌 다음 재갈을 풀어주었다. 그리고 심리적 우위를 달성하기 위해 잠시 서서 그를 바라보았다. 북한인 역시 에드워드 영의 모습을 바라보았는데 선글라스를 쓰고 전투조끼에 권총까지 찬 모습에도 전혀 위축되지 않는 모양이었다. 악독한 전사의 모습 그대로였다.

북한인이 입을 열었다.

"당신도 조선 사람이오? 혹시 남조선 사람이오?"

"그건 중요하지 않다. 당신부터 말해봐. 여기서 뭘 하고 있었는지."

"당신도 수단 용병이오? 여기가 어디요? 날 돌려보낼 거요?"

에드워드 영이 군화발로 그의 등을 거칠게 밀었다.

"여기는 수단이 아니고, 나는 수단 용병도 아니다. 널 죽이고 살리는 것은 내 마음이야!"

담배에 불을 붙인 에드워드 영이 연기를 내뿜으며 말했다.

"혀가 잘린 놈은 황열병에 걸려 치료받고 있다. 협조만 하면 만나게 해주지. 상황판단 잘 해. 네가 할 수 있는 일은 아무것도 없으니까."

잠시 침묵하던 북한인이 고개를 들어 입을 열었다.

"알겠소. 1년 전에 이미 죽은 목숨이었으니까."

에드워드 영이 담배를 비벼 끄며 물었다.

"여기 온지 1년이나 되었나?"

"가족과 함께 북조선을 탈출한지 1년이 되었소."

그가 털어놓은 말은 충격적이었다. 한국말을 하는 사람이 에드워드 영뿐이라서 다른 사람들은 알아듣지 못했지만 에드워드 영은 줄담배를 피우며 그의 앞에 쪼그리고 앉아 그의 말을 들었다.

그의 이름은 이봉희. 나이는 33세로 북한 해상육전대에서 군생활을 마치고 결혼해서 두 아이를 키우며 비료공장에서 일하던 노동자였다. 하지만 계속되는 경제난으로 생활이 힘들어 서너 살 된 아이들이 영양실조에 시달리자 가족을 데리고 중국으로 탈출했다고 했다. 중국에서 막노동으로 겨우 입에 풀칠을 할 수는 있었지만 탈북한지 두 달도 되지 않아 중국 공안에게 체포되었는데 체포과정에서 해상육전대에서 배운 격투술로 공안 10여 명을 때려 눕혔다고 한다.

그의 취조를 맡은 중국 공안은 가족을 살려주는 대가로 중국을 위해 더러운 일을 하는 용병이 될 것을 강요했다. 중국을 도와 용병을 하면 가족도 살리고 일정기간 후 가족과 함께 미국이나 한국으로 보내줄 것이며, 만일 작전 중에 죽더라도 가족은 그렇게 해주겠다고 약속했다고 했다. 그 약속을 믿을 수 없었지만 당장 살아야 했기 때문에 어쩔 수 없이 용병으로 왔다는 것이다.

제6장

밸런타인 작전

"가족들이 안전한지 확인했나?"

에드워드 영이 담배에 불을 붙이며 물었다.

"작전에 세 번 이상 투입되면 가족들과 한 번 만날 수 있었소."

중국은 탈북자 가족을 인질로 삼기 위해 그들을 수단으로 데리고 와 만날 수 있게 해줬고, 수단의 수도 카르툼 외곽에 위치한 중국인 소유의 작은 의류공장에서 일을 하게 했다고 했다.

에드워드 영은 가장 궁금한 것을 물었다.

"가족들도 수단에 있다면 당신은 왜 탈출했나?"

이봉희는 탈출동기를 묻자 가족이 생각났는지 잠시 고개를 떨어뜨렸다. 다시 고개를 들었을 때는 눈가에 눈물이 촉촉이 묻어 있었다.

"아들놈 하나는 벌써 죽었고, 딸아이는 폐병에 걸렸소. 마지막으로 봤을 때 아내에게서 들은 말이오. 그런데 아내도 그 후 중국놈들한테 겁탈당한 후 정신이 이상해졌다고 하더군. 중국놈들한테 한 번만 만나게 해 달라고 몇 번이고 간청했지만 거절당했소. 그래서 카르툼으로 직접 찾아가서 가족들을 구할 생각이었소. 어차피 죽을 목숨이니까."

"같이 탈출한 놈들도 그런 경우인가?"

"그렇소."

이봉희의 말에 따르면 다리에 부상을 입고 수류탄으로 자폭한 이종태와 황열병 환자 - 그의 이름은 박수혁이라고 했다. - 역시 가족이 죽거나 죽을병에 걸린 경우라고 했다. 만일 그것이 사실이라면 중국은 용병과 가족을 각기 다른 기관에서 감독하고 있는 것이다. 그렇지 않고서야 이런 일을 예상하지 못했다는 것은 말이 되지 않는다.

"그들과 같이 카르툼까지 갈 생각이었나? 방향을 정반대로 잡았군."

"경계가 너무 삼엄해서 일단 도망칠 곳을 찾은 거요. 그런데 2명이 거동이 불편해서 그 마을에서 끝까지 싸우다 죽을 생각이었소."

에드워드 영은 철창 밖을 내다보았다. 모든 대화내용이 녹화되고 있었지만 한국어로 하는 통에 다른 사람들은 전혀 알아듣지 못해 답답한 듯 했다. 이봉희의 말이 끝나자 에드워드 영이 일어나 말했다.

"밥을 가져올 테니, 좀 있다 계속 하지. 물어볼 것 많으니까."

에드워드 영이 철창 밖으로 나가자 이봉희가 뒤에서 물었다.

"그런데 당신은 남조선 사람 맞소? 혹시 안기부 요원이요?"

"내가 누군지 보다 내가 뭘 원하는지가 더 중요하지 않나? 앞으로도 아는 대로만 말해."

에드워드 영은 철창을 거칠게 닫았다.

히지가타가 휴가복귀 때 가져온 한국제 전투식량은 에드워드 영이 현역시절 자주 먹었던 즉석 비빔밥이었다. 뜨거운 물을 붓고 몇 분 뒤 분말스프와 참기름을 섞어 종이접시에 담아주자 이봉희는 게걸스럽게 먹기 시작했다. 난동을 방지하기 위해 숟가락 사용을 못하게 했지만 손으로도 잘 먹었다. 감시병 둘은 무표정하게 그 모습을 바라보고 있었다.

이봉희의 식사 모습을 잠시 지켜본 에드워드 영은 트래비스에게 자신이 들은 내용을 보고했다. 트래비스는 정보회사인 칼리프의 사장 아놀드 베이커와 함께 그의 보고를 들었다.

"에드워드, 자네 생각은 어때? 이상한 점은 없었나? 위장 망명이라던가, 우리에게 역정보를 흘린다던가 말이야."

"글쎄요. 확인을 해봐야겠지만 저 놈의 말은 충분히 가능한 얘기라고 생각합니다."

중국 입장에서는 충분히 해볼만 한 일이었다. 중국 내 탈북자 문제도 어느 정도 해소하면서 수단을 돕는 생색도 낼 수 있는 일석이조의 방법이었기 때문이다. 문제가 터진다고 해도 발뺌하는 방법은 많을 것이다.

트래비스 중령이 한 마디 했다.

"중국놈들을 욕할 수는 없겠군. 그 놈들 입장에서는 합리적인 생각을 한 거니까. 김정일이라는 놈도 인간쓰레기지만 한국 사람들도 가증스럽긴 마찬가지군."

맞는 말이었다. 중국 내의 탈북자들은 남과 북은 물론 지구상 어떤 국가에도 속하지 않는 유령 같은 존재들이었다. 인신매매를 당하든, 강간을 당하든, 노예로 팔려가든, 장기가 강제로 꺼내어지든, 굶어 죽든, 맞아 죽든 어느 누구도 책임지지 않는, 이미 존재 자체를 거부당한 사람들이었다. 그런 그들이 희망 없는 아프리카 대륙에 나타났다. 용병과 인질의 모습으로.

"알아낼 수 있는 것은 다 알아내고 동영상의 자막도 완성하게. 칼리프 직원들이 도와줄 걸세. 그리고 혹시나 해서 하는 말인데, 이번 일은 반드시 사업상으로 접근하게. 옛날 생각하지 말고. 잘 해주리라 믿네."

트래비스의 말에 에드워드 영은 가벼운 목례 후 다시 감옥으로 돌아갔다.

강진수는 국가정보원 자신의 사무실에서 조석태를 추적, 관찰한 중간보고서의 마지막 문장을 읽고 있었다. 강진수 역시 조석태가 간첩임을 잘 알고 있었지만 이번 경우는 기자의 순수 취재 활동이라고 판단했다. 조석태의 목소리는 테이프에 깨끗이 녹음되어 몇 번이고 들을 수 있었다. 예상대로 그는 기자 신분을 십분 잘 활용해서 사건을 들추고 있었다. 부수적인 수입도 있었다. 조석태가 속한 국내 간첩 조직망인 '해금강 라인'이 몇 년 만에 다시 포착된 것이다. 정보기관에서 불문율처럼 내려오는 격언이 딱 들어맞는 순간이었다.

'다른 사람이 대신 설치고 있을 때는 그 사람을 잘 관찰하라. 그가 설치는 것을 멈추면 조금 더 설치게 하라.'

강진수는 보고서를 책상에 던져놓고 의자에 몸을 깊숙이 파묻었다. 지금 중요한 것은 간첩망이 아니었다. 성창그룹의 용병 고용설이 어느 정도 사실로 밝혀졌으니 그룹 측 사람을 만나 어떻게 할 것인지 물어봐야 했다.

그 때 인터폰이 울렸다.

"김종근 실장님께서 오셨습니다. 중요한 일이라고 하십니다."

"안으로 모시게."

해외파트에서 일하는 김종근이 불쑥 찾아온 것은 의외였지만 곧 성창그룹 용병 고용설과 관련 있다는 것을 직감했다. 해외에서 활동한 경험이 많은 김종근 같은 노련한 정보요원이 연락도 없이 찾아온 것은 상대방을 당황하게 하려는 술책임이 분명했다. 직급은 같지만 자신보다 4년 선배인 김종근은 국내외에서 활동하며 업무영역을 넓히고 있었다. 때문에 항상 조심해야 했다.

책상을 간단하게 정리한 강진수는 웃는 모습으로 김종근을 맞았다. 의례적인 안부인사가 끝나고 따뜻한 녹차 한 잔을 내놓자 김종근이 먼저 말을 꺼냈다.

"강실장, 대한방송 조석태 기자를 감시한다던데 간첩사건 때문인가?"

태연하게 질문을 던진 김종근이 녹차를 마시며 강진수의 반응을 기다렸다. 해외파트에서 어떻게 감시 여부를 아는지 따질 생각은 없었다. 조직내부의 경쟁자들도 항상 서로를 감시하기 때문이다.

솔직하게 털어 놓는 것이 낫다고 판단한 강진수가 웃으며 말했다.

"뭐, 그것도 있지만 그 뿐만은 아닙니다. 우리 일을 대신 하고 있기에 관찰만 하고 있었습니다."

"자네들 일이라면 성창그룹이 용병을 고용했다는 소문을 확인하는 것 말인가?"

김종근이 녹차를 홀짝이며 웃으면서 말했다. 강진수는 김종근의 그런 웃음이 싫었다. 상대방의 생각을 다 알고 있다는 듯 한 표정이기 때문이다. 하지만 조직 내부에서 김종근의 위치는 견고했다. 정권이 바뀌자 해외파트의 위상이 더 높아졌고, 그 중 정치적 배경이 있는 그의 중요성은 단연 돋보였다. 조만간 있을 대규모 인사이동에서 다시 해외파트 실무책임자로 복귀한다는 말도 있었다. 그에 비하면 자신의 운명은 알 수 없었다.

"예, 그렇습니다. 조석태가 잘 해주고 있더군요."

그는 다른 부수입에 대해서는 일절 말하지 않았다. 북한의 고정 간첩망을 밝히는 것은 군이 말할 필요가 없었기 때문이다. 하지만 김종근의 관심사는 달랐다. 그가 찻잔을 내려놓으며 말했다.

"자네 조석태가 북의 간첩이라는 것은 알고 있지?"

물론 잘 알고 있었다. 그런데 김종근이 왜 지금 그것을 묻는지 알 수 없었다.

"잘 압니다. 고정 간첩망인 해금강 라인의 핵심멤버입니다. 그런데 아직 전체 조직을 다 파악하지 못했습니다. 그건 그렇고, 왜 그걸 물으시죠?"

강진수가 눈을 번득이며 되묻자 김종근이 다시 찻잔을 들며 말했다.

"이번 일로 그 조직을 다 파악할 수 있나?"

"당장 급한 일은 아니라서 장담은 못합니다. 성창그룹이 용병을 고용했는지가 더 먼저이니까요. 하지만 간첩망을 다 파악한다고 해도 공작에 이용할 수 있기 때문에 바로 검거하지는 않을 겁니다."

강진수는 통상적인 답변으로 김종근을 압박했다. 고정 간첩망은 역정보를 흘리는 등 여러 가지로 쓰임이 많아 당장 답변할 수 없는 경우가 많았다. 그러자 강진수의 말에 고개를 끄덕이며 몸을 앞으로 숙이던 김종근이 진지하게 입을 열었다.

"성창그룹 용병 고용 건과 간첩 건을 서로 맞교환 하는 게 어떻겠나? 피차 손해 보는 장사는 아닌 것 같은데 말이야."

황당한 제안이었다. 성창그룹 용병 고용 건은 정보수집 업무이고 간첩 건은 대공수사, 방첩업무이다. 그것을 왜, 어떻게 교환하자는 것일까? 그리고 그렇게 해서 그가 얻는 것은 무엇일까?

"이해가 되지 않습니다. 용병 고용에 대해서 관심을 갖는 것은 이해되지만 왜 간첩단에 관심을 갖는 겁니까? 그건 우리 고유업무인데 말입니다."

강진수에게 당장 떠오른 생각은 김종근이 성창그룹 용병 고용 사건과 관련이 있을지도 모른다는 것이다. 그래서 그 사건을 취재하는 조석태가 방해요소로 떠오르자 그가 간첩이라는 사실을 이용해 그를 제거하려는 것일 수도 있었다. 하지만 이번에도 예상은 보기좋게 빗나갔다.

"그 놈들이 우리 작전을 완전히 망친 적이 있었지. 하지만 당시에는 제대로 밝히지 못했어. 그래서 지금이라도 없애버리려는 거야."

"혹시 7년 전 사건 말씀이십니까?"

"기억하는군. 밸런타인 작전 말이야."

밸런타인 작전은 강진수도 잘 알고 있었다. 해외공작 대실패 사례로 꼽히는 밸런타인 작전은 북한의 아프리카 분쟁지역 무기 수출에 대한 정보수집을 위해 국정원과 정보사가 협력해서 실행한 것으로 요원 대부분이 작전 중 사망 또는 실종됐다.

정보 유출로 인한 작전 실패라고 판단한 국정원과 정보사는 수사 도중 해금강 라인이라는 간첩망을 파악했으나 남북 화해분위기로 인한 정치권의 압력과 기관 간 알력 다툼으로 수사가 중단되고 말았다. 당시 신문기자였던 조석태와 국회의원 전상필, 이들 두 사람만이 해금강 라인의 일원이라는 것이 밝혀졌을 뿐, 고급정보 제공자는 전혀 나타나지 않았다. 그렇게 지금까지 온 것이다.

"저도 그 때 수사 실무자였습니다. 그래서 잘 알죠. 혹시 개인적인 복수를 생각하고 계십니까?"

김종근이 빙긋이 웃으며 말했다.

"그것도 있지. 하지만 더 중요한 것이 있네. 내 말대로만 해주면 자네의 미래는 내가 보장하지. 무슨 말인지는 잘 알 테지?"

이것은 맞교환 협상도 업무협조도 아니었다. 정중하고 세련된 협박이었다. 하지만 기분 나빠할 이유는 없었다. 상황을 종합하면 김종근이 성창그룹의 용병 고용에 관련이 있건 없건 자신의 미래만 보장된다면 신경쓸 이유가 없었다.

애초에 용병 고용에 대한 정보수집을 했던 것도 해외파트와 성창그룹에 대한 견제책의 성격이 강했고, 정권이 바뀌고 김종근의 입지가 강화된 지금은 달리 생각할 필요가 있었기 때문이다. 게다가 국내 간첩망 처리에 김종근의 의견을 반영해도 크게 문제될 게 없었다. 업무협조라고 하면 되니까.

"그렇다면 조석태를 계속 감시해서 조직망이 파악되면 그대로

넘기고, 성창그룹에 대한 정보는 우리가 받고……. 그렇게 하면
되겠습니까?"

김종근이 환하게 웃으며 말했다.

"역시 자네는 머리가 좋군."

"이런 걸 업무협조라고 하죠."

강진수 역시 환하게 웃었다.

웃통을 벗어젖힌 만프레드 소령이 커다란 공간에서 삽을 들
고 빠져 나왔다. 언덕의 한 쪽을 파고 들어가 만든 공간은 꽤 널
찍했다.

"자, 물건을 넣고 덮어."

빌코와 다른 대원 3명이 박격포탄 박스를 힘겹게 실어 날랐다.
진지 확보와 포탄 은닉작업은 더디게 진행되었다. 네멩게시티와
코퍼스타운의 외곽에 박격포 진지를 물색하고 좌표 측정을 한
후 포탄을 미리 숨겨 묻어두는 것은 번거로운 작업이었지만 부
대 전체가 바쁘게 돌아가다 보니 충분한 병력을 동원할 수 없었
다. 거기다 사람들의 의심을 받지 않으려면 그들의 호기심을 적
당히 풀어줄 변명거리 역시 필요했다. 만프레드 소령이 작업 중
지나가던 사람들과 나눴던 대화는 대게 이런 식이었다.

"무슨 공사죠? 전기라도 들어오나요?"

"예, 조만간 이곳에 전력선이 지날 겁니다."

"그런데 왜 당신들이 하죠?"

"우리도 네멩게의 자랑스러운 시민이니까요."

전쟁에 닳고 닳은 사람들이 이 말을 얼마나 믿을지는 모르지만 전혀 말이 안 되는 것은 아니었다. UN의 중재로 다시 시작된 반군과의 평화협상이 진전되고 있었고, 탄지 장관을 수행하고 돌아온 돌비 소령과 맥그루더 상사에 의하면 한국의 성창그룹에서 자원 현황을 조사하기 위한 지질조사단과 전력·상수도·도로·공항을 건설하기 위한 소수의 전문가 그룹을 조만간 파견할 것이라고 했다.

이미 4곳의 81mm 박격포 진지의 위치를 잡았고, 각 진지마다 VT 포탄(근접신관탄) 30발과 이중목적재래식탄(대전차-대인용 자탄이 내장된 포탄) 20발을 묻었다. 만일의 사태에 대비하기 위한 조치라고 트래비스 중령이 말했지만 이럴 필요까지 있는 것인지 알 수는 없었다. 모두가 평화와 번영을 말할 때 전쟁을 준비해야 하지만 그것은 어디까지나 정부군의 몫이기 때문이었다.

그 때 온 몸이 땀으로 범벅이 된 빌코 상사가 다가와 세 번째 진지의 작업완료를 보고했다.

"포탄을 다 묻었습니다. 오늘은 이것으로 끝이군요."

"이제 그만 돌아가지."

포탄을 싣고 온 2대의 트럭에 8명의 병력들이 나누어 탑승하자, 마지막으로 만프레드와 빌코가 올라탔다.

"이번 주 안에 다 끝내라는 지시야. 81mm는 하나 더 남았고

120mm는 세 곳이야."

빌코 상사가 얼굴의 땀을 닦으며 말했다.

"120mm 포탄이 걱정이군요. 엄청 무거운데."

"우리 일이 다 그런 거지 뭐."

만프레드가 시동을 걸었다. 어쨌든 하루 일과가 끝났다.

전상필과 만나기로 한 낚시터의 수상좌대는 이른 아침 햇살로 인해 평화로운 분위기를 발산하고 있었다. 5개의 수상좌대가 호수 한 쪽에 떠있었는데, 약속장소는 그 중 제일 끝이었다. 전날 저녁부터 죽치고 있던 전상필이 걸쳐놓은 낚싯대는 3개였다. 이는 아무 이상 없다는 뜻이기도 했다. 조석태를 태운 보트가 속도를 줄이고 수상좌대에 안착하자 전상필이 막 잠에서 깬듯 밖으로 나왔다.

"조 기자, 잘 왔나? 아침 안 먹었으면 같이 라면이나 끓여먹지?"

"예, 그러시죠."

보트가 돌아가고 안으로 들어온 전상필은 휴대용 가스버너에 물을 올리고 라면 2개를 배낭에서 꺼내놓았다. 주위를 두리번거리던 조석태가 말했다.

"재선거에 당선되신 걸 다시 한 번 축하드립니다."

"운이 좋았지."

지난 총선에서 비례대표로 출마했다 떨어진 전상필은 이번 재보선에 출마해서 당선되었다. 그의 지역구 출마에 대해서 평양에서도 불안해 했지만 여당의 지지세가 꾸준히 올라온 덕에 당선에 성공했다. 무엇보다도 여당 국회의원이 되었다는 것이 중요했다.

두 사람이 가스버너 앞에 앉아 말없이 차가운 손을 녹이고 있을 때 젊은 남녀가 다투는 소리가 들렸다. 조석태가 상황을 살피기 위해 일어나려고 하자 전상필이 말리면서 말했다.

"옆 좌대야. 어제 나보다 늦게 젊은 남녀 둘이 들어왔는데 계속 싸우더군. 밤새 관찰했는데 특이사항은 없어. 그 때문에 어제 잠도 설쳤네."

물이 끓자 라면과 수프를 넣으면서 전상필이 말을 이었다.

"위에서는 나보고 정보위원회로 가라고 하더군. 그 쪽에 사람이 없는 모양이야."

그가 말하는 '위'는 평양이었다. 이는 평양의 지령을 벌써 받았다는 말이었다.

"저는요?"

"자네는 계속 하던 일을 하라더군. 우리 조직은 분야별로 사람이 다 있으니까, 평소에는 각자의 분야에서 혁명과업을 수행하고 중요한 문제가 있을 때만 모이면 돼. 그래야 수사기관 눈에 띄지 않지. 여태껏 그래왔잖아?"

조석태의 조직은 지하당을 조직하거나 기밀정보를 수집해서 넘기는 일반적인 간첩단이 아니라, 여론을 조작해서 남한의 사회체제를 혼란시키고 친북·반미·반일여론을 조성하는 소극적인 간접전략을 구사하는 내부파괴 간첩단이었다. 간혹 중요한 과업일 경우 직접적인 정보수집을 하기도 했지만 가능하면 피했다. 장기간 암약을 하기 위한 방편이었다.

숟가락으로 라면 국물을 맛 본 전상필이 침낭 위에 드러누웠다.

"자네 소임을 잊은 건 아니겠지?"

조석태가 정색을 하며 답했다.

"그럴 리가 있겠습니까? 제 소임은 항상 기억하고 있습니다."

조석태는 그 자리에서 평양에서 교육받은 정보조작의 원칙을 암송했다.

정보조작의 3원칙

- 인식은 반드시 착오를 동반한다. 진실은 없다. 조작으로 착오를 일으켜 유리한 상황으로 유도하라.

- 대중은 극적 반전을 좋아한다. 언론보도를 통해 사건을 드라마로 만들어라.

- 버즈워드(Buzzword)를 만들고 유행시켜라. 좋은 이미지의 단어를 선점하고 대중에게 각인시켜라.

이것의 실천이 바로 언론에서 활동하는 조석태의 소임이었다. 전상필은 만족스러운 듯 미소를 지으며 담배를 피워 물었다. 라면은 잘 익고 있었다. 전상필의 눈치를 살피던 조석태는 가스버너의 불을 줄인 후 며칠 동안 고민하던 문제를 꺼냈다.

"얼마 전에 말씀 드렸던 문제 있지 않습니까? 성창그룹 용병 고용설 말입니다."

요하네스버그에서 있었던 일과 성창그룹이 용병을 고용했다는 강한 심증과 사진 속 의문의 남자에 관한 내용은 전상필 역시 이미 조석태로부터 들어서 알고 있었다.

계속 드러누운 채 그가 말했다.

"아, 그거, 깜빡 했는데, 위에서도 관심을 갖고 있더군. 좋은 시도야. 삼성 의혹 보다는 파괴력이 더 클 거라고 기대하더군. 그런데 취재는 잘 돼 가나?"

"몇 가지 확인해야 할 것이 있습니다. 그래서 도움이 필요합니다."

그제야 전상필이 몸을 일으켜 세웠다. 그가 배낭에서 식은 밥과 반찬을 꺼내면서 말했다.

"먹으면서 천천히 얘기하지."

뜨거운 김이 모락모락 나는 라면을 맛있게 먹는 사이 조석태는 그 동안의 취재내용을 하나씩 다시 풀어놓았다.

"가장 중요한 것은 남한 정보기관과 군이 성창그룹 용병 고용에 관련되어 있다는 겁니다. 그런데 그에 대한 정보가 막혀서 난감합니다."

이번 취재 동안 전상필의 도움을 많이 받긴 했지만 더 이상의 정보 획득에는 한계가 있었다. 그러나 전상필 역시 아직 정보기관과 군에 이렇다 할 고급정보원을 확보하지 못한 상태였다. 말 없이 라면과 밥을 먹으며 묵묵히 듣고 있던 전상필이 나무젓가락을 놓으며 조석태를 바라보았다.

"그래서 명왕성의 도움이 필요하다, 이거군."

조석태가 말없이 고개를 끄덕였다.

명왕성은 조직 내에서 고급정보를 가장 많이 다루는 인물이었다. 하지만 그와 연락이 가능한 사람은 전상필 밖에 없었다. 그러나 전상필도 그가 어디서 뭘 하는 사람인지 알지 못했다. 하지만 제공하는 정보의 정확성과 중요성으로 볼 때 평양에서 애지중지할만한 조직원이었다.

전상필이 고개를 끄덕이며 말했다.

"정보기관과 군 내부 정보에 정통한 사람은 그 사람밖에 없지. 그래, 내가 알아봐주지."

조석태가 에드워드 영의 사진을 건네며 말했다.

"가능하면 직접 만나고 싶습니다. 직접 만나기 힘들면 이 남자가 누구인지 확인해달라고 하십시오. 이 사건의 핵심인물입니다."

건네받은 사진을 가슴 주머니에 집어넣은 전상필이 말했다.

"자, 그럼 일 얘기는 일단 끝내고, 밥 먹고 낚시나 할까? 점심은 붕어매운탕에 소주 한 잔이 좋겠는데?"

잠시 후 낚시터 근처의 승합차 뒷좌석에 앉은 남자가 마이크에 대고 장난스럽게 말했다.

"녹음상태는 최상이다. 너희 둘은 몇 번 더 싸운 뒤 저 놈들 보다 늦게 철수해. 그리고 진짜로 연애하면 안 된다."

채널을 바꾼 그는 다시 마이크에 대고 낮은 목소리로 진지하게 보고했다.

"명왕성이 조만간 나타날 것 같습니다. 두 사람을 지속적으로 감시하겠습니다."

"돌비 소령한테 대강 이야기 들었습니다. 고생하셨습니다. 성창에서 조사단을 보낸다니 잘 될 겁니다."

트래비스의 말에 탄지가 웃으며 답했다.

"부대가 시끌벅적하던데 성창그룹 사업장 경비 병력입니까?"

"그렇습니다. 사격부터 공수훈련까지 한 달 동안 집중 교육시키고 있습니다. 이미 병력이 나이지리아, 케냐, 탄자니아에 나가 있습니다. 이리 앉으시죠."

탄지가 트래비스 경비 서비스의 주둔지를 찾은 것은 한국에서 돌아온지 사흘 후였다. 방문 목적은 겉으로는 주둔 비용 지불을 위한 것이었으나 사실 네멩게의 정치상황에 대한 상담이었다.

나무벤치에 앉아 담배를 피워 문 탄지가 본론을 꺼냈다.

"우리가 예상했던 대로 반군들은 평화협상 수락의 전제로 당신 회사의 철수를 주장하고 있소. 대통령도 재계약은 안 할 거라고 공공연히 말하더군요. 반 카야와 탈북자 용병부대를 대통령께 보고 드렸지만 신경쓰지 않더군요. UN과 중국을 너무 믿는 것 같소."

트래비스는 아무렇지 않다는 듯 답했다.

"잘 되면 좋지요. 우리 본사는 콩고로 옮길 생각입니다."

"상황이 어떻게 될지 모르니, 당신들이 이곳을 떠난 후라도 반 카야나 탈북자 용병부대 어느 한 쪽에 조치를 취해주시오. 비용은 내가 개인적으로 지불하겠소."

자리에서 일어난 트래비스가 커피를 두 잔 따른 후 하나를 탄지에게 건넸다. 그리고 자신의 잔을 들고 창가로 갔다. 문제의 핵심은 중국이었다. 반 카야, 탈북자 용병, 네멩게 반군, 수단, 중국……. 이 모두를 따로 상대할 수는 없다.

연병장의 패스트로프 훈련장을 물끄러미 지켜보던 트래비스가 입을 열었다.

"반 카야 부대는 당장 건드리기 힘듭니다. 위험 부담이 너무 커요. 하지만 탈북자 용병은 이미 조치에 들어갔습니다. 아직 말할 단계는 아니지만 잘만 되면 큰 결과물이 있을 겁니다."

탄지가 담배를 비며 끄며 말했다.

"조치가 빨라서 좋군요. 얼마전 내가 당신에게 든 보험은 믿어도 되겠죠?"

트래비스 경비 서비스가 네멩게에서 철수한 후에도 탄지가 부르면 언제든 도와준다는 것. 그리고 그 대가는 투입비용을 제외하고 니켈광산과 구리광산의 지분 각각 17.5%였다.

"당연하죠. 이익이 된다면 그 정도 위험쯤은 마다하지 않을 자신이 있습니다."

"패스트로프는 말 그대로 빨리 내려와야 한다. 헬기가 착륙하기 위해서는 넓은 공간과 안전이 확보되어야만 가능하다. 그렇지 못할 경우 패스트로프만이 유일한 방법이다. 레펠링은 거추장스럽다. 그러나 전장에서는 레펠링 장비에 신경쓸 겨를이 없다. 따라서 죽기 싫으면 가죽장갑에 구멍이 날 때까지 숙달하도록 한다. 이상."

에드워드 영이 말을 마치고 탑승명령을 내리자 지상교육이 끝난 병력들이 완전무장을 한 채 UH-1에 서둘러 탑승했다. 주둔지 근처의 수풀 위에서 헬기가 이륙하자 메인로터에서 내뿜는 강한 바람이 방풍고글과 스카프로 얼굴을 가린 에드워드 영을 할퀴고 지나갔다.

헬기가 상공에서 균형을 유지하자 앞 쪽에 서 있던 에드워드 영이 헬기에 탑승한 레드에게 신호를 보냈다. 곧이어 헬기 양쪽에서 로프가 내려오고 배낭을 짊어진 병력들이 2명씩 동시에 내리기 시작했다. 마지막 병력이 땅에 내렸을 때 지상에서 시간을 재던 히지가타가 외쳤다.

"캡틴, 저 친구들 제법인데?"

완전군장 상태에서 저 정도면 상당한 수준이다. 속성교육에서 저 정도면 실전에서도 해볼만하다는 생각이 들었다. 돈이라는 인센티브는 이렇듯 사람을 열성적으로 변화시킨다. 에드워드 영은 시간을 확인했다. 보고 10분 전이었다.

"3번 더 해보고 통과시켜. 나는 이만 보고하러 가봐야겠어."

에드워드 영은 근처에 있는 픽업트럭에 올라 시동을 걸었다.

아프리카 전역에서 긁어모은 병력들은 출신국가에서 군 경험이 있거나 전직 용병 출신들이었다. 영어로 대강의 의사소통이 가능하지만 이런저런 이유로 아프리카 대륙을 떠나지 못한 이들을 모집한 결과였다. 다행인 것은 신규 모집인원 절반 정도가 남아공 출신의 우수한 자원이라는 것이었다. 이는 최근 남아공 경제상황과도 무관하지 않았다. 남아공 경제는 우수인력의 해외진출로 국내경제가 서서히 몰락하고 있었고, 최근 세계 경제위기로 더욱 악화되고 있었다. 이를 반영하듯 전국적으로 실업자가 넘쳐났다. 이는 남아공 정부의 큰 골칫거리였다.

트럭은 지상 공수 훈련장을 지나 트래비스의 사무실로 향했다. 트래비스 중령 사무실 앞에 차를 세웠을 때 윌리엄 소령이 나타났다. 차에서 내린 에드워드 영이 물었다.

"당신들은 우간다로 간다고요?"

"그럴 것 같소. 그런데 북한인 둘은 어떻게 할 생각이오?"

2명의 탈북자는 여전히 감옥에 갇혀 있었다. 이제 그들은 누구의 관심도 받지 못했다.

"글쎄요, 트래비스 중령이 어떤 결정을 내릴지 모르겠소."

그것이 에드워드 영이 할 수 있는 말의 전부였다. 같은 민족이니 뭐니 해도 자신이 할 수 있는 것은 용병으로서 회사의 방침에 따르는 것뿐이었다.

사무실에는 만프레드 소령, 돌비 소령, 맥그루더 상사, 빌코 상사가 이미 와 있었다. 이윽고 에드워드 영과 윌리엄 소령이 자리를 잡자 곧 보고가 시작됐다. 만프레드 소령은 박격포 진지 완성과 예비 포탄의 은닉 완료를, 돌비 소령은 케냐에서 BMP 장갑차량을 12대 확보했음을 보고했다. 맥그루더 상사는 공수훈련이 거의 끝나 감을, 빌코 상사는 기초 및 응용사격과 전술기동 훈련이 끝났음을 알렸고, 에드워드 영은 중화기 훈련과 패스트로프 훈련의 진행상황을 보고했다.

　모든 훈련이 끝을 향해가고 있었다. 트래비스는 만족한 듯 고개를 끄덕이며 담배연기를 길게 내뿜은 후 입을 열었다.

　"며칠 없는 사이에 잘 해주었군. 이제 본론을 말하지. 우리가 콩고로 이동한 후에도 네멩게에 문제가 발생하면 즉각 개입할 것이란 사실은 며칠 전에 통보해서 잘 알고 있을 거야. 자네들을 따로 부른 이유는 변경된 사항을 얘기하기 위해서네."

　현재 진행 중인 네멩게 평화협상은 트래비스 경비 서비스의 철수를 전제조건으로 순조롭게 마무리되고 있었다. 네멩게공화국의 우베키 알라몬 대통령은 3주도 남지 않은 트래비스 경비 서비스의 주둔 만료기간을 연장하는 계약을 체결하지 않음으로써 반군과의 협상을 사실상 성사시켰고 서명만 남긴 상태였다.

　"이제 우리가 네멩게 평화의 걸림돌이 된 셈이야. 그래서 이번 주 내에 네멩게에서 철수할 계획이네. 모든 훈련은 그 전에 마무리하고 콩고로 이전한다. 윌리엄 소령도 그렇게 준비하시오. 질문 있나?"

계약만료가 아직 3주나 남은 상황에서 그렇게 빨리 이전할 이
유는 없다고 생각했는데 트래비스는 결심을 굳힌 모양이었다.
그간의 경험으로 볼 때 감정적으로 결정을 할 사람은 아니었다.
그러나 판단은 그의 몫이 아니었다. 항상 그래왔으니까.

조금 특이한 점은 윌리엄 소령이었다. 그는 이미 그렇게 될 것이
라는 것을 알고 있는 듯 했다. 미리 통보 받았다면 왜 이런 자
리에 참석해서 용병 회사의 일원으로 행세하는지 이해가 되지
않았다. 회사가 옮겨지는 마당에 더 이상 그런 의문도 필요 없지
만 전부터 느꼈던 이상한 점 중 하나였다.

사실상 회사 이전은 이미 시작된 것이나 마찬가지였다. 60mm
박격포와 기갑장비의 일부는 네멩게 정부군에 매각했고, 회사에
남아있던 M-113 장갑차 12대는 인근 우간다로 이미 이동한 상
태였다. 따라서 콩고로 이동만 하면 됐다.

그 때 만프레드 소령이 갑자기 입을 열었다.

"로간 박사와 북한인 둘은 어떻게 됩니까?"

"모두 콩고로 같이 이동할 걸세. 우리와 같이 있는 게 피차 좋
거든."

에드워드 영이 물었다.

"북한인들을 어디에 쓰시려고요?"

그러자 트래비스가 웃으며 말했다.

"아직 별 필요는 없어. 하지만 그렇다고 그냥 보낼 수도 없지

않나? 좀 더 기다려보자고. 쓸 데가 있겠지."

트래비스는 에드워드 영을 보며 의미심장하게 웃었다.

미국 국회의사당은 늦은 시간에도 당당하고 권위가 있어 보였다. 전세계의 온갖 이해관계자들이 득실대는 그곳은 아침이면 또다시 시끄러운 열기를 뿜으며 세계를 움직일 것이다. 권력을 쥔 상·하원 의원들과 온갖 로비스트와 홍보책임자들 그리고 그들에 의해 왜곡된 정보들이 캐피털 힐(Capitol Hill)에 존재하는 것들이었다.

로버트 왓슨은 자신 역시 캐피털 힐의 왜곡된 정보 제공자라는 것을 잘 알고 있었다. 그는 홍보를 뜻하는 PR(Public Relations)이라는 말이 전형적인 '상표사기'라는 것을 홍보업계에 들어오기 전부터 잘 알고 있었다. 홍보의 진정한 의미는 '정보 조작을 통한 인식 조작'이다.

모든 국가가 가지고 있는 '국방부'라는 부서가 방어보다는 서로를 공격하는 일에 더 열중인 것처럼 도박산업을 게임산업으로, 민간인 피해를 부수적 피해로 부른다고 그 본질이 달라지지는 않는다. 하지만 이러한 말장난이 객관적·과학적 표현이라는 인식이 널리 퍼진다면 사건에 대한 일반인의 인식은 달라진다.

에드워드 버네이스에 의해 꽃을 피운 홍보산업은 이제 전 분야에 걸쳐 사업영역을 확장했고, 그 중 백미는 정치 홍보였다.

뉴욕에 본사를 두고 있는 크루거-닐슨 PR그룹(Kruger-

Neilson Public Relations Group)은 북미 홍보업계 상위 5위 안에 드는 곳으로, 특히 기업홍보에서 두각을 보이고 있었다. 그리고 최근에는 정치 홍보로의 업무영역 확장을 위해 워싱턴 DC에 지사를 열고 로버트 왓슨을 책임자로 영입했다.

로버트 왓슨은 사무실에 홀로 남아 밤늦게 누군가를 기다리고 있었다. 이번 건을 자신이 맡기로 한 것은 순전히 개인적인 흥미 때문이었다. 성공하든, 실패하든 정치무대에서 자신의 이름을 알리는데 더 없이 좋은 기회라고 생각한 것이다.

잠시 후 노크 소리가 들리고 두 사람이 들어왔다.

"로버트 왓슨 씨, 아놀드 베이커입니다. 다시 보니 반갑군요."

칼리프의 사장인 아놀드 베이커가 같이 온 동양인을 소개했다.

"이 분은 재미탈북자 지원센터에서 오신 황 박사입니다. 한국인이죠."

"반갑습니다, 황 박사님. 같은 민족이 이런 일을 겪고 있으니 얼마나 마음 아프시겠습니까? 제가 도와드리겠습니다."

로버트 왓슨이 반갑게 아놀드 베이커와 악수를 한 후 황 박사에게 악수를 청하자 황 박사라는 동양인 남자는 어두운 표정으로 말없이 악수를 했다. 로버트 왓슨 입장에서는 충분히 이해할 수 있었다. 탈북자를 돕는 단체의 한국인이니 기분이 좋을 리 없을 것이다.

"반갑습니다, 크루거-닐슨 PR그룹 워싱턴DC 지사를 맡고 있는 로버트 왓슨입니다. 먼 길 오시느라 수고 많으셨습니다. 앉으시죠. 보내주신 동영상은 잘 봤습니다. 충격적이더군요."

시원한 생수를 한 모금 들이킨 아놀드 베이커가 다시 입을 열었다.

"우리는 시간이 촉박합니다. 미확인 첩보에 의하면 또다시 중국이 탈북자 용병을 이용해서 네멩게를 공격할 것이라고 합니다. 그래서 빠른 시일 내에 가시적인 성과가 나왔으면 합니다."

로버트 왓슨이 책상에서 A4용지 한 장씩을 건넸다.

"대강의 계획입니다. 한 번 읽어 보시죠."

탈북자 용병단에 관한 대응

현재 중국 정부는 세계 경제위기 상황 하에서 자신들의 역량을 과시하고 경제적 영향력의 확대를 위해 분투하고 있음. 서방국가들의 경우 경제위기로 인해 직접적인 대응을 자제하고 있음. 그러나 중국이 자국에서 체포한 탈북자들을 이용, 수단에서 용병으로 활용하는 것은 국제사회에서 엄청난 문제를 야기할 수 있는 중대한 반인륜·반인권 범죄이며, 티베트 사태와는 차원이 다른 폭발력을 가지고 있음.

따라서 이에 대한 대응책으로,

- 생포된 탈북자 용병과 방송 인터뷰 주선.

- 백악관 참모진과 상·하원의원에게 수단과 네멩게의 상황에 대한 관심 유도.

- 유력 일간지과 국제문제 전문가들을 포섭, 일반 대중에게 수단 사태의

배후에 중국이 있다는 것을 각인시킴.

– 주미 중국대사관과 UN 본부에서의 시위 유도.

– 수단 다르푸르 문제를 제기하며 베이징 올림픽 축하행사 총감독을 사임한 스티븐 스필버그와 티베트 사태에 비판적인 입장을 표명한 리처드 기어를 캠페인에 동참시키고, 신장위구르 사태를 잘 활용……

그 때 기획안을 읽던 황 박사가 천천히 입을 열었다.

"아, 저, 그런데……"

맞은편에 앉아있던 로버트 왓슨이 나섰다.

"주저하지 마시고 말씀하시죠. 확정된 계획은 아닙니다."

황 박사가 작심한 듯 말했다.

"우리가 원하는 것은 중국에 망신을 주려는 게 아닙니다. 중요한 것은 수단에서 용병으로 있는 탈북자들이 중국의 손아귀에서 벗어나도록 하는 것이지요. 그들이 한국으로 가든, 미국으로 오든, 아프리카 대륙에 남아있든, 중요한 것은 중국과 수단의 손아귀에서 벗어나야 한다는 것입니다. 그것이 당신을 찾아온 이유입니다."

그의 영어 발음은 투박했지만 세련된 표현이어서 알아듣는 데는 아무 문제가 없었다. 로버트 왓슨은 벌써부터 그가 마음에 들기 시작했다. 같은 인류를 도우려는 이타심의 발로야말로 지성인이 추구해야 할 목표였기 때문이다.

로버트 왓슨이 웃으며 답했다.

"저 역시 마찬가지입니다. 그리고 홍보업은 고객의 입장을 대변하는 것이기 때문에 고객께서 원하지 않으시는 일을 벌이지는 않습니다. 그 점은 안심하셔도 좋습니다."

아놀드 베이커가 물었다.

"기자들에게 정보를 흘렸나요?"

"언론에 대한 사전 정보유출은 필수적입니다. 자료를 뿌려야 기자들을 우리 입맛대로 움직이게 할 수 있습니다. 자료가 많으면 확인 취재를 하지 않죠. 그게 기자들의 습성입니다."

황 박사가 놀란 표정으로 물었다.

"입금이 아직 안 됐을 텐데, 일 처리가 빠르군요."

로버트 왓슨이 의기양양하게 답했다.

"이번 일은 빠르게 진행되어야 합니다. 중국을 망신 주려는 것은 아니지만 언론을 최대한 이용해야 합니다. 국제인권문제이기도 하니까요. 그래서 제가 30만 달러라는 저렴한 비용을 받고 일을 하는 것입니다."

황 박사가 고개를 끄덕였다. 상황이 무르익었을 때 촉진제 역할을 제대로 해주면 없는 결과도 만들어 낼 수 있다. 1992년 보스니아-헤르체고비나가 세르비아의 공세에 맞서 미국의 홍보회사 루더핀사를 고용한 결과, 세르비아의 밀로세비치는 세계의 악마로 전락했고, 지금도 세르비아는 최악의 반인류 범죄국가로 낙인 찍혀있었다. 보스니아-헤르체고비나 역시 세르비아에 맞서 반인류 범죄를 저지른 정황과 증거가 있음에도 그들의 범죄는 아무도 신경쓰지 않았다. 이는 슬라브족에 대한 서구사회의 반감도 한 몫을 했지만 무엇보다도 홍보의 역할이 컸다.

로버트 왓슨이 다시 말을 이었다.

"이번 일 역시 이미지 전쟁입니다. 여기서 승리하면 실제 전쟁에서도 승리할 겁니다. 이겨놓고 나중에 승리를 확인하면 되는 것이죠. 이제 앞으로 진행될 일을 설명드리겠습니다."

그들이 일을 끝내고 나왔을 때는 밤 12시가 얼마 남지 않은 시간이었다.

아놀드 베이커가 말했다.

"이제 기다리는 일만 남았군요."

황 박사가 말했다.

"잘 되겠지요. 비콘호텔에 예약했으니 바로 갑시다. 나는 전화 한 통화해야겠습니다."

아놀드 베이커가 고개를 끄덕이고 택시를 잡기 위해 자리를 떴다. 황 박사는 휴대폰으로 국제전화를 걸었다. 신호음이 5번 울리고 익숙한 남자의 목소리가 들려왔다.

"김 실장님, 황입니다. 입금 확인했고 일이 시작됐습니다."

제7장

명왕성

조석태가 취재를 마치고 서울대 행정대학원을 나선 것은 저녁 7시 15분이 지나서였다. 빨리 내려가서 허기진 배를 채울 생각에 길가에 주차한 자신의 승용차에 열쇠를 꽂으려는 순간, 그는 뒤에서 갑자기 다가온 뭔가에 소스라치게 놀랐다. 누군가가 뒤에서 속삭이듯 말을 걸어온 것이다.

"어이, 조석태 기자."

깜짝 놀란 조석태가 뒤돌아서며 가까스로 입을 열었다.

"혹시?"

"나, 명왕성이야. 운동장 쪽으로 가지."

명왕성이 올 거라고 알고는 있었다. 점심 무렵 전상필 의원으로부터 저녁에 명왕성이 직접 찾아갈 거라는 연락을 받았다. 그러면서 어디에 있든지 찾아낼 거라고 했다. 조석태는 순간 당황했지만 곧 이런 때일수록 평범하게 행동해야 한다는 교육내용을 기억해 내고 태연해지려고 노력했다. 최대한 자연스럽게 행동해야 했다. 어딘가 이상한 모습을 보이면 반드시 누군가의 이목을 끌기 때문이다. 오가는 학생들과 지나는 자동차 밖에 없는 듯 보이지만 혹시라도 누군가의 기억에 남을 수 있다. 대학이라는 공간이 그럴 가능성을 많이 줄여주지만 조심해서 해가 될 것은 없다.

조석태가 앞장서서 걸었다. 시시껄렁한 날씨 이야기로 평소 잘 아는 사이처럼 이야기 하던 두 사람은 경영대 동원생활관을 지나 대운동장 스탠드로 향했다. 봄을 맞은 캠퍼스의 풍경이 언제나 그렇듯 비록 어둠이 깔렸지만 오후의 분주함을 아직 치우지 못한 모습이었다. 농구와 축구를 하는 젊은이들과 새로 깔린 트랙을 열심히 달리고 있는 젊은이들, 끼리끼리 무리지어 술을 마시는 젊은이들……. 이 모두가 이 학교 출신이 아닌 조석태의 눈에도 낯설지 않은 모습이었다. 물론 지금은 그런 한가한 생각을 할 때가 아니다.

학생들을 피해 한 쪽 구석을 천천히 걸으며 명왕성이 말했다.

"요하네스버그에서 찍은 남자의 정체를 알고 싶다고 했지?"

"예, 그 사람이 사건의 핵심 중 하나입니다."

"그 남자가 용병으로 활동한다고 했나?"

"확실합니다."

명왕성이 뒤로 돌아서며 담뱃불을 붙였다. 허공에 담배연기를 길게 내뿜은 그가 입을 열었다.

"그 놈 이름은 박성택, 육사 52기. 1공수여단에서 대위로 있을 때 정보사로 배치받고 밸런타인 작전에 참가했지. 밸런타인 작전은 자네도 잘 알고 있겠지?"

"네, 우리 조직망이 빛을 발한 때였죠."

조석태는 밸런타인 작전이 지금도 기억에 선명했다. 그 때까지 그가 맡은 사건 중 가장 컸기 때문이기도 했지만 해금강 라인이 직접 정보수집 공작에 투입된 첫 번째 사건이었기 때문이다. 평양에서 해금강 라인의 조직원 전원을 공화국 영웅으로 추대할 만큼 성공적인 공작이었을 만큼 한국 측에 큰 타격을 입힌 작전이었다.

"박성택이 살아있었군. 밸런타인 작전의 유일한 생존자로 말이야."

밸런타인 작전의 유일한 생존자인 것이 문제가 아니었다. 중요한 것은 지금 박성택이 계속 활동하고 있다는 것이었다. 그가 누구를 위해 무슨 일을 하는 지가 중요했다. 눈에 보이는 것은 성창그룹을 돕는 것이지만 그 배후가 누구인지 밝혀야 한다.

"아직 군 특수요원으로 활동하는 것 아닐까요?"

명왕성이 고개를 가로저었다.

"그럴 리가 없어. 군적에는 아직 실종된 걸로 되어 있어. 게다가 군 요원들이 아프리카에서 인질구출을 했다면 내가 몰랐을 리 없어."

"국정원이나 정보사에서 아프리카에 요원을 계속 보낼 것 아닙니까?"

명왕성이 조석태의 주위를 천천히 걸어 다니며 말했다.

"아프리카에 정보요원을 보낸지는 40년이 넘어. 물론 극소수의 정보요원들이지. 비록 밸런타인 작전이 실패하면서 큰 타격을 입었지만."

명왕성의 설명에 따르면, 한국의 대 아프리카 외교의 시작은 박정희 시절부터였다. 1960년대 북한이 소련, 쿠바, 중국과 함께 아프리카 국가들을 상대로 혁명을 수출하기 시작하면서 시작된 동서 양 진영 간의 아프리카 선점경쟁은 1960년대 후반 한국이 가세하면서 더욱 치열하게 전개되었다.

한국의 해외 역량을 드높이고 국제무대에서 북한의 위상과 맞먹는 위치를 점하기 위해 민간봉사 인력들을 조금씩 파견했는데 그 가운데 일부는 당시 중앙정보국과 군 정보요원들이었다. 이들은 태권도 사범이나 수출업자 등으로 신분을 위장해 혈혈단신 암흑의 대륙으로 들어가 대북 정보수집과 자원획득, 현지 진출 한국 기업 안내 등의 역할을 도맡아 했다.

최근 자원외교라는 말이 언론에 자주 등장하고 있지만 이미 수십 년 전에 시작했던 것이다. 다만, 최고 우선순위가 아니었을 뿐이었다. 이렇게 파견된 요원들은 풍토병과 내전, 치안불안 등으로 많은 희생을 겪었지만 일부는 살아남아 현지에서 생업에 종사하며 아직도 한국의 정보기관과 협력하며 일을 하고 있었다.

7년 전에 있었던 밸런타인 작전 역시 그 연장선에서 실시된 작전으로 북한의 아프리카 분쟁지역 무기수출에 대한 정보수집 및 방해공작이었다. 이에 평양 당국은 해금강 라인에게 이 작전의 분쇄를 명했다. 당시 신문사에서 국제문제 전문기자로 근무하던 조석태는 한국 정보요원들의 작전계획을 명왕성으로부터 전달받아 콩고에 있던 북한 공작원에게 직접 전했고, 얼마 후 북한 특수부대가 접선 장소를 급습해 한국 정보요원 4명과 현지인 협력자들을 사살함으로써 작전은 완벽하게 실패하고 말았다.

작전 도중 남아공 대사관에 근무하던 조직원 1명이 죽었지만 그를 제외하고는 어떠한 피해도 없었다. 그러나 그 후 몇 달에 걸쳐 그 작전과 관계 있던 현지 한국인들이 무장강도로 위장한 현지 협력자들에 의해 죽거나 실종되는 사건이 발생했다. 수 십 년 간 공들인 아프리카 정보망이 순식간에 궤멸적 타격을 입은 것이다.

당시 한국 정보요원의 시체 1구가 발견되지 않았는데 그것이 바로 박성택이었다. 그의 임무는 배를 타고 강을 오가는 구제의류 상인으로 행세하며 정보를 수집하는 것이었다. 그렇게 사라졌던 그가 7년 만에 다시 다타난 것이다. 그것도 시퍼렇게 살아 있는 모습으로.

"실종 후 용병으로 활동한다면 말이 되는군. 그러다가 우연한 기회에 성창그룹과 관련이 되었을 수도 있으니까."

잠시 말없이 담배를 피우던 명왕성이 다시 입을 열었다.

"아니, 아니야, 뭔가 이상해. 대기업이 독단적으로 용병을 고용한다고? 과연 그럴 배짱이 있을까? 분명 뭔가가 있어. 우연이란건 없거든. 내가 아직 모를 뿐이지."

조석태가 고개를 끄덕이며 말했다.

"성창그룹 쪽을 더 파보겠습니다."

명왕성이 담배를 바닥에 던져 발로 비벼 껐다.

"나는 군과 국정원이 관련 있는지 더 알아볼 테니, 자네는 성창그룹을 더 파헤쳐 봐. 이번 일이 제대로만 터지면 남한 사회는큰 혼란에 빠질 거야. 수고하게."

그 말을 남기고 명왕성은 올 때와 마찬가지로 홀연히 사라졌다. 혼자 남은 조석태는 잠시 서 있다가 차를 세워둔 곳으로 되돌아갔다.

그 때 조석태와 명왕성이 만났던 장소에서 40여 미터 떨어진스탠드에는 젊은 남녀 한 쌍이 오붓하게 앉아 노닥거리고 있었다. 그들이 지니고 있는 지향성 집음장치는 조석태와 명왕성의목소리를 깨끗하게 실시간으로 전송했고, 뒤쪽 나무그늘에서는영상을 촬영해서 실시간으로 전송하고 있었다.

"목소리만 듣고도 누군지 알겠군."

동영상을 캡처한 사진을 검색하는 동안 김종근이 중얼거렸다.

"김용민, 저 놈이 명왕성이었다니."

같이 있던 강진수가 물었다.

"김용민이라면 정보사 김용민 대령 말입니까?"

김종근이 모니터 화면에서 눈을 떼지 않고 답했다.

"지금은 정보사에서 수도권 사단의 연대장으로 발령났지. 내년 장성 진급이 확실하니까."

서류 한 장을 건네받은 강진수가 빠르게 내용을 훑었다. 조석태가 만난 사람은 김용민 대령이 확실했다. 1983년 임관한 육사 39기 현역 육군 대령이 지난 7년간 국정원을 괴롭힌 명왕성이었다는 사실이 우연히 밝혀진 것이다.

"어쩌다 북한에 포섭된 건지 이해가 안 되는군요. 변명 같지만 그동안 기무사와 같이 여러 번 방첩활동을 했는데 그 때마다 어떤 혐의점도 발견할 수 없었습니다."

김종근은 팔짱을 낀 채 소파에 몸을 파묻고 생각에 잠겼다. 강진수는 현장 요원들의 철수를 명하고 그의 맞은편에 앉았다.

잠시 후 김종근이 입을 열었다.

"뱀의 머리와 꼬리는 내게 넘기게. 몸통은 구워먹든, 삶아먹든 자네가 알아서 하고."

그의 말은 강진수의 생각과도 일치했다. 김종근의 입장에서는 김용민이 어떻게 포섭됐는지 따위는 관심이 없었다. 자발적 정보제공자는 언제든 생기기 마련이기 때문이다. 지금까지 모은 자료도 영장 없이 도청한 결과물이니 재판의 증거로 제출할 수도 없다. 거기다 정보사 출신의 현역 육군대령과 방송국 기자가 북한의 고정간첩이라는 사실이 알려지면 나라 전체가 뒤집히고 말 것이다.

그렇다면 결론은 조용히 처리하는 것뿐이다. 그리고 그런 일을 나서서 맡겠다는 사람이 있다면 마다할 이유가 없다. 뱀 항아리에서 뱀을 꺼낼 때에는 남의 손을 빌리는 것이 상책이고, 머리와 꼬리를 잘린 뱀은 더 이상 뱀이 아니다. 몸통만 남은 해금강 라인은 역공작에 활용하면 된다.

강진수가 웃으며 말했다.

"그렇게 하시죠. 몸통은 제가 알아서 처리하겠습니다."

김중택은 아침부터 기분이 좋았다. 성창인터내셔널이 네멩게에 진출한다는 소문이 난지 며칠 후 네멩게 내전이 종식된다는 외신이 흘러나오면서 성창인터내셔널과 성창물산의 주가가 고공행진을 계속하고 있었기 때문이다. 이런 상태라면 외부 자금 조달도 쉽게 해결할 수 있을 것 같았다.

그룹에서 비밀리에 파견한 지질조사단과 사회간접자본 TF팀이 이미 네멩게에 도착해서 활동하고 있었다. 그리고 지난 주 내내 주요 일간지와 방송 인터뷰 요청이 쇄도했다. 그룹 회장으로부터 네멩게 진출에 관해 직접 격려 전화까지 받았다. 연일 계속되는 바쁜 일상이었지만 그만큼 기분은 좋았다.

출근 후 결제할 서류를 읽으며 모닝커피를 즐기고 있을 때 인터폰이 울렸다.

"이사님, 대한방송 기자의 취재요청입니다. 이틀 전 예정이었는데 오늘로 연기된 겁니다. 만나시겠습니까?"

못 만날 이유가 없었다. 지난 주에 너무 바빠서 인터뷰 요청을 연기한 적이 있었는데 그 기자가 찾아온 모양이었다.

"아, 그 때 그 기자 분이군. 안으로 모셔."

잠시 후 비서의 안내를 받으며 기자가 들어왔다. 김중택은 웃으며 악수를 청했다.

"김중택입니다. 반갑습니다. 이틀 전에는 죄송했습니다. 그 때는 너무 바빴거든요."

기자도 웃으며 김중택의 손을 맞잡았다.

"별 말씀을요. 대한방송 조석태입니다. 바쁘신데 시간내주셔서 감사합니다."

"자, 앉으시죠. 오전 일정은 빡빡하지 않으니 느긋하게 하셔도 됩니다."

두 사람의 이야기는 언론을 통해 이미 알려진 것을 말하는 수준이었다. 김중택은 지난 주 내내 자신이 했던 말을 또다시 반복하면서 조석태의 방문 목적이 뭔지 알아내고자 했다. 이미 알려진 내용을 다시 묻는다면 두 번씩이나 찾아올 이유가 없기 때문이다. 이야기를 나누는 중에도 조석태가 건성으로 듣고 있다는 것을 느낄 수 있었다.

잠시 후 비서가 녹차를 내려놓고 가자 김중택이 말했다.

"하동 녹차입니다. 드셔보시죠."

"예, 잘 마시겠습니다. 저, 그런데…….."

김중택이 어떤 질문이라도 해보라는 듯 미소 지으며 조석태를 바라보았다. 조석태는 이제 본론을 말해야겠다고 생각했다.

"그런데 김 이사님, 혹시나 해서 드리는 말씀인데, 혹시 성창그룹에서 네멩게 진출을 위해 용병을 고용하지는 않았습니까?"

김중택은 그제야 한 달 전에 받은 박우철의 전화가 갑자기 생각났다. 그는 대한방송 기자가 용병 고용설을 추적하고 있다며 절대로 만나지 말라고 했다. 그런데 이런 식으로 직접 대면하게 되다니 어이가 없었다. 어떻게든 적당히 넘겨야 했다.

"용병이라뇨. 우리가 그런 사람들로 보입니까?"

조석태는 말없이 다리를 꼬았다. 다 알고 있다는 표정이었다.

"왜 있지 않습니까? 용병 말입니다, 용병. 외국 기업들도 종종 고용한다던데 성창그룹도 아프리카에 진출하려면 용병이 필요하지 않습니까? 몇 달 전에도……"

잠시 조석태를 응시하던 김중택이 말을 끊었다.

"사회 분위기가 친기업으로 바뀐다는데, 대한방송은 아직도 반기업이군요. 용병이라니, 그게 말이나 됩니까?"

박우철이 그룹 정보팀에도 분명히 연락을 했다고 했는데, 기자가 여기까지 찾아오도록 그룹 정보팀은 뭘 하고 있었는지 알 수 없었다. 한 달이면 조치를 취하기에 충분한 시간 아닌가. 박우철은 전화통화에서 기자가 요하네스버그의 사건현장에 있었다고 했다. 이런 사람을 도대체 어떻게 상대해야 할까.

김중택이 타이르듯 말했다.

"이것 보시오. 우리가 용병을 고용한 게 사실이라면 다른 기자들은 왜 확인 취재조차 없습니까? 말이 안 되잖아요?"

"성창그룹이 기자들에게 돈을 좀 뿌렸더군요. 저한테도 돈을 주던데 안 받았습니다. 다 알고 왔습니다. 김 이사님과 박우철 부장이 테러범들에게 납치되었다가 용병들에게 구출되었죠? 아, 지난 번 나이지리아 인질구출 때도 용병들을 고용했다는 정황이……"

순간, 김중택의 얼굴이 일그러졌다.

"나는 할 얘기 없습니다. 이것으로 인터뷰는 끝내겠습니다!"

김중택이 할 말을 다 했다는 듯 황급히 자리에서 일어났다. 하지만 조석태는 꿈쩍도 하지 않은 채 소파에 앉아 천천히 또박또박 말했다.

"재벌기업이 나서서 용병을 고용하고 정부는 뒤에서 도와준다? 그야말로 제국주의군요. 그렇죠? 제국주의. 네멩게 진출도 용병들이 뒤에서 받쳐주고 있겠죠? 우리 정부도 받쳐주고? 그러니까 이번 네멩게 진출은 회사가 무력을 동원해서 식민지를 만드는……"

조석태가 비꼬듯이 말하자 김중택이 소리를 버럭 질렀다.

"아니, 이 양반이 우리 회사를 어떻게 보고 그런 소리를 하는 거요? 네멩게와 우리 회사는 상호대등 관계에서 협력하고 있소. 또 조만간 양해각서도 정식으로 체결할 계획이란 말이오. 그리고 정부가 뭘 어쨌다고 그래요? 할 말 없으니, 당장 여기서 나가시오!"

곧 사무실 문이 열리며 남녀비서가 들어왔지만 김중택이 손짓으로 나가 있으라고 하자 다시 문을 닫고 나갔다. 조석태는 태연히 앉아 서류가방에서 A4용지를 꺼내 펼쳐 보였다. 에드워드 영의 사진이었다. 젊은 시절의 사진이었지만 한 눈에 알아볼 수 있었다.

"이 사람을 모른다고 말하진 마십시오."

"나는 모릅니다. 처음 보는 사람이오."

"요하네스버그 공항에서 둘이 이야기하는 것을 직접 봤습니다. 국정원 요원이거나 군 특수요원일 수도 있습니다."

김중택이 다시 언성을 높였다.

"잘 난 당신이 알아보면 되겠구만. 어서 여기서 나가시오."

그제야 조석태가 자리에서 일어났다.

"알겠습니다. 오늘은 이만 돌아가겠습니다. 하지만 저한테는 말씀하셔야 할 겁니다. 탤런트 한은지 양과 어떤 관계인지는 저도 잘 압니다."

"날 협박하는 거요? 마음대로 하시오. 나도 내 명예를 지킬 힘은 있소!"

"물론 그러시겠죠. 그래도 사람 일이란 게 어떻게 될지 모르는 것 아니겠습니까?"

조석태는 뒤도 돌아보지도 않고 밖으로 나갔다.

잠시 서서 흥분을 가라앉힌 김중택은 다시 책상 앞에 앉아 생각에 집중했다. 조석태가 한은지와의 관계를 폭로한다고 해도 크게 손해볼 것이 없었다. 나이 차이가 좀 날뿐 전혀 문제될 것은 없었다. 문제가 되면 정식으로 결혼하면 된다. 김중택의 생각에 조석태가 기사화 할 수 있는 것은 아무것도 없었다.

회사 정보팀 역시 조석태가 저렇게 설치고 다니는 것을 모르고 있을 리 없다. 그렇다면 정보팀에서도 뭔가 생각이 있다는 얘기다. 용병 고용과 관련해서 문제가 터질 경우 김중택 혼자 책임지라고 할 수는 없을 것이다. 왜냐하면 그룹 전체가 관련된 사안을 개인이 책임진다고 적당히 얼버무릴 수 있는 상황이 아니기 때문이다. 이 문제가 불거지면 다른 사건과는 비교도 안 될 정도의 메가톤급 폭발력을 가질 것이다. 나아가 자신만 끝장나는 것이 아니라 그룹 전체가 끝장날 수 있었다.

이 모든 것을 종합하면 결론적으로 김중택은 조석태를 걱정할 필요가 없었다. 김중택은 그제야 마음을 가라앉히고 심호흡을 크게 했다. 기자 1명 때문에 사업을 망칠 수도, 사생활을 망칠 수도 없었다. 그 정도의 힘은 자신에게도 충분히 있엇다.

김중택이 인터폰을 눌렀다. 일단 정보팀에게 조석태의 접근을 알려야했다.

"그룹 정보팀 연결해. 급한 일이야."

트래비스 경비 서비스의 본부가 새로 자리 잡은 곳은 콩고 남부의 평화로운 곳이었다. 네멩게에서 헬기로 3시간 걸리는 곳으로 얼마전까지 비행장으로 이용했다. 대형 천막 6개와 블록으로 만든 가건물 4개가 트래비스 경비 서비스의 초라한 모습을 대변하고 있었다. 현재 이곳 병력은 50명 정도에 불과했다. 한 가지 다행인 것은 간이 상수도가 설치되어 비교적 깨끗한 물을 풍부하게 쓸 수 있다는 것이었다.

숙소로 쓰는 대형천막의 간이침대에서 이륙하는 헬기를 보며 블루가 한 마디 내뱉었다.

"염병, 회사 문 닫은 거 아닌가? 괜히 걱정되는군."

갑자기 실업자로 전락한 기분이 든 것은 에드워드 영도 마찬가지였다. 한동안 훈련 교관으로 같이 고생한 다른 팀원들 역시 지겨운 듯 했다.

트래비스 중령은 무슨 바쁜 일이 있는지 이곳 관리를 에드워드 영에게 맡긴 채 며칠 동안 보이지 않았다. 주둔지 관리라고 해봐야 외곽과 내부의 경계 병력을 세우고 점검하는 게 전부라서 영 일 같지 않았다.

그 때 누군가 천막 안으로 들어왔다. 로간 박사였다.

"에드워드, 여기 있나?"

그제야 그는 침대에서 일어나 앉았다.

"여기 있습니다, 박사님."

로간 박사가 천막 안을 둘러보며 말했다.

"여기는 전부 환자 같군. 야전병원인가?"

히지가타가 침대에 누운 채로 답했다.

"나태함과 따분함이 병이라면요."

껄껄거리던 에드워드 영이 담배를 피워 물며 말했다.

"그런데 박사님, 무슨 일이십니까?"

"오늘 3시에 미국 기자들이 지난번에 잡은 북한인들을 취재하러 올 거야. 한국인 통역이 따로 온다니까, 자네는 절대 관여하지 말고 외곽경계만 신경쓰라고 트래비스 중령이 말하더군."

"탈북자 용병을 취재해서 방송을 한다고요?"

"그럴 모양이야."

트래비스 중령이 어떤 생각으로 그런 일을 꾸민 건지 알 수 없었다. 만일 이 일이 세상에 알려진다면 엄청난 여파가 있을 것이고 트래비스 경비 서비스 역시 큰 영향을 받을 것이다.

말을 마친 로간 박사가 일어나 밖으로 향하다 되돌아보며 말했다.

"그리고 무전기라도 켜놓게나. 통신실에서 자네와 연락이 안 된다고 나한테 연락한 걸세."

로간 박사가 나가자 에드워드 영이 침대에서 일어나 아래 놓여있던 무전기의 전원을 켜며 말했다.

"트래비스 중령이 나를 잊진 않은 모양이군."

제8장

해금강 라인 암살

　주미 중국대사 탕어화는 보고서를 읽느라 아침부터 정신이 없었다. 오바마 정부와의 관계 정립을 위해 눈코 뜰 새 없이 바쁜 마당에 갑자기 탈북자 용병문제가 불거져 나온 것이다. 그가 다 읽은 보고서를 뒤적이며, 책상 앞에 서 있는 정보담당관 펑샤오우에게 말했다.

　"자네의 보고서에 의하면 동영상 내용이 탈북 조선인들을 용병으로 이용해서 수단과 네멩게 반군을 비밀리에 지원하고 있고, 그 중 일부가 다른 용병회사에 잡혀있다는 말이군. 또 미국 방송과 언론에서 그들을 인터뷰하려고 접촉을 시도하고 있고."

　펑(馮)이 짧게 답했다.

"그렇습니다, 대사님."

"본국에 확인 요청했나?"

"말도 안 되는 일이라고 일축했습니다."

외교관의 임무란 게 원래 자국의 이익을 위해 간첩행위나 도둑질까지도 마다하지 않는다지만 그렇게 하기 위해서는 정확한 사태 파악이 전제되어야 했다. 만약 본국과의 정보교환이 잘 이루어지지 않으면 국제적인 망신거리가 될 수도 있었다.

티베트 사태도 정확한 정보를 본국에서 제공하지 않아 즉각적인 대외 홍보가 이루어지지 못했다고 탕 대사는 생각했다. 이번 사건이 사실로 판명되면 그 성격상 파괴력이 엄청날 것이 틀림없었다. 그런데도 본국은 또다시 막무가내식으로 나가고 있었다.

보고서를 구석에 치우고 의자에 몸을 파묻은 채 그가 물었다.

"솔직히 말해보게. 자네 생각에 동영상이 사실인 것 같나?"

잠시 대사의 눈을 똑바로 쳐다본 펑이 천천히 입을 열었다.

"이 동영상을 처음 퍼뜨린 쪽은 크루거-닐슨 PR그룹의 정치홍보담당인 로버트 왓슨이라고 합니다. 정보에 의하면, 그가 아무 근거 없이 그런 일을 할 사람이 아니라고 합니다."

서방세계를 움직이는 홍보산업이 어떤 것인지는 탕 대사도 익히 잘 알고 있었다. 왜곡과 정보 조작의 전문가들이지만 크루거-닐슨 PR그룹 같은 대형회사는 없는 사실을 대놓고 만들지는 않았다. 하지만 98%의 진실에 더해진 2%의 거짓이 엄청난 효과를 발휘하는 것이 바로 정치홍보였다. 만약 이 일이 공개되면 진실이 무엇이든 중국의 국제적 위상 강화 노력은 실패하고 말 것이다.

"알겠네. 좀 있다 다시 오게."

벌써부터 골치가 아파진 탕 대사는 일단 정보담당관 펑을 내보냈다. 브라이언 풀만과 만날 시간이었다. 그리고 인터폰을 들어 비서에게 말했다.

"풀만 씨 안으로 모시게."

어제 갑자기 면담을 요청한 브라이언 풀만은 미국 외교계의 거두인 에릭 빈슨 상원의원의 수석보좌관이었다. 70세를 넘은 에릭 빈슨의 판단력과 분석력은 결코 무시할 수 없는 영향력을 지니고 있었는데, 브라이언 풀만은 그의 오른 팔이었다.

"탕 대사님, 오랜만에 뵙습니다."

브라이언 풀만이 넉살 좋게 첫인사를 건넸다.

"별 말씀을. 갑자기 면담 요청을 하시다니, 일단 앉으시죠."

소파에 앉자마자 브라이언 풀만이 본론부터 꺼냈다.

"바쁘실 테니, 바로 본론으로 들어가죠. 대사님, 본국에 요청해서 수단에 있는 탈북자 용병들과 그 가족들 전원을 풀어주라고 하십시오. 그 외에는 방법이 없습니다."

탕 대사는 숨을 깊게 들이쉬고 브라이언 풀만의 말을 곰곰이 생각했다. 그의 말에 의하면 미국 정계는 이 동영상의 내용을 사실로 받아들이고 있고, 그 여파 역시 엄청날 것이라고 생각하고 있는 듯 했다. 또 동영상 일부가 조작이라고 해도 그것을 밝힐

시간적 여유가 없다. 본국 정부가 아직 사태의 심각성을 인식 못하고 있지만 조치를 취할 시간적 여유가 별로 없었다. 유튜브에 동영상이라도 뜬다면 일이 걷잡을 수 없이 커진다.

브라이언 풀만이 말을 이었다.

"발뺌할 생각하지 말라고 하십시오. 이미 첩보위성을 통해 확인했습니다. 우리도 동영상의 진위 여부를 대강이나마 확인하고 이런 말을 하는 겁니다. 대사님이 직접 본국에 결단을 요청하십시오. 시간이 없어요. 모레까지 확답이 없으면 취재내용이 그대로 방송될 겁니다. 그 때는 우리도 도울 수 없어요. 명심하십시오. 모레까지 중국 정부의 결단이 필요합니다."

탕 대사가 고개를 끄덕이며 말했다.

"일방적인 통보군요."

브라이언 풀만이 무표정하게 말했다.

"협상할 시간도, 여지도 없습니다. 모든 것은 귀국 정부의 결정에 달려 있습니다."

긴 한숨을 내쉰 탕 대사가 억지로 웃어 보이며 말했다.

"알겠습니다. 최선을 다해보겠습니다."

"우리 미국은 경제위기에다 이라크, 아프간 때문에 바쁘고, 중국은 국제적 위상 강화에 바쁘지 않습니까? 그러니 피차 귀찮게 하는 일은 피하자는 것이지요. 좋은 소식 기대하겠습니다."

브라이언 풀만이 그 말을 남기고 집무실을 나가자, 혼자 남은 탕 대사는 인터폰으로 비서에게 말했다.

"당장 본국과 화상회의 연결해. 그리고 나머지 오전 일정은 모두 취소해."

오후 5시를 조금 넘어 저녁을 먹은 조석태는 한강 둔치 인근에 차를 주차해놓고 느긋하게 저녁의 여유를 즐기고 있었다. 몇 시간 전에 벌인 일의 결과가 벌써부터 일어나기 시작했지만 신경쓰고 싶지 않았다. 이미 엎질러진 물이다. 괜히 신경쓸 필요가 없다. 큰일을 위해서는 그 정도의 희생은 필요하기 때문이다.

그는 운전석 좌석을 뒤로 더 젖히고 편하게 몸을 기댔다. 저녁부터 비가 온다고 하더니 차창에 비가 몇 방울 떨어졌다. 언제라도 쏟아질 태세였다. 이왕에 올 거라면 왕창 쏟아지기를 그는 바랐다. 그래야 자신의 기분이 좀 편해질 것 같았기 때문이다.

그의 휴대폰이 또다시 밝게 빛났다. 계속해서 울리기에 귀찮아서 램프로 바꿨는데, 전화가 올 때 마다 나는 밝은 빛도 벨소리나 진동만큼 사람을 성가시게 했다. 물론 받을 생각은 없었다. 아마 한은지의 매니저이거나 소속 기획사 사람일 것이다. 그리고 그 내용도 이미 알고 있었다.

"야, 조 기자! 야, 이 개새끼야! 네가 우리한테 이럴 수 있어? 그렇게 돈 받아 처먹고, 술 받아 처먹고, 여자애들하고 떡도 치게 해줬는데, 이제 와서 뒤통수를 쳐? 이 씨발놈아, 네가 기자면 다야?"

대충 이런 내용 아니면,

"이 양반 이거 진짜 짜증나는 양반이네? 김 이사하고 나이차가 좀 나서 그렇지, 요즘 세상에 뭐가 어때? 그 사람도 미혼이야. 법적으로 총각이라고. 둘이 조만간 결혼한대잖아. 거기다 서로 좋아서 그러고 다니는데 어떻게 그게 매춘이야? ……… 이봐, 한은지 모친이 딸 하나 믿고 병환에 고생하시는 분인데 이거 너무 하잖아? 당신은 부모도 없어? ……… 이 일을 어떻게 할 거야? 한은지 걔도 불쌍한 애야. 당신도 알잖아? 그런데 그런 짓을 해? 나도 밑바닥 인생이지만 지킬 건 지켜. 그런데 당신 같은 기자가 이 따위 짓을 해?"

대강 이런 내용일 것이다.

조석태 역시 한은지의 모친이 암수술을 받은지 1년도 채 되지 않았다는 사실을 알고 있었다. 하지만 그렇다고 그냥 넘어갈 그가 아니었다. 없는 일도 만들어야 하는 판국에 눈에 보이는 사실을 그대로 말하는 것이 뭐가 문제인가. 그것도 기자가.

"한은지 양이 연예인 매춘에 관련 되어 있는 것 같습니다. 은지 양을 자주 만나는 사람은 성창그룹 계열사 이사로 있는 사람입니다. 조만간 검찰수사가 진행될 예정인데 그 전에 은지양 모친께서 은지 양에게 그만두라고 말씀 좀 해주세요. 제가 사회부 기자라서 검찰 쪽을 잘 알거든요."

물론 검찰수사는 사실이 아니라 자신이 지어낸 얘기였다. 하지만 대기업 이사와 여자 연예인의 지속적인 육체관계는 누가 봐도 성매매, 즉 매춘행위 아닌가? 그리고 그것이 가장 중요한 핵심 아닌가? 경기도 연천의 공기 좋은 친척집에서 요양 중인 모친은 그 말을 듣고 적지 않게 충격을 받은 듯 했다.

그가 원하는 것은 이러한 간접압박으로 김중택을 무릎 꿇게 하는 것이었다. 다른 뜻은 없었다. 서울로 돌아온 그가 이곳 한강 둔치로 와서 쉬고 있는 것도 사실 김중택의 전화를 기다리기 위해서였다.

휴대폰의 밝은 빛이 다시 번쩍이자 뒤집어 놓은 후 라디오를 켜려고 다시 몸을 일으켰다.그 때 오른쪽 다리를 저는 남자가 쇼핑백을 들고 자신의 차로 힘겹게 걸어오는 것이 보엿다.

'잡상인인 모양이군.'

라디오 주파수를 맞추며 그가 중얼거렸다. 이윽고 라디오에서 음악이 흘러나왔을 때 차 앞에 서 있는 잡상인을 발견했다. 그가 운전석 창문을 두드리려고 하자 먼저 창을 내리고 물었다.

"무슨 일입니까?"

50대로 보이는 남자가 깍듯하게 인사를 한 후 고개를 들었다. 통통한 체격에 검게 그을린 얼굴로 웃고 있지만 풍파를 많이 겪은 듯 했다. 걸어오느라 숨이 찼는지 거칠게 숨을 내쉬며 그가 말했다.

"사장님, 오늘 비도 많이 온다는데, 제가 좋은 와이퍼 하나 소개해드려도 되겠습니까?"

남자가 쇼핑백에서 와이퍼를 꺼내 들고 말을 이었다.

"이 제품은 기술력 있는 중소기업에서 만든 물건인데요, 독일의 BMW, 일본의 도요타에 납품하다가 원자재 가격 급등으로 회사가 문을 닫게 돼 이렇게 값싸게 드리는 겁니다. 절대 중국제가 아닌 우리나라, 메이드 인 코리아입니다. 사장님 차에 맞는 와이퍼를 단돈 5천원에 운전석, 조수석에 설치해드리겠습니다. 뒤쪽에도 필요하시면 3개 모두 7천원에……"

그 말을 다 믿지는 않았지만 와이퍼를 교체한 지 2년 정도 됐으니 갈 때가 되었다. 조석태가 지갑에서 5천 원을 꺼내 내밀었다.

"하나 주세요."

남자가 굽실거리며 공손하게 두 손으로 돈을 받았다.

"감사합니다, 사장님."

말을 마치기 무섭게 남자가 뒤뚱거리며 차의 와이퍼 2개를 능숙한 솜씨로 교체했다. 다시 돌아온 남자가 물었다.

"전에 쓰시던 건……"

"아저씨가 버려줘요."

남자가 다시 환하게 웃으며 말했다.

"예, 알겠습니다. 한 번 작동시켜보시죠."

작동은 문제없었다. 워셔액이 뿜어져 나오고 와이퍼의 블레이드 날이 힘차게 움직이며 창을 닦았다.

"잘 됩니다. 열심히 사세요."

조석태의 말에 남자가 다시 깍듯이 인사를 하고 멀리 보이는 다른 차량으로 절뚝거리며 걸어갔다.

잠시 후 빗방울 몇 개가 차창에 떨어졌다. 이제 본격적으로 비가 올 모양이다. 밖은 점점 더 어두워지고 있었다. 차를 몰고 집에 돌아갈까 생각한 그는 일단 휴대폰부터 확인해보기로 했다. 받지 않은 전화는 거의 한은지와 관련된 전화였다. 그러나 4통은 평소 알고 지내는 스포츠신문 김 기자였다. 김중택의 전화는 없었다. 김 기자에게 전화를 한 번 해볼까 생각하고 있을 때 휴대폰이 다시 번쩍거렸다. 발신자는 김 기자였다. 조석태는 휴대폰을 열었다.

"어이, 김 기자, 반갑구만. 재미있는 거라도 있나?"

김 기자가 다급하게 말했다.

"왜 이제 전화를 받아?"

"무슨 일인데 그래? 안 좋은 일이야?"

"자네 오늘 한은지 모친 만났지? 한은지 기획사에서 그러더구만. 야, 조 기자 큰 일 났다. 한은지 모친이 한 시간 전에 농약 마시고 자살했어."

"뭐?"

"음독자살했다고. 듣고 있어?"

조석태는 잠시나마 할 말을 잃었다. 의도하지 않은 일이 터진 것이다.

"기획사에서는 자네가 무슨 몹쓸 짓을 했다고 하던데, 도대체 뭔 짓을 한 거야?"

"내가 무슨 짓을 해?"

"야, 이 친구야, 그림이 이상하잖아, 그림이. 상황이 좀 그렇지 않아?"

"무슨 소리야? 난 아무 짓도 안 했는데."

"일단, 연천으로 와. 가서 만나자고. 나도 지금 가는 중이니까."

"연천으로 오라고?"

"그래, 연천. 한은지 모친 돌아가신 곳, 거기로 와. 아까 왔다갔으니 잘 알 거 아냐?"

"알았어."

"꼭 와야 돼, 믿는다."

통화를 끝낸 조석태는 긴 한 숨을 내쉬고 담배를 꺼내 물었다. 조금만 더 압박하면 김중택이 무릎을 꿇을 것이라고 생각했지만 엉뚱한 데서 일이 터진 것이다. 일단은 이 일부터 정리해야 했다. 비록 사람을 자살에 이르게 했지만 기자의 정당한 취재활동에 의한 부수적인 피해로 둘러댈 수 있을 것이다. 그것이 기자의 특권이다. 인터넷 언론사에 해금강 라인 조직원들이 있으니 도움을 받아서 여론부터 무마시키고 대기업 간부가 관련된 연예인 매춘사건을 만들어 띄우면 여론의 방향을 잡으면 김중택을 다시 압박할 수 있을 것이다.

취재윤리에 어긋난 정황이 있으니 내부징계를 받겠지만 법적 문제는 없을 것이다. 만약 법적처벌이 있다고 해도 벌금 정도가 고작일 것이다. 무엇보다 자신은 이 나라의 사법체계에 전혀 신경 쓰지 않았다. 판·검사들도 언론의 영향력을 무시할 수 없었다.

빗방울이 조금씩 떨어지기 시작했다. 그는 시동을 걸고 심호흡을 크게 했다. 밑져야 본전이다. 조금만 더 밀어 붙이자고 다짐한 그는 가속페달을 밟아 속력을 조금씩 높였다.

그의 차가 속도를 더하며 한강 둔치를 빠져나갈 때, 조금 전 와이퍼를 팔았던 잡상인이 벤치에 앉아서 자판기 커피를 마시며 그 모습을 지켜보고 있었다.

"너도 한 번 열심히 살아봐."

혼잣말을 내뱉은 그는 종이컵을 들고 일어나 자신의 지프차로 걸어갔다. 다리를 절지 않는 지극히 정상적인 모습으로.

저녁 무렵부터 굵어지기 시작한 빗줄기는 김용민의 먼지 묻은 승용차를 깨끗이 씻어주었다. 내년에 장성 진급이 확실하다지만 야전부대 연대장으로 부임한 이상, 열심히 일하는 모습을 보여주어야 했다. 며칠 전 조석태와의 만남을 제외하면 예하대대를 일일이 돌며 부대상황을 살피고 연대 간부들과 면담을 하느라 바쁘게 지냈다. 며칠만 더 바쁘게 지내면 시간이 조금 날 것 같았다. 그 때 조석태가 부탁한 일을 알아볼 생각이었다.

그는 지금 목동에 있는 자신의 아파트에 가고 있었다. 업무 때문에 줄곧 관사에서 생활을 해야 했기 때문에 평상복 몇 벌이 더 필요했다.

차가 아파트 입구에 들어섰을 때 시간은 밤 8시를 조금 넘고 있었다. 지상 주차장은 이미 차가 꽉 차 있었다. 그는 슬쩍 웃으며 지하 주차장으로 차를 몰았다. 조금 전부터 병원 구급차가 뒤따르고 있었는데, 사이렌을 울리지 않는 것으로 봐 응급환자 수송은 아닌 듯 했다. 천천히 차를 몰아 지하 2층 주차장의 빈 공간에 세웠다. 구급차는 조금 더 떨어진 엘리베이터 가까운 곳에 주차한 후 2명이 뒷문을 열고 내려 휠체어에 탄 환자를 내리고 있었다.

김용민은 엘리베이터로 먼저 다가가 버튼을 누르고 기다렸다. 응급구조원으로 보이는 남자 둘이 휠체어에 탄 환자와 함께 다가오고 있었다. 남자 하나가 휠체어를 밀고, 다른 하나는 링거 주사액을 들고 있었다. 무릎 담요로 하체를 덮은 사람이 휠체어에 앉아 멍한 눈으로 한 쪽을 응시하고 있었다. 그 모습은 비 오는 밤의 지하 주차장 분위기를 더욱 우울하게 만들었다.

엘리베이터는 아직 6층에 머물러 있었다. 김용민은 휠체어를 탄 환자가 몇 층에 가는지 물어보기 위해 몸을 돌렸다.

"실례지만 몇 층……"

하지만 그는 더 이상 말을 잇지 못했다. 그의 눈에 들어온 것은 비어있는 휠체어였다. 순간, 허리에 강한 충격이 느껴졌다. 곧이어 등에도 똑같은 충격이 전해졌다. 이로써 그는 어떠한 저항도 하지 못하고 빈 휠체어에 주저앉고 말았다. 비명은커녕 숨조차 크게 쉴 수 없었다. 뭔지는 몰라도 금속성의 예리한 물건이 허리와 등 4군데에 깊이 박힌 듯 했다.

평소 복싱으로 신체를 단련해온 그였지만 허리와 등의 통증으로 서 있을 수도, 팔을 뻗을 수도 없었다. 잠시 후자신이 구급차에 옮겨지고 있다는 사실을 인식한 그는 고통으로 온 몸이 움츠려 들고 있다는 것을 느꼈다. 자신의 의지로는 몸을 전혀 움직일 수 없었다.

자신을 공격한 이들은 고도의 특수훈련을 받은 자들임에 틀림없었다. 그런데 어느 쪽일까? 평양에서 자신을 제거하려고 보낸 걸까? 더 이상 필요가 없어서? 그를 태운 구급차가 유유히 지하주차장을 빠져 나오자 누군가가 고개를 숙인 김용민에게 PDA 단말기를 들이 밀었다. 정신을 최대한 모아서 액정화면의 글을 눈으로 읽었다.

– 북한의 공화국 영웅이자, 대한민국 육군 대령인 '명왕성' 김용민에게 너 때문에 처절하게 죽어간 전우들의 원한을 이것으로 갚겠다. 네 가족들은 무사할 테니 그나마 다행으로 생각해라.

글의 내용으로 보면 우리 측이었다. 우리 측? 웃긴 표현이다. 저들의 소속이 남이건, 북이건 중요한 것은 자신이 죽는다는 것이다. 정보요원들은 이용만 당하다가 언젠가는 버려지는 존재들이라서 언젠가 이런 날이 올 거라 짐작은 했지만 비 오는 날 집 앞에서 이런 일이 생길 줄은 미처 예상하지 못했다. 한 번 발을 들이면 죽어서도 헤어날 수 없는 곳이 정보 분야임을 왜 이제야 깨닫게 된 것일까. 이제 자신은 이 세상에서 흔적도 없이 사라질 것이다.

단말기가 치워지고 다시 누군가가 20cm 정도의 철침을 내밀었다. 비로소 자신을 꼼짝 못하게 한 흉기를 직접 확인할 수 있었다. 하지만 더 이상 아무 의미가 없었다. 마침내 철침이 그의 심장을 꿰뚫는 순간, 그의 몸은 앞으로 힘없이 고꾸라졌다.

명왕성은 태양계에서 영구 퇴출되었음. 나머지 쓰레기도 깨끗이 치우기 바람.

김용민의 죽음을 확인한 뒤 PDA로 문자메시지를 전송한 남자가 차 안의 조명을 끈 후 커튼을 걷었다. 이제 남은 일은 쓰레기 소각장에서 시체를 태우는 것이다. 김용민은 거액의 도박 빚에 의한 해외 도피로 처리될 것이다. 구급차는 쏟아지는 비를 뚫고 혼자만의 목적지를 찾아 빠르게 이동하고 있었다.

경기도 연천에 있는 한은지의 친척 집은 밤 11시가 넘도록 경찰과 동네 주민들이 분주히 오가고 있었다. 저녁 무렵 모든 일정을 취소하고 도착한 한은지는 한바탕 소동 후 절규하다가 실신해 쓰러져 모친의 시신이 안치되어 있는 병원의 응급실로 실려 갔다. 취재진 역시 그녀를 따라 병원으로 몰려갔다.

조석태는 스포츠신문 김 기자를 태우고 병원에서 돌아와 사건 현장 근처의 경찰차 뒤에 차를 세웠다. 조석태는 자신이 억울한 상황에 처했음을 김 기자에게 강조했다. 조수석에 탄 김 기자가 조석태의 변명을 다시 정리했다.

"그러니까 조 기자가 연예인 매춘을 취재하다가 한은지가 관련 된 것을 알았다? 그래서 한은지에게 그만 두라고 직접 설득했는데 통하지 않아서 급기야 모친한테까지 말했다? 이거야?"

"그래, 그렇다니까."

조석태가 맞장구치자 김 기자가 한심하다는 듯 쳐다보며 말했다.

"그걸 누가 믿겠어? 나도 기자지만 믿을 수가 없다."

당연히 말도 안 되는 변명이었다. 하지만 지금 상황에서는 어쩔 수 없다. 매춘행위를 하지 말라고 직접 설득했다고? 조석태 자신이 생각해도 자다가 봉창 두드리는 소리였다. 기자는 직업 생리상 일단 기사화부터 한다. 찾아가서 뭘 어떻게 하라는 식의 선도나 훈계는 일체 하지 않는다. 이는 삼류잡지 기자도 다 아는 사실이다. 그래도 조석태의 입장에서는 계속 억지를 부려야했다.

"아무도 안 믿으니까, 내가 환장하지."

조석태는 답답한 척 창을 내리고 담뱃불을 붙였다. 빗방울이 안으로 들이쳤지만 아랑곳하지 않았다. 김 기자도 같이 담뱃불을 붙이고 말없이 밖을 내다보고 있었다.

조석태의 머릿속에는 어떻게든 변명거리를 찾아서 자신을 변호할 생각만 가득했다. 내일부터는 편집국장에게 열심히 자신의 입장을 강변해야 할 테니, 지금부터 첫 단추를 잘 꿰어야 했다. 거짓말도 논리적으로 일관되게 밀어붙이면 상당한 효과를 볼 수 있다는 것은 경험을 통해 잘 알고 있었다.

한동안 말없이 담배를 피우던 김 기자가 조석태를 돌아보며 차분하게 입을 열었다.

"조 기자, 언론인으로 양심에 손을 얹고 솔직히 말해봐."

그러자 조석태가 피우던 담배를 밖으로 던지면서 말했다.

"뭘?"

"지금까지 나한테 말한 게 모두 진짜지? 믿어도 되지?"

드디어 첫 단추가 제대로 꿰어진 것 같았다. 스포츠신문 연예부 김 기자가 믿어줘야 앞으로의 일이 편해진다. 조석태는 속으로 웃음이 나왔지만 표정관리를 잘 해야 했다. 이제부터가 본격적인 시작이다.

조석태가 진지한 표정으로 말했다.

"기자의 양심을 걸고 맹세하지. 상황은 좀 그렇지만 한은지라는 젊은 여자 인생을 망치고 싶지 않아서 그렇게 한 거야. 이렇게 될 줄은 몰랐어."

진지한 표정으로 그의 말을 듣고 있던 김 기자가 고개를 끄덕였다.

"좋아, 나도 조 기자의 진심을 믿는다. 그래, 한은지가 잘못한 거지, 조 기자가 잘못한 게 아니야. 단지, 운이 좀 나빴을 뿐이지. 나도 그렇게 기사를 쓸께. 편집국에도 그렇게 얘기하지."

조석태가 김 기자를 한 쪽 팔로 살짝 끌어안으며 말했다.

"김 기자라도 믿어주니, 정말 고마워."

"기획사 쪽은 걱정하지마. 그 쪽 애들은 단순하니까 잘 설명하면 알아들을 거야. 난 가봐야겠어."

말을 마친 김 기자가 밖으로 나가 우산을 펼치고 안을 향해 외쳤다.

"나는 내 차에서 기사작성하고 동료들하고 같이 갈 생각이야. 조 기자는 그만 돌아가 봐. 오늘 고생 많았어. 또 보자고."

이제 김 기자는 해결되었다. 아마 큰 힘이 될 것이다.

김 기자가 자신의 차로 들어가는 것을 확인한 조석태는 시동을 걸고 천천히 출발했다. 서울에 가면 부족한 잠을 보충한 후 사우나에 가서 땀을 빼고 싶었다. 그래야 조금이라도 초췌한 모습을 보일 수 있으니까.

대광리역을 막 지난 조석태의 차는 조금씩 속도를 올려 의정부로 향했다. 신망리역 부근까지는 좁아터진 2차로였지만 비 오는 늦은 밤이라 차량이 거의 없어 빨리 달리기에 무리가 없었다. 와이퍼에서 이상한 소리를 들은 것은 바로 그 때였다. 비는 더 세게 내리는데 운전석 와이퍼의 고무로 된 블레이드 날이 헐렁해져 빠져 나와 있었다. 전방의 시야가 많이 가려졌다. 그 잡상인을 믿는 게 아니었다. 몸이 불편해서 물건을 샀더니 이런 불량품을 팔다니. 더 화가 나는 것은 전에 쓰던 와이퍼도 잡상인에게 버리라고 한 것이었다.

'재수 옴 붙었구만.'

잠시 후 완전히 빠져버린 와이퍼의 고무는 빗물에 씻겨 떨어져 나가버리고 말았다. 차를 세워 조수석 와이퍼와 바꿔야 할 것 같았다. 취재를 위해 가끔 다니던 길이라 속도를 조금 줄이고 조심스럽게 운전을 계속했다. 마땅히 차를 세울 공간이 보이지 않았다. 그는 운전석 정면을 뚫어지게 쳐다보며 흘러내리는 빗물과 헛일을 하며 왕복하고 있는 와이퍼 사이로 보이는 도로를 응시했다. 잠시 긴장했지만 별 이상은 없는 듯 했다.

그 때였다. 모자를 쓰고 노란색 우의를 입은 사람이 바로 앞에서 갑자기 도로를 가로질렀다. 그는 반사적으로 급브레이크를 밟았다. 완만한 내리막 곡선구간이라서 안심했지만 쏟아지는 빗속에서 시속 80km가 넘는 속도로 달리던 자동차는 이미 통제불능 상태였다. 우의를 입은 사람은 경찰이었다. 등 뒤의 P.O.L이라는 글씨가 정확히 보였고, 모자도 분명히 그가 경찰임을 말해주고 있었다.

'경찰이 교통사고를 유발하다니, 그것도 빗길에서.'

조석태는 흥분했다. 그러나 경찰과의 충돌을 피하기 위해 갓길로 핸들을 급히 돌렸다. 도로를 벗어나 깎여진 암벽에 '쿵'하고 충돌한 조석태의 차는 멈춤과 동시에 정면 에어백을 터트렸고, 곧 조석태의 안경 낀 얼굴을 강하게 압박했다.

"어떤 짭새 새끼가……"

그는 서둘러 운전석에서 빠져나오려고 안전벨트를 풀려고 했지만 풀어지지 않았다. 빗소리 사이로 구둣발 소리가 들렸다. 사고를 유발한 경찰인 듯 했다. 조석태는 운전석 창을 내리고 외쳤다.

"당신 때문에 사고 났잖아. 빨리 어떻게 해봐!"

그러자 경찰이 우의를 벗고 들어와 운전석 바로 뒤에 자리를 잡았다. 에어백 때문에 짜증난 조석태가 재촉했다.

"안전벨트가 안 풀리니까, 어떻게 좀 해봐!"

경찰은 운전석의 머리받침을 뽑아냈다. 머리가 한결 편해졌다. 조석태는 자신의 목을 부드럽게 젖히며 사고의 긴장을 풀었다. 그러나 이어진 강한 일격이 그의 목을 완전히 분질러놓고 말았다. 이내 온 몸이 힘을 잃고 축 쳐졌다. 그것이 마지막이었다.

조석태의 죽음을 확인한 경찰은 머리받침을 다시 끼우고 운전석 창을 올린 후 우의를 입고 밖으로 나와 와이퍼를 교체했다. 이미 죽어버린 조석태는 몰랐지만 새로 장착되는 와이퍼는 몇 시간 전 잡상인에게 버리라고 했던 바로 그 와이퍼였다. 그 일을 하는 경찰 역시 조석태에게 와이퍼를 팔았던 잡상인이었다.

주변에 아무도 없음을 확인한 그는 근처의 사고 다발지역 표지판 쪽으로 걸어갔다. 갑작스럽게 실행된 작전치고는 괜찮게 처리된 것 같았다. 사고 다발지역에서 빗길 교통사고가 났으니, 경찰에서는 단순 사고사로 처리될 것이다.

"이짓도 나이가 드니 점점 힘들어지는군."

곧이어 나타난 승합차 1대가 그를 태우고 어둠 속으로 빠르게 사라졌다.

제9장

폭풍전야

현재 전세계 희토류 매장량은 7,000~9,000만 톤으로 추정되며, 가장 많이 매장된 국가는 중국으로 전세계 매장량의 약 50%인 4,300만 톤이 부존되어 있는 것으로 알려져 있다. 바스트나사이트·모나자이트·제노타임 형태의 광상이 경제성 있는 희토류 광상의 대부분이지만 이것은 경(輕)희토류 광상이고, 더 희귀하고 값비싼 중(重)희토류와 이트륨의 경우 주로 중국 남부의 이온 흡수 점토에서 생산되고 있었다. 경제적·전략적으로 가장 가치 있는 이 중희토류와 이트륨은 그동안 중국에서 사실상 독점적 지위를 누려왔지만 이제 상황이 바뀔 것이라고, 성창인터내셔널 지질조사단장 김덕훈 박사는 생각했다.

항공기로 가져올 수 있는 장비도 얼마 없었고, 시추공도 7개 밖에 뚫지 못했지만 그 성과는 놀라웠다. 콜탄을 비롯한 갈륨 · 인듐 · 탄탈륨 · 니오븀 등 시장성이 있는 7가지의 희토류 외에도 중국 남부의 이온 흡수 점토층보다 더 좋은 점토층을 발견한 것이다. 또 표본추출 결과, 테르비움(Tb) · 디스프로슘(Dy) · 홀뮴(Ho) · 에르븀(Er) 등의 중희토류와 이트륨도 발견할 수 있었다. 개발만 가능하다면 희토류 걱정은 더 이상 하지 않아도 될 만큼 엄청난 양이었다.

뿐만 아니라 잠비아와 콩고를 가로지르는 구리벨트(Copper Belt)에 속한 네멩게 구리광산 역시 대규모 개발이 가능한 것으로 밝혀졌고, 니켈광산 역시 대규모 개발이 가능하다는 조사결과가 나왔다. 이제 성창인터내셔널이 세계적인 광물전문기업으로 성장하는 건 시간문제였다. 그렇게만 된다면 한국의 성장동력인 철강 · 전기 · 전자 · IT산업은 비용절감과 불확실성 해소로 지속적인 성장을 할 수 있을 것이다. 이런 이유로 20년 가까이 현장에서 지질조사를 해온 김덕훈에게는 이번 네멩게 발굴이 보물섬을 찾은 것이나 마찬가지였다.

"박사님, 제가 도와드릴 일은 없습니까?"

투치아키족 부족장의 아들 빌라카지 중위가 김덕훈을 찾아온 것은 한낮의 뙤약볕을 피해 자료정리를 하고 있을 때였다.

"아, 빌라카지 중위, 어서 오시오."

김덕훈이 반갑게 빌라카지를 맞았다.

"오늘, 내일 바쁠 것 같아서 미리 찾아왔습니다."

지질조사단의 경호와 업무보조를 맡고 있는 빌라카지와 그의 부하들은 투치아키족 작업인력들을 잘 통솔했고, 자질구레한 일들을 도맡아 해줘서 조사가 진행되는 데 큰 도움을 주고 있었다.

"바쁜 일이 있나 보군요?"

김덕훈이 간이의자에 앉기를 권했지만 빌라카지는 정중하게 사양하고 서서 말했다.

"예, 지금 무기를 반납하러 네멩게시티로 가야 합니다. 수송트럭을 인솔해야 하거든요."

어제부터 시작된 무기 수거가 이제 다 끝난 모양이었다. 반군과의 평화협상으로 양측 모두 군사력을 일대일로 감축한다는 얘기는 빌라카지에게 들어서 잘 알고 있었다. 네멩게가 전쟁을 하든 말든 김덕훈이 관여 할 일은 아니었지만 회사가 네멩게에서 사업을 진행한다면 평화 정착은 반드시 이루어져야 했다.

"마침내 네멩게에도 평화가 찾아오는 것 같군요."

김덕훈이 웃으며 말했지만 빌라카지의 반응은 신통치 않았다.

"글쎄요, 제대로 된 평화라면 좋은 현상이죠."

김덕훈이 다시 웃으며 말했다.

"좋은 일은 갑자기 찾아오는 법이죠."

"그렇죠. 단지, 너무 갑작스러워서 그렇습니다."

그제야 빌라카지가 마지못한 듯 제대로 된 대답을 했다. 내부

사정을 잘 모르는 이방인의 호의를 더 이상 무시할 수 없었을 것이다.

김덕훈이 다시 그에게 물었다.

"그런데 빌라카지 중위는 군에 계속 남을 생각입니까?"

묻고 싶던 질문이었다. 내전이 끝나고 평화가 찾아오려면 군 병력 감축이 당연한 수순이다. 그런데 아프리카의 저개발 분쟁 국가에서 갑자기 평화가 찾아와 군인이 전역을 하면 뭘 하고 살아야 할까? 김덕훈은 궁금했다.

빌라카지가 잠시 주저하다가 입을 열었다.

"상황이 좋아지면 전역을 해야죠. 저는 학교에서 아이들을 가르치고 싶습니다. 잘 될지는 모르겠지만요."

빌라카지는 자신의 부끄러운 부분을 보여주기라도 한 듯 멋쩍게 웃었다. 영국에서 대학교육까지 받았다는 그는 군대보다는 학교가 더 어울릴 것 같았다.

"전, 이만 가 보겠습니다."

수도인 네멩게시티까지는 도로 사정이 안 좋아 차량으로 5시간 정도 걸리기 때문에 지금 출발해야 했다.

"잘 다녀오시오, 중위."

빌라카지가 웃으면서 밖으로 나갔다.

중국 국가안전부 소회의실은 아침부터 담배연기로 가득했다. 주미 중국대사가 흥분한 상태로 외교부와 화상회의를 했고, 그

내용은 관련 기관에 즉각 통보되었다. 베이징 주재 미국 정보요원들도 서방 기자들에게 탈북자 용병에 관한 정보를 흘렸다. 상황이 이렇게 급박하게 돌아가자 중국 정부 내에서는 무조건 부인하고 끝까지 가보자는 신경질적인 반응도 있었지만 대부분은 우왕좌왕할 뿐 어떤 해결책도 내놓지 못하고 있었다. 탈북자들을 용병으로 활용한다는 사실을 알건 모르건, 자신들의 직접적인 소관이 아니라는 이유로 관심조차 없다가 갑자기 현안으로 떠오르자 정신적인 공황상태에 빠진 것이다.

하지만 국가안전부 제1부부장 치엔꾸이(錢貴)는 조금 달랐다. 수단-네멩게 공작을 공동총괄한 당 중앙군사위 총참모부의 양구어리앙(楊國梁)과 사전에 의견을 조율한 그는 이미 결론을 내놓고 있었다. 다만, 문제가 불거진 이상 관련 기관을 충분히 납득시키는 것이 중요했다. 마음 같아서야 일사천리로 일을 진행시키고 싶지만 이번 공작에 별다른 관심도, 관련도 없는 인사들을 상대로 일의 진행상황을 적당히 설명해둬야만 복잡한 권력체계에서 살아남을 수 있었다.

치엔이 입을 열었다.

"흥분하지 말고 찬찬히 생각해봅시다. 우리가 지난 3년 동안 공들인 네멩게 공작이 마무리 단계로 접어들고 있습니다. 시행착오도 있었지만 이제 며칠만 기다리면 다 끝납니다. 탈북자 용병은 이 공작을 돕기 위한 도구에 불과합니다. 심각하게 생각할 필요가 없어요."

그 말에 몇몇 참석자들이 웅성거렸다. 티베트 사태와 위구르 사태, 최근의 대지진까지……. 아직 민심이 흉흉한 판국에 탈북자 용병사건까지 연이어 터진다면 중국의 대외신인도는 엄청난 타격을 받을 것이 분명했다. 그런데 심각하게 생각할 필요가 없다고 말했으니 웅성거릴만도 했다.

입이 텁텁한지 치엔이 말을 끊고 물을 마셨다.

"그래서 어쩌자는 거요?"

당 대외연락부 저우위쑤(周玉書)가 눈을 치켜 올리며 차갑게 물었다.

치엔이 당연하다는 듯 말했다.

"미국이 눈치챘으니 그냥 포기하면 됩니다. 그들이 해달라는 대로 해주는 거죠."

참석자 전원이 치엔을 쳐다보고 황당한 표정을 지었다. 치엔이 말을 이었다.

"제 생각은 이렇습니다. 수단 카르툼에 있는 탈북자 용병과 가족들 모두 네멩게로 보내 정착시킨다고 미국에 통보하는 겁니다. 그러는 동안 네멩게는 우리가 지원하는 반군들이 정권을 장악하게 될 겁니다. 그 후 수단의 탈북자들을 네멩게에 정착시키고 그 다음에는 상황을 봐서 처리하면 됩니다."

치엔이 생각하기에는 탈북자 용병단 말고도 반 카야 용병단이 있으니 걱정할 필요가 없었다. 다행인 점은 미국이 반 카야 용병단의 철수를 말하지 않고 있다는 것이다. 이것은 미국이 반 카야의 용병부대가 있는지조차 모르고 있다는 것이었다. 하지만 반카야 용병단의 존재는 여기서는 말하지 않기로 양구어리앙과 합의했다. 일이 있어야 소란을 떨며 분주히 움직이는 자들에게 기밀사항을 말할 필요는 없었다.

가만히 듣고 있던 외교부의 리샤오허(李紹和)가 천천히 입을 열었다.

"그렇게 해도 되겠습니까? 네멩게는 대 아프리카 자원외교 전략상 반드시 선점해야 할 곳입니다. 이번 일로 전체계획에 차질을 빚는 것은 아닌지 걱정됩니다."

당 중앙군사위 총참모부의 양구어리앙이 나섰다.

"네멩게 공작이 마무리되는 과정이기 때문에 그렇게 해도 별 지장은 없을 겁니다. 그리고 대외적으로는 우리가 네멩게 문제에 직접 관여하지 않고 있으니 미국도 달리 할 말은 없을 겁니다."

리샤오허가 고개를 끄덕이자 다시 치엔이 입을 열었다.

"외교부에서 할 일이 있습니다. 탈북자들을 네멩게로 보내기 전에 먼저 중국 국적을 부여해야 합니다. 그리고 반군이 네멩게를 장악하면 즉시 네멩게에 정착시키고 네멩게 국적을 취득하게 하시오. 그렇게 합법적 이민으로 만든 후에 조용히 처리하면 됩니다. 어차피 지구상에 존재하지 않는 사람들이니까요."

그렇게 서방 언론을 속인 후 조용히 없애버리자는 것이다. 처리하는 방법은 많다. 전염병과 종족 간 분쟁을 빙자해서 조용히 몰살시키면 중국이 탈북자들을 용병으로 활용했다는 사실조차 모를 것이다.

신화통신의 스짜오위(石昭玉)가 물었다.

"좋은 방법 같군요. 탈북자들이 죽든지 말든지 아무도 신경쓰지 않을 테니까. 그런데 미국에는 어떻게 둘러대죠?"

당 중앙군사위 총참모부 양구어리앙이 다시 나섰다

"미국에 대해서는 탈북자 용병단이 아닌 수단에 파견된 조선족 근로자들이라고 하면 됩니다. 그 중 일부에게 무장 경비업무를 맡겼는데 범죄를 짓고 탈출한 사람이 있다고 둘러대면 됩니다. 그리고 반군이 정권을 장악한 후에는 전원 네멩게로 이주시킬 계획이라고 하십시오. 그 정도면 미국인들도 무슨 말인지 알아들을 겁니다."

그제야 참석자들이 수긍을 했는지 고개를 끄덕였다. 치엔은 회의를 마칠 준비를 했다. 멍청한 관료들이 뭔가에 만족해 있을 때 빨리 회의를 끝내야만 자신의 일에 몰두할 수 있엇기 때문이다.

치엔이 미소를 지으며 입을 열었다.

"별 문제 없습니다. 자연스럽게 반응하면 됩니다. 외교부에서는 말씀드린대로 그렇게 조치해주십시오. 나머지 분들도 각자 그렇게 도와주시면 됩니다. 달리 하실 말씀 없으시면 이만 회의를 마치도록 하죠."

회의를 마친 참석자들이 삼삼오오 흩어지기 시작했다. 수단-네멩게 공작의 공동총괄자이기도 한 양구어리앙만이 뒤에 남아서 천천히 걸어오고 있었다.

치엔의 말대로 복잡해 보이는 상황이 의외로 간단하게 끝날 수 있다. 그런데 치엔과 함께 공작을 진두지휘해 온 양에게는 뭔가 꺼림칙한 것이 있었다. 그의 생각에 아프리카 자원외교 공작이 너무 순탄하게 진행되는 것 같았다. 네멩게를 중국의 속국으로 만드는 것은 중국의 전략상 반드시 필요했다. 네멩게의 풍부한 희토류는 희토류 생산의 절대강자인 중국의 입지를 더욱 강화시킬 것이고, 니켈과 구리의 확보는 아시아의 강력한 경쟁상대인 일본과 한국을 확실히 제압할 수 있는 중요한 계기가 될 것이다. 하지만 미국이 과연 이런 중국의 의도를 전혀 눈치채지 못하고 있을까? 일본은 능력은 있지만 전범국가이므로 공세적 해외전략을 구사하기 힘들 것이고, 한국은 원래부터 해외전략 자체가 없는 나라이니 신경쓰지 않았지만, 미국까지 중국의 아프리카 선점을 두 손 놓고 구경하고 있지만은 않을 것이다.

회의실 밖으로 나왔을 때 치엔은 다른 참석자들과 막 대화를 끝내고 있었다.

잠시 후 치엔과 둘만 남게 되자 그에게 물었다.

"그런데 치엔 부부장, 만에 하나 트래비스 용병단이 네멩게 문제에 개입한다면 어떻게 될까요?"

치엔이 웃으며 가까이 다가와 그의 귀에 대고 속삭이듯 말했다.

"트래비스 용병단은 병력이 1개 대대 5백 명 정도에 불과하고 그나마 병력이 곳곳에 분산되어 있소. 그러니 걱정할 필요가 없을 거요. 그들을 고용할 상대도 없소. 트래비스 용병단을 그렇게 만들기 위해 반 카야를 고용했고 평화협상 조건으로 그들의 철수를 내세웠던 것 아니었소? 그리고 미국의 오바마 정부도 이라크와 아프간 때문에 군사적 여유가 없소. 잘 알고 있지 않소?"

용병은 용병을 상대로 전투를 하지 않는다. 서로를 잘 알기 때문이다. 용병의 역사를 보더라도 용병이 고용주의 의사에 반해 전투를 하지 않고 철수하는 경우에는 돈을 받지 못하거나 상대방 측에서 자신들과 수준이 비슷한 용병을 고용한 경우 밖에 없었다. 더러는 상대가 수준 높은 용병을 고용한 경우 고용주에게 받은 돈을 돌려주고 위약금까지 물어주면서 전투를 피하는 경우도 있었다. 그것이 용병의 생리였다.

중국이 반 카야를 비밀리에 고용했던 것도 이런 점을 노린 것이었다. 트래비스 용병단이 정신이 나가지 않는 한 다른 용병단을 상대로 전투를 벌이지는 않을 것이다. 미국 역시 이라크와 아프간 때문에 네멩게에 신경쓸 외교적·군사적 여유가 없다. 그런데도 왜 불길한 예감이 드는지 자신도 알 수 없었다.

치엔이 다시 말을 이었다.

"이번 공작은 우리 중국의 대외정보공작 사상 최고의 업적으로 기록될 것이오. 공작이 마무리되고 난 다음 포상받을 생각이나 하시오."

그 말을 남기고 치엔은 웃으며 자리를 떠났다.

네멩게의 상황은 매우 혼란스러웠다. 갑자기 찾아온 평화는 두

가지 문제를 야기했다. 치안불안과 국방력 약화가 그것이었다. 벌써부터 곳곳에서 무장강도들이 설치기 시작했고, 식량배급소에서도 폭동이 일어났다. 반군은 적은 숫자임에도 불구하고, 훈련상태가 좋아서인지 나약한 정부군이 쉽게 제압할 수 없었다. 이런 상황에서 일대일의 병력감축은 한마디로 정신 나간 짓이라고 할 수 있었다. 제반여건이 전혀 갖춰지지 않은 상태에서 이뤄진 반군과의 일대일 병력감축은 이렇듯 현실적으로 심각한 문제점을 내포하고 있었다.

더 걱정스러운 점은 탄지의 동생 무라키 중령이 이끌던 레인저대대가 해체되었고 투치아키족 역시 무장해제를 당했다는 것이다. 트래비스 경비 서비스마저 철수한 상황에서 이뤄진 이러한 조치들은 네멩게의 군사력을 유명무실한 상태로 만들기에 충분했다. 그렇다고 대비책이 마련돼 있는 것도 아니었다.

가말라가 신경을 곤두세우고 있는 이유도 바로 그것 때문이었다. 네멩게의 코퍼스타운에 있는 중고의류 도매상 가말라는 본업을 제쳐두고 각지에서 들어오는 정보를 종합하고 있었다. 그는 일상적인 일들은 모두 종업원들에게 맡겨 놓은 채 매장 안쪽의 깊숙한 구석에 자리 잡은 개인 사무실을 칼리프사의 네멩게 지국으로 활용해 일하고 있었다.

"들어오는 정보가 있으면 바로 연락하겠습니다."

트래비스사에서 요청하는 정보는 반 카야 용병단과 탈북자 용병단의 네멩게 침투 여부였다. 수단으로 통하는 곳과 전술적으로 중요한 포인트에도 정보요원들이 활동하고 있으니 아무도 모르게 넘어 올 수는 없을 것이다.

그 때 베르쿠트가 들어왔다. 그는 네멩게시티의 상황을 둘러보고 오는 길이라고 했다. 선글라스를 탁자에 던져놓은 베르쿠트가 나무벤치에 길게 드러누우며 말했다.

"네멩게가 미쳐서 돌아가는군요."

가말라가 물었다.

"수도 상황은 어떤가요?"

"여기보다 더 합니다. 혼란의 극치죠. 무장강도에, 폭동에……. 치안이 붕괴되기 직전입니다. 곧 무슨 일이 터지고 말 것입니다."

"분위기로 봐서는 며칠 사이 무슨 일이 있겠죠?"

"그럴 겁니다."

짧게 대답한 베르쿠트는 이내 눈을 감았다. 밤에 무슨 일이 생길 경우를 대비해서 낮잠을 자두려는 모양이었다. 가말라는 수단 국경 부근에 있는 칼리프 요원들에게 야간에 감시를 철저히 하라고 다시 한 번 일러야겠다고 생각하고 전화를 들었다. 그의 생각에 아무래도 하루나 이틀 안에 무슨 일이 터질 것만 같았다.

"그러니까 결론은 탈북 용병단이 아닌 중국 내 소수민족인 조선족이라는 것이고, 그들 중 일부에게 사업장 경비를 맡겼는데 사고를 치고 도망갔다는 겁니다. 그래도 그들이 탈북자 용병단이라는 소문이 있어 의심을 사지 않기 위해 네멩게로 정착시킨다는 겁니다. 본국에서 대승적 결단을 한 것이지요."

주미 중국대사 탕어화의 장황한 설명을 가만히 듣고 있던 브라이언 풀만이 입을 열었다.

"그러면 그들의 자유의사에 기초해서 그렇게 했다는 겁니까?"

탕 대사가 자신 있게 말했다.

"당연히 그렇습니다."

브라이언 풀만이 황당하다는 표정으로 물었다.

"자유의사에 의해 전원이 네멩게로 정착하기로 했다고요? 1명도 빠짐없이 전원이?"

기세 좋게 나가다가 상대방에게 말려들면 큰 일이다. 탕 대사가 서둘러 한 발짝 물러났다.

"뭐, 꼭 그렇진 않지만 우리 중국은 미국과는 다릅니다. 중국에서는 가능한 얘기입니다."

"아, 그렇군요. 중국에서는 가능하겠지요."

브라이언 풀만은 더 이상 압박하지 않았다. 시간적으로 UN 난민고등판무관을 보낼 수도 없는 상황이므로 이 정도의 성과도 큰 것이었다. 다만, 한 가지 확인해야 할 것이 있었다.

"이런 질문을 계속해서 대단히 죄송합니다만, 네멩게 정부에서도 그렇게 해준다고 했습니까? 공식적으로 말입니다."

한 고비를 넘겼다고 생각한 탕 대사가 거드름을 피우며 답했다.

"본국에서 그렇게 약속했다고 했습니다."

다시 집요한 질문이 이어졌다.

"만일 그 사람들이 중국의 영향력이 미치는 곳에 정착한다면 탈북자 용병이라는 소문이 계속 따라다닐 겁니다. 의혹이 완전히 해소되지 않을 테니까요."

그러자 탕 대사가 언성을 높이며 또박또박 말했다.

"우리 중국은 네멩게와는 전혀 관계 없습니다. 네멩게가 어떻게 되든 그것은 중국과 관련이 없습니다는 것입니다. 네멩게는 독립국가이고, 우리는 어떤 개입도 한 바 없습니다."

탕 대사가 책상 위에 있던 서류 한 장을 건넸다.

"본국에서 보내온 공식입장입니다. 오늘 중으로 미 국무부에 공식 제출할 겁니다. 사본을 드리죠."

앞부분의 내용은 탕 대사가 설명했던 내용인 탈북자 용병단이 아니라 조선족 근로자이며, 이들은 네멩게공화국에 전원 이주할 계획이라는 설명이 장황하게 기술되어 있었다. 그리고 다음과 같은 문장으로 끝을 맺고 있었다.

…… 중화인민공화국은 네멩게 문제에 개입한 적이 없으며 앞으로도 없을 것이다. 네멩게는 독립된 주권을 가진 국가이며 그것은 중화인민공화국은 물론 다른 나라에 의해서도 침해될 수 없다는 것이 중화인민공화국의 일관된 입장이다.

건네받은 종이를 유심히 읽은 브라이언 풀만이 천천히 고개를 끄덕이며 말했다.

"그렇군요. 중국은 네멩게 문제와는 어떤 관계도 없다는 말이군요."

탕 대사가 의기양양하게 다시 힘주어 말했다.

"그래서 조선족 사람들을 우리 영향력이 미치지 않는 네멩게로 보내고 이번 해프닝을 끝내자는 겁니다. 우리 중국이 이럴 필요까지는 없지만, 불필요한 오해는 미리 풀어버리는 게 좋다는 생각에서 대승적 결단을 한 겁니다."

해프닝? 대승적 결단? 한마디로 웃기는 소리였지만 브라이언 풀만은 계속 심각한 표정을 지으며 앉아있었다. 일단 중국이 탈북자들을 네멩게로 보낸다고 했고 네멩게 문제에 관여하지 않는다는 입장을 공식적으로 천명했기 때문에 얻어야 할 것은 모두 얻은 셈이었다. 그가 자리에서 일어났다.

"알겠습니다. 귀국 정부의 대승적 결단에 감사합니다. 의원님께도 그렇게 보고 드리지요."

에드워드 영은 미국 CNN 취재팀을 태운 회사 소유 헬기가 이륙하는 것을 멀리서 지켜보고 있었다. 포로로 잡힌 탈북자 용병들을 취재한 미국 취재팀은 예정을 넘긴 밤 10시가 되어서야 헬기를 타고 돌아갔다. 그날 오후, 처음 그들이 도착했을 때 쌍안경을 통해 선글라스를 낀 동양인 하나를 봤는데 한국인 통역인 것 같아서 근처에 다가가지 않았다. 탈북자들은 에드워드 영이 한국인이라는 것을 알고 있겠지만 회사에서 취재진에게 적당히 둘러댔을 것이다. 아프리카 대륙을 뒤지면 한국인 1명 정도는 쉽게 찾을 수 있을 테니까. 취재진의 근접 경호는 레드, 인디고, 오렌지, 블루가 담당했다. 그들이 일을 마치고 에드워드 영이 있는 대형천막으로 걸어오고 있었다.

에드워드 영이 소리쳤다.

"모두 수고 많았어. 아무 이상 없지?"

인디고가 외쳤다.

"아무 이상 없어, 캡틴!"

"나는 지금 보고하러 가 봐야 돼. 별 다른 일이 없으면 나중에 얘기하지."

말을 마친 에드워드 영이 돌아서는 순간, 인디고가 뒤에서 낮은 목소리로 말했다.

"저, 캡틴, 그런데 뭔가 좀 이상한 점이 있어서 말이야."

에드워드 영이 돌아섰다.

"이상한 점이 있다고?"

인디고가 담배를 피워 물며 설명했다. 영국 해병 코만도 출신의 넉살 좋은 인디고는 특유의 유쾌한 붙임성으로 취재진에게 접근해 장난삼아 얘기를 나눴다고 했다.

"당신들 CNN에서 왔군요. 혹시 바바라 돕슨 부인 알아요? 뉴스 편집국에서 일하는데."

취재진 중 하나가 말했다.

"잘 모르겠군요. 하도 사람들이 많아서……."

"아니, 빨강머리의 날씬한 돕슨 부인 몰라요? CNN에서 유명한 여잔데."

그러자 다른 일행이 대답했다.

"아, 날씬한 돕슨 부인 말이군요. 예, 지금도 편집국에서 일합니다. 잘 아나요?"

인디고가 웃으며 말했다.

"예전에 알던 사람의 마누라죠. 나와도 좀 놀았는데······."

에드워드 영이 물었다.

"그런데 뭐가 이상하다는 거야?"

인디고가 담배연기를 내뿜으며 진지하게 말했다.

"바바라 돕슨 부인 이야기는 내가 지어낸 얘기야. 빨강머리인지 날씬한지도 몰라. 내가 즉석에서 지어낸 얘기니까. 내가 본 포르노 영화의 여주인공인지도 모르지. 내 생각에 저들은 CNN 취재진이 아니야."

인디고의 말이 맞다면 그들은 과연 누구일까? 그냥 다큐멘터리 제작자들인가? 아니면 영화제작자들인가?

"알았네. 좀 있다 보자고."

트래비스 중령이 있는 통신실로 걸어가면서 에드워드 영은 다시 한 번 상황을 정리해보았다. 만일 트래비스 중령이 탈북자들을 구출할 생각을 하고 있다면 조금 전의 취재가 CNN 취재진에 의한 것이든, 다큐멘터리 제작자나 영화제작자에 의한 것이든 상관이 없다. 일단, 증거자료가 있으면 인터넷에 올릴 수도 있고 방송사에도 보낼 수 있기 때문이었다. 예전에 자신이 직접 했던 취조에 비하면 영상이 훨씬 깨끗할 테니 신빙성도 더 있을 것이다.

그렇다면 트래비스 중령은 왜 이런 짓을 하는 것일까? 그는 항상 용병은 돈을 위해 움직인다고 말했고 실제로도 그렇게 해왔다. 그런데 왜 돈이 안 되는 탈북자 문제에 신경을 쓰는 것일까? 이렇게 해서 돈이 생긴다면 도대체 누가 그 돈을 대는걸까? 아직도 그 정체를 알 수 없는 재정후원자인가?

에드워드 영은 이 일을 트래비스에게 말하지 않기로 마음먹었다. 트래비스가 취재진이 CNN에서 온 사람들이 아니라는 것을 모를 리는 없을 것이다. 일이 어떻게 되든 더 지켜보는 것이 좋을 것 같았다.

"에드워드, 어서 오게. 때마침 잘 왔네."

에드워드 영이 자리에 앉으며 말했다.

"전쟁이라도 난 것 같군요."

윌리엄 소령이 웃으며 답했다. 뭔가 재미있다는 모습이었다.

"조만간 그렇게 될 것 같군요, 에드워드."

트래비스 중령이 나섰다.

"수단에 있는 반 카야가 움직이기 시작했네. 기갑장비를 앞세우고 말이야."

제10장

내전

"적의 규모는 얼마나 됩니까?"

에드워드 영이 묻자, 트래비스가 일어서며 말했다.

"자, 상황판으로 가서 설명하지."

네멩게 지도가 펼쳐진 대형 테이블에는 2차 대전 전쟁영화에서나 볼 수 있는 상황판이 마련되어 있었다. 에드워드 영은 트래비스와 윌리엄 소령과 함께 상황판 한 쪽 면에 자리 잡았다.

"이것이 현 상황일세."

트래비스가 설명하고 있었지만 굳이 듣고 있을 필요가 없었다. 에드워드 영은 재빨리 상황판의 기록을 읽어나갔다.

반 카야 용병단 추정규모 : 약 4백 명

기갑장비 : T-54/55 8대, T-72 3대, BMP 계열 장갑차 14대

야포/박격포 : 미상

헬기 : Mi-8 3대 이상

모터사이클 : 20여 대

- 전차 11대와 장갑차 14대가 네멩게 국경을 향해 움직이고 있으며, 2시간 내에 국경을 돌파할 것으로 예상.

- Mi-8 헬기 3대가 이륙 준비를 하는 것으로 보아 헬기 특공조가 네멩게시티의 대통령궁을 기습할 것으로 예상.

현재까지 확인된 것만 이 정도였다. 앞으로 어느 정도의 장비와 병력이 보강될지는 알 수 없었다.

에드워드 영이 물었다.

"장갑차는 우리가 많지만 놈들은 전차가 11대나 있군요. 네멩게군 전차로 막을 수 있겠습니까?"

트래비스 경비 서비스에는 전차가 1대도 없었다. 당연히 전차 운용병력도 없었다. 게다가 훈련도 제대로 받지 못한 네멩게 정부군 전차병들이 낡은 M-47로 저들을 감당할 수 있을까?

트래비스가 웃으며 말했다.

"그래서 잭슨 상사를 고용했지. 그 친구가 케냐에서 전차 9대를 끌고올 거야."

에드워드 영이 깜짝 놀라서 되물었다.

"주정뱅이 잭슨 말입니까?"

트래비스가 맞장구쳤다.

"그렇다네. 이번 일만 잘 되면 우리가 고용하기로 했지."

주정뱅이 잭슨 상사는 에드워드 영도 한 번 마주친 적이 있었다. 미 해병대 기갑부대원으로 걸프전에 참전한 경력이 있는 잭슨 상사는 전쟁 직후 전역한 뒤로 계속 아프리카를 떠돌며 소규모 전차부대를 지휘하는 용병이었다. 중고 M-48 전차로 전장을 누비던 그가 전차 9대를 이끌고 온다니 사업이 번창한 모양이다.

"이번 작전은 특이한 점이 있네. 아무래도 용병과 용병이 대규모 교전을 하는 초유의 사태가 벌어지기 때문에 생긴 문제지."

트래비스가 하던 말을 잠시 멈추고 생수를 한 잔 들이킨 후 다시 말을 이었다.

"반 카야가 우랄-아프리카 항공과 계약을 했다는군. 그래서 우리와 계약을 맺은 에어로 아프리카 항공이 출격을 거부했네. 우랄-아프리카 항공 역시 출격을 거부했지. 그래서 이번에는 어떠한 근접항공지원(CAS : Close Air Support)도 없을 걸세. 양쪽 항공사 모두 물자수송만 하기로 약속했다네. 피장파장이지."

에드워드 영이 조금 실망한 듯 한숨을 쉬며 말했다.

"반 카야가 머리를 썼군요."

말없이 듣고만 있던 윌리엄 소령이 나섰다.

"항공수송은 우리도 도울 겁니다. 헬기와 비행기는 트래비스사

쪽이 더 많아요. 때문에 항공수송은 걱정할 필요없을 겁니다.”

그래야 했다. 멀리 있는 병력들이 네멩게로 적시에 공수되지 않으면 초반부터 반 카야에게 밀릴 것이다.

트래비스가 말했다.

“읽어보게. 대강의 계획이야.”

에드워드 영이 건네받은 종이는 수동 타자기로 작성된 작전계획서였다. 거기에는 작전의 근거까지도 명확하게 기술되어 있었다.

1단계

네멩게공화국과의 계약이 끝났으므로 반 카야의 병력이 네멩게를 침공하고, 반군이 내전을 시작해도 우베키 알라몬 현 대통령과 계약하지 않는 한 직접 개입할 수 없음. 다만, 성창그룹의 파견인력과 재산보호를 위한 비상출동은 가능함. 반 카야의 목표 역시 광산과 원유시추시설일 것으로 추정됨. 따라서 성창그룹의 파견인력 구출과 재산보호를 위한 최소한의 방어적 군사력만 투사.

☞ 성창그룹 파견인력이 있는 니켈광산, 구리광산, 원유시추시설, 투치 아키족 거주지에 대한 방어병력 파견.

2단계

내전과 반 카야의 공격으로 네멩게 지도부가 붕괴되고 헌법상 권력서열 4위인 경제장관 탄지가 통수권을 행사할 경우 사전준비된 계약에 의

거 네멩게공화국과 자동계약체결. 따라서 바로 병력 투입 가능. 반 카야와 반군의 군사적 목표가 명확한 상태이므로 전면적인 군사개입으로 반 카야의 축출과 반군의 격퇴를 위한 모든 공세적 군사행동 가능.

☞ 돌비, 잭슨의 기갑세력 : 수단-네멩게 국경 봉쇄 후 남하.

☞ 구리광산, 니켈광산 점령 후 돌비, 잭슨과 합류.

☞ 만프레드의 박격포 지원.

☞ 맥그루더 상사의 장갑차 세력 : 우간다에서 북상, 원유시추시설 점령.

에드워드 영은 이것이 방어계획이라기보다 정교하게 짜인 '침공유도전략' 같다고 생각했다. 반 카야와 반군의 군사적 목표가 확실해지면 그 때 우수한 기동력으로 공격하겠다는 의미였다. 아니면, 탄지의 정교한 쿠데타 계획에 트래비스사가 고용된 것인지도 모른다. 2단계에서 탄지의 이름이 나오는 것으로 봐서는 탄지가 이런 계획을 사전에 몰랐다고 할 수 없다. 여러 방면에서 능력을 입증한 탄지가 정권을 잡는 것이 무능하고 부패한 우베키 알라몬 현 대통령보다야 나을 것이다. 탄지야말로 네멩게의 유일한 희망이라고 할 수 있는 인물이고, 에드워드 영을 비롯한 용병들도 탄지의 집권을 내심 바라고 있었다.

에드워드 영이 다시 말했다.

"옥상에 올라가게 한 후 사다리를 걷어 차버리자는 말이군요."

트래비스가 말을 받았다.

"그렇지. 올라가는 도중에는 사다리를 치우기는 힘들지."

에드워드 영이 물었다.

"우리 팀 임무는 뭡니까?"

"자네 팀은 먼저 가서 구리광산을 점령하게. 그 후 돌비와 잭슨의 기갑세력과 합세해서 이동하게. 다음 계획은 그 때 알려주지. 1시간 뒤에 출발할 수 있도록 하게."

이제 1시간 뒤면 루비콘강을 건넌다. 철저한 준비만이 살 길이다.

"알겠습니다. 가서 준비하겠습니다."

에드워드 영은 트래비스와 윌리엄 소령을 차례로 바라본 후 자리에서 일어나 밖으로 향했다.

그 때 윌리엄이 트래비스에게 물었다.

"자세한 사항은 말할 필요 없겠죠?"

트래비스가 긴 숨을 내뱉으며 말했다.

"나중에 다 설명할거요. 저 친구도 어차피 알아야 하니까."

윌리엄이 고개를 끄덕였다. 이번 전투에서 에드워드 영이 살아남는다면 트래비스의 오른팔로 확실히 자리매김하는 것이니 알아서 설명할 것이다.

"그럼, 저도 제 일을 하러 나가야겠습니다. 우리 대원들이 잘 도와드릴 겁니다."

트래비스가 웃으며 말했다.

"나중에 봅시다, 소령."

탄지는 일주일째 밤과 낮이 바뀐 생활을 하고 있었다. 매일 아침 성창그룹 파견단장인 정상석 이사와 사회간접자본 투자계획을 의논한 후 잠을 잤고 저녁 무렵에야 눈을 떴다. 밤에는 항상 전투복을 입고 생활했다. 그 이유는 바로 야간기습을 대비한 것이었다.

2층 건물인 탄지의 자택은 대통령궁에서 1km 정도 떨어진 외진 곳으로 조용해서 생활하기에 좋았다. 그는 몇 년 전 내전 당시 아내와 자식 모두를 잃고 갈 곳 없는 부하들과 함께 살고 있었다. 2층 한 쪽에 마련된 자신의 집무실에서 맑은 정신으로 정상석 이사에게서 받은 서류를 검토하던 탄지는 갑자기 들려온 폭음과 총성에 벌떡 일어났다. 또 폭동이 시작된 모양이다.

갑자기 찾아온 평화는 안 그래도 무기가 널려있는 분쟁국가에 엄청난 혼란을 불러일으켰다. 경찰병력이 줄어 치안확보가 쉽지 않았고, 무엇보다 반군과 정부군 모두 무장한 채 수도인 네멩게시티에 주둔하고 있는 상황에서는 군 병력을 이용한 폭동 진압은 자칫 전면전을 야기할 수 있었기 때문에 생각도 할 수 없었다.

창가로 다가선 탄지는 폭음과 총성의 진원지를 찾아보았다. 또 야시장에서 일이 벌어진 것 같았다. 곧이어 헬리콥터 몇 대가 날아오는 소리가 들렸다. 소리로 보아 Mi-8이 틀림없었다. UN 직원들이 이용하는 헬기일 것이다. 점점 가까서 총성이 들려오고 있었다.

그는 반군이 쉽게 평화회담에 응했다는 것을 도저히 믿을 수 없었다. 다른 아프리카 국가의 내전과는 달리 네멩게 내전은 부족간 분쟁이 아닌 사상전쟁이었다. 40년 넘게 지속된 사상전쟁이 지도자들끼리 손 한 번 맞잡는다고 해결되지는 않을 것이다.

사상의 문제는 신념의 문제이다. 논리의 문제와는 다르다. 논리의 문제는 같은 사상체계 내의 논리구성 문제이기 때문에 옳고 그름의 문제이며, 논쟁과 토론을 통해 해결할 수 있다. 하지만 사상과 신념의 문제는 옳고 그름의 문제가 아닌 선택의 문제이며, 그것은 둘 중 하나가 없어져야만 해결할 수 있는 힘의 문제이다. 힘이 있는 자가 이기고 힘이 없는 자는 진다. 역사가 그것을 가르쳐주고 있다.

사상문제를 토론과 논쟁으로 해결하려는 것은 정신 나간 짓이다. 이런 정신 나간 짓이 탄지의 조국인 네멩게에서 벌어지고 있었다. 반군의 지휘관인 은조모 같은 골수 마오이스트(모택동 사상의 신봉자)가 쉽게 활동을 그만둘 것이라고 생각한다면 순진하거나 바보일 것이다. 트래비스 중령의 말대로 반 카야 용병단이 은조모를 도와 네멩게로 들어온다면 자신의 조국은 무참히 짓밟히고 말 것이다.

그 때 다급한 군화소리가 들리더니 노크도 없이 집무실 문이 열렸다. 경호원인 스쿰부 상사였다.

"장군님, 반군이 기습공격을 개시했습니다. 그리고 대통령궁도 공격당하고 있습니다. 헬기에서 내린 무장병력들이 대통령궁을 기습했습니다."

스쿰부가 다급하게 외치자 탄지가 깜짝 놀라서 그를 쳐다보았다. 트래비스 중령이 예상했던 대로 일이 벌어지고 만 것이다. 헬기를 타고 온 것은 UN 직원들이 아니라 반 카야 용병들이었던 것이다. 다시 내전이 시작되었다.

"상사, 내가 일러준대로 처리하게. 나도 준비하고 곧 내려가지."

"예, 알겠습니다."

스쿰부가 급히 달려가자 탄지가 야전침대 밑에서 큰 가방을 열었다. 트래비스에게서 받은 신형 M-4 카빈과 실탄을 가득 채운 탄창 10개, 수류탄 4발이 베레타 권총과 함께 전투조끼에 빼곡히 들어차 있었다. 무거운 조끼를 걸치고 M-4 카빈을 장전한 그는 서둘러 아래로 내려갔다. 자신과 함께 집에 머물고 있는 병력은 고작 9명에 불과했지만 레인저대대를 이끌던 시절부터 함께한 전우들이었다. 폭음과 총성이 계속 되는 가운데 로켓이 밤하늘을 가르는 소리가 들려왔다.

그 때 무전병이 다가와 말했다.

"구리광산과 니켈광산, 원유시추시설에 연락했습니다. 그리고 무라키 중령에게도 연락했습니다."

스쿰부가 달려왔다.

"호텔에 연락했습니다. 바로 출발하시죠."

전투 준비를 마친 병력들이 완전무장을 한 채 정렬해있었다. 그들이 가진 무기라고는 G3, FN-FAL, AK 등 뿐이었지만 그들의 투지와 용기만큼은 누구도 따를 수 없을 것이다. 그들 뒤에는

5/4톤 미제 닷지트럭 3대가 시동을 건 채 대기하고 있었다.

한 치 앞을 내다볼 수 없는 극심한 혼란 속에서 희망을 찾는다면 그것은 바로 변치 않는 신념으로 목숨을 거는 사람들일 것이다. 이기든 지든 숭고한 신념에 따른 행동을 한 사람은 비록 적일지라도 존경받는 법이다. 탄지는 앞에 정렬하고 있는 이들을 자신의 부하가 아닌 진정한 전사라고 생각했다.

탄지가 우렁찬 목소리로 비장하게 말했다.

"제군들! 조국이 위기에 처했다. 이번에도 날 믿고 따라와주겠는가?"

그러자 모두 약속이나 한 듯 큰 소리로 답했다.

"장군님께서 원하신다면 지옥 끝까지라도 따라가겠습니다!"

탄지가 미소를 지으며 답했다.

"고맙다. 제군들과 다시 일하게 돼서 영광이다. 모두 차량에 탑승하라. 일단, 호텔로 가서 사람들을 구출하자!"

스쿰부 상사가 외쳤다.

"전원 탑승!"

대통령궁을 수비하던 2개 소대의 병력들은 반군이 공격을 개시했다는 소식을 듣고 어찌할 바를 몰랐다. 대통령은 물론 국방장관 역시 상황파악을 하지 못해 어떤 명령조차 내리지 않았기 때문이다. 하지만 곧이어 나타난 Mi-8 헬기를 본 순간 안심했다. 대통령궁에 자주 오는 UN 직원들이 이용하는 헬기가 3대나 날아온 것으로 봐서 대통령과 국방장관을 피신시키려고 하는 것 같았다.

본관을 경비하던 소위 하나가 분대 병력을 이끌고 본관 앞 정원의 헬기 착륙장으로 달려 나갔다. 그들은 강한 바람을 뚫고 헬기 근처로 다가갔다. 그러나 그들을 맞이한 것은 헬기에서 내린 사람들이 쏘아대는 7.62mm 소총 탄환들이었다. 헬기에서 내린 병력들은 앞으로 달려 나오면서 AK 소총을 무작정 발사했다. 그들은 대통령궁 수비 병력들을 모조리 쓰러뜨린 뒤 곧장 대통령궁으로 쇄도했다.

가슴과 머리에 소총탄을 직격 당한 젊은 소위는 벌렁 드러누운 채로 다른 헬기에서 패스트로프로 무장병력들을 하강시키는 것을 멍하니 봐야만 했다. 하지만 그것도 잠시, 2발의 소총탄이 몸통에 박힌 채 죽음을 맞고 말았다.

헬기에서 마지막으로 내린 일리야 프톱스키는 널브러진 경계병들을 재빨리 확인 사살한 후 대통령궁으로 달려갔다. 다른 병력들이 외곽과 별관의 적을 소탕하는 사이 대통령과 국방장관을 빨리 제거해야 했다. 곳곳에서 울려 퍼지는 총성을 뒤로하고 그는 본관 로비에 들어섰다. 경비병 시체 5구가 보였고, 2층으로 통하는 계단에서는 총격전이 한창이었다. 계단을 올라가자 연막탄의 매캐한 냄새가 코를 찔렀다.

일리야가 물었다.

"야신 중사, 상황이 어떤가?"

"표적은 모두 2층에 있는데 저항이 완강합니다. 넷은 사살했고 다섯 정도 남았습니다.

부하 하나가 배에 총상을 입었고, 다른 하나는 이미 수류탄 파편으로 피범벅이 되어 죽어 있었다. 일리야가 인상을 찌푸리자 야신이 말했다.

"적이 연막탄을 던지고 수류탄으로 공격했습니다. 돌격하다가 둘이 당했습니다."

"그래서 이렇게 후퇴했나? 총알이 그렇게 무서운가?"

일리야가 AK 소총을 놓고 두 자루의 체코제 CZ-75 권총을 뽑아 하나를 뒤쪽 허리에 꽂고 하나를 오른손에 들었다.

"야신! 세르게이! 내 뒤에서 엄호해라! 근접전이 뭔지 똑똑히 보여주지."

말을 마친 그는 별도의 준비 없이 권총을 겨눈 채 2층 복도로 성큼성큼 걸어갔다. 매캐한 연막도 전혀 신경쓰지 않았다. 복도에 쓰러진 경비병 시체를 피해 큰 걸음으로 소리 없이 빠르게 걸어 나가는 그의 뒤로 AK 소총을 든 야신과 세르게이 중사가 긴장한 상태로 따라오고 있었다.

러시아 육군 특수부대 스페츠나츠 대위 출신 일리야는 긴장하지 않았다. 적의 상황을 알면 의도를 알 수 있고, 적이 선택 가능한 전술도 파악 가능하다. 갑작스런 기습에 당황한 적은 분명 과격한 방법으로 치열하게 저항할 것이다. 하지만 그것은 목적 없는 저항일 뿐이다.

날아오는 총알은 총을 쏜 사람의 의지대로 날아간다. 그의 의지가 냉철한 판단에 의한 자유 의지가 아니라 공포와 충격에 의해 왜곡된 의지라면 총알 역시 그 영향을 받게 되어 가까운 거리에서도 표적을 맞출 수 없다. 이런 이유로 적을 잘 분석하면 날아오는 총알 방향도 대충 알 수 있다.

문제는 유산탄이다. 하지만 이것은 인간의 능력으로는 어쩔 수 없다. 운에 맡기는 것이 좋다. 이렇게 죽고 다치는 것에 대한 공포심을 억누를 수 있다면 대부분의 전투상황은 극복할 수 있다. 일리야는 수많은 교전을 통해 그것을 깨달았다. 이번에도 자신의 생각이 옳다고 믿고 그냥 걸어 나갔다. 유럽이나 아프리카나 인간이 있는 곳이라면 이 방법이 통할 것이다.

첫 번째 방에서 경비병 1명이 AK를 겨눈 채 몸을 내밀자 일리야의 CZ-75가 불을 뿜었다. 2m도 되지 않는 거리에서 얼굴에 3발의 권총탄을 맞은 경비병은 머리가 터진 채 나가 떨어졌다. 반사적으로 몸을 낮춘 일리야는 허공에 총을 쏘는 두 번째 경비병 역시 깨끗하게 처리했다. 2발의 권총탄이 경비병의 가슴을 갈가리 찢어놓았다.

뒤따르던 야신이 첫 번째 방에 수류탄을 던져 넣었다. 그 틈을 이용해 일리야는 두 번째 방으로 향했다.그 때 G3 소총을 든 경비병이 총을 난사하려는 듯 문 앞으로 갑자기 튀어나왔다가 일리야를 발견하고 깜짝 놀랐다.

일리야는 그 틈을 놓치지 않았다. 첫 번째 방의 수류탄이 터짐과 동시에 일리야와 경비병의 총이 발사됐지만 수류탄 폭음에 놀란 경비병이 쏜 G3의 총탄은 바로 앞의 일리야를 스치고 지나갔다. 그러나 거의 동시에 발사된 일리야의 총알 3발이 경비병의 가슴을 부수고 들어가 폐와 심장을 산산조각 냈다.

세르게이 중사가 두 번째 방에 수류탄을 투척하는 사이 일리야는 마지막 세 번째 방으로 몸을 날렸다. 넓고 호화로운 방은 이곳이 대통령의 방이라는 것을 말해주고 있었다. 방 한가운데로 굴러 들어간 일리야는 균형도 잡지 않은 상태에서 적을 향해 반사적으로 방아쇠를 당겼다.

장교 하나가 G3 소총을 겨눴지만 이미 늦은 뒤였다. 2발의 총알이 장교의 목을 뚫고 척수신경을 단박에 끊어 놓았다. 옆에 있던 장교의 권총이 불을 뿜었지만 그가 쏜 3발의 총탄 모두 허공을 가를 뿐이었다. 일리야의 총탄 3발에 얼굴과 가슴이 피범벅이 된 채 나가떨어졌다. 뒤로 나가떨어진 장교의 피가 우베키 알라몬 대통령의 얼굴을 적셨다. 그러자 대통령은 놀라서 어쩔 줄 모르고 리볼버 권총을 든 채 서 있었다.

노리쇠가 젖혀진 일리야의 빈 권총을 보면서도 우베키 알라몬은 그냥 가만히 서 있었다. 일리야는 그 모습을 보고 비웃으며 허리춤에서 재빨리 새 권총을 뽑아 방아쇠를 당겼다. 배와 가슴에 7발의 총탄을 뒤집어쓴 네멩게 대통령 우베키 알라몬은 숨이 끊긴 채 통나무처럼 뒤로 나자빠졌다.

일리야가 무전기를 켰다.

"안드레이, 본관은 정리가 끝났다! 별관은 어떤가?"

"별관도 끝났습니다!"

"피해상황은?"

"전사 둘, 부상 셋입니다."

"시체는 본관 앞 정원으로 옮겨라."

네멩게 대통령과 국방장관의 시체는 대통령궁 정원에 전시되어 있었다. 이에 반해 2개 소대에 달하는 경비병들의 시신은 곳곳에 방치된 채 널브러져 있었다. 죽은 자들에 대한 어떤 예의도 존재하지 않았다. 시간이 돈이라고 생각하는 동구권 출신 용병들에게는 인간에 대한 존엄 따위는 감정의 사치에 불과했다.

건너편에 있는 3층짜리 정부청사 옥상에서 이 모습을 실시간으로 전송하고 있던 베르쿠트 역시 인간에 대한 존엄이 없기는 마찬가지였다. 대통령궁에 있는 자들과 다른 편에 속한 것일 뿐다른 점은 하나도 없었다. 베르쿠트의 비디오 카메라에 일리야가 정면으로 잡혔다. 일리야는 비디오카메라를 정면으로 응시하고 있었다. 베르쿠트는 일리야가 자신의 존재를 인식하는 것 같아 서둘러 카메라를 감추고 저격용 총을 잡았다. 저격하기에는 너무 가까운 거리였다. 대통령과 국방장관의 죽음을 확인했으니 1차적 임무는 끝난 셈이었다. 이제 다시 조용히 숨어야 했다.

정원으로 나온 일리야가 담배에 불을 붙이려다 맞은편 건물의 옥상을 쳐다보았다. 누군가 자신을 노리고 있는 것 같았다. 30명의 병력으로 2개 소대의 경비병력을 제거하려고 대통령궁에 집중하다 보니 전술 포인트 확보에는 실패했다. 얄궂은 아프리카 국가를 거덜내는데 정교한 계획 따위가 필요하다고 생각하지 않았지만, 지금 보니 맞은 편 건물이 대통령궁을 감시하기 딱 좋은 위치라는 생각이 들었다. 자신의 느낌대로 누군가가 공격하거나 감시 장비로 감시를 한다면 큰일이었다.

야신 중사가 픽업트럭을 몰고 왔다.

"소령님, 반군이 호텔을 확보하지 못했답니다. 본부에서는 우리 보고 확보하라고 합니다."

"염병할 반군 놈들!"

일리야는 짜증이 났다. 반군들이 탄지 사살과 호텔 점령을 맡겠다고 나설 때부터 알아봤어야 했다. 하지만 일이 이렇게 된 이상 자신들이라도 먼저 그 일을 해치워야 한다. 호텔의 UN 지원단과 한국 대기업 직원들만 생포하면 유리한 입장에 설 수 있었다.

일리야가 물었다.

"차량은 몇 대나 확보했나?"

"픽업트럭 4대입니다."

일리야가 야신의 차에 오르며 안드레이에게 명령했다.

"안드레이, 이곳을 방어해라. 우리 본부로 쓸거다. 그리고 맞은 편 건물도 확보해."

"예, 알겠습니다."

안드레이가 뒤돌아 달려가자 일리야가 피던 담배를 던지며 외쳤다.

"나머지는 트럭에 올라타라. 일단, 호텔을 점령해야 한다."

차량에 탑승한 탄지는 곧바로 위성전화기를 꺼내 트래비스를 호출했다.

"트래비스 중령! 나, 탄지요. 대통령궁이 습격당했소. 병력출동을 요청합니다."

"대통령과 국방장관은 이미 사망했습니다. 증거도 확보했습니다. 반 카야 부대가 국경을 넘었으니 바로 2단계 작전으로 들어갑니다."

대통령과 국방장관이 죽었다는 말에 탄지는 잠시 말을 잃었다. 이제 모든 책임을 자신이 져야 한다.

"알겠소. 계획대로 하시오."

"UN 지원단과 성창그룹 사람들을 데리고 비행장으로 오십시오. 우간다에서 비행기를 보냈습니다. 30분 정도 걸릴 겁니다."

"알겠소."

네맹게공화국의 헌법상 권력서열은 대통령, 부통령, 국방장관, 경제장관 순이었다. 트래비스의 말이 사실이든, 아니든 상황만 봐서는 우베키 알라몬 대통령과 다니엘 칸 국방장관이 사망한 것은 확실했다. 부통령이자, 대통령의 외아들인 움부키 알라몬은 미국 유학 중이므로, 현재 대통령 권한대행은 탄지라고 할 수 있었다. 헌법 귀퉁이의 이 조항이 이렇게 쓰이게 될 줄은 미처 몰랐다. 어쨌든 현 상황을 수습하기 위해서라도 탄지 자신은 반드시 살아야 했다.

힘 좋은 닷지트럭이 굉음을 울리며 바쁘게 밤공기를 가르고 있었다. 호텔로 가는 동안 거리 곳곳에서 교전이 벌어지고 있었지만 다행히 전조등을 켜지 않고 질주하는 닷지트럭을 조준해서 날아오는 총알은 없었다. 반군과 정부군 양측에서 쏘아대는 유산탄이 간간이 차량에 부딪힐 뿐이었다.

잠시 후 시내 중심부 호텔 앞에 3대의 닷지트럭이 급하게 멈춰섰다. 성창그룹 파견대가 호텔 로비에 모여 있는 모습이 보였다. UN 지원단 7명과 성창그룹 파견대 본부팀, 사회간접자본 TF팀 모두 11명이 겁에 질린 표정으로 호로비에 들어서는 탄지를 바라보았다. UN 지원단 대표 코왈스키와 성창그룹 파견대장 정상석의 모습도 보였다.

코왈스키가 탄지에게 물었다.

"장관님, 전쟁이 났습니까?"

탄지가 무표정하게 말했다.

"예, 전쟁입니다. 당장 피해야 합니다. 비행장으로 가면 비행기가 와서 구해줄 거요. 지금 바로 갑시다."

총을 든 탄지의 모습을 처음 본 정상석이 조심스럽게 말했다.

"잠깐, 광산 2곳과 투치아키족 거주지역에 직원들이 있습니다."

그러자 발걸음을 돌리던 탄지가 뒤돌아서며 말했다.

"그곳에도 헬기가 갈 거요. 다른 곳에 또 있소? 원유시추시설은 어떤가요?"

"그 외에는 없습니다. 제발 모두 구해주십시오."

"걱정마십시오. 모두 구할 겁니다. 밖에 있는 차에 빨리 타시오."

총성은 점점 가까이서 들리고 있었다. 겁에 질린 UN 직원들과 성창그룹 사람들이 서둘러 차에 탑승하자 경계를 펼치던 병력들도 뒤를 이었다. 다시 굉음을 울리며 속도를 올린 닷지트럭은 서둘러 비행장으로 향했다. 이 속도라면 20분이면 비행장에 도착할 수 있을 것 같았다.

탄지는 조금이라도 낙관적으로 생각하기로 했다. 비행장에 가면 동생 무라키가 병력을 준비하고 있을 것이고, 해산된 과거 부대원들도 모여들고 있을 것이다. 또 일이 계획대로 잘 풀리기만 하면 대대급 병력에 전차중대의 M-47과 106mm 무반동총도 준비할 수 있을 것이다. 그렇게만 되면 트래비스 지원군이 올 때까지는 어떻게든 버틸 수 있을 것이다.

그런데 네멩게시티 외곽에 이를 무렵, 갑자기 뒤에서 총성이 울리기 시작했다. 10여 발의 총알이 허공을 가르며 날아갔지만 명백한 조준사격이었다.그 때 짐칸의 누군가가 외쳤다.

"추격이 붙었습니다!"

선두 차 운전병이 좁은 골목길을 요리조리 헤집고 다녀 용케 적탄을 피할 수 있었지만 외곽으로 빠져나가면 넓은 개활지를 어떻게 지날지 걱정이었다. 곧이어 부하 2명이 응사하기 시작했다. 하지만 적의 대응도 만만치 않았다. 지금 떨어뜨려 내지 않으면 더 불리해질 것이다. 달리 방법이 없다고 생각한 탄지가 부하들을 향해 소리쳤다.

"긴장하지 말고 수류탄을 떨어뜨려라."

곧이어 수류탄 4발이 투하됐다. 타이밍만 잘 맞으면 차량 간 거리를 더 벌릴 수 있을 것이다. 잠시 후 4번의 폭음이 연속으로 울려 퍼지고, 뒤쫓아오던 트럭의 앞부분이 내려앉았다.

"성공했습니다. 추격이 멈췄습니다."

탄지가 운전병에게 말했다.

"속력을 더 올려!"

이제 전속력으로 비행장으로 가는 일만 남았다.

"젠장, 코앞에서 놓치다니!"

일리야는 수류탄 폭발로 터져버린 타이어를 걷어차며 화풀이를 했다. 부하 하나는 충돌로 머리가 깨져 즉사했다. 다른 부하 3명도 부상을 입었다. 탈북자 용병들이 갑자기 빠지고 반군이 그 역할을 한다는 것이 모든 것을 망쳐놓았다. 호텔에 있던 목표물은 탈출하는데 성공했다. 그들을 데려간 사람은 분명 탄지일 것이다.

일리야가 기분 나쁜 것은 그 뿐만이 아니었다. 찬찬히 생각하면 대통령궁 소탕전보다 더 쉽게 해결할 수도 있었다. 그들이 갈

곳은 비행장 말고는 없었기 때문이다. 먼저 가서 기다리든지, 길목을 막았더라면……. 급하게 서두르는 바람에 일을 그르친 것이다.

그 때 무전병이 다가왔다.

"카야 장군입니다!"

"일리야! 호텔을 장악했나?"

"예, 하지만 탈출한 뒤였습니다. 급히 추격했지만 놓쳤습니다."

"자네답지 않군. 그 놈들 목적지는 어딘가?"

"비행장입니다. 반군병력과 함께 바로 봉쇄하겠습니다."

"자네는 빠지게. 반군에게 맡겨. 곧 도착할 테니 대통령궁에서 보세."

적 장갑차 2대와 트럭 1대가 구리광산으로 향하고 있다는 연락을 받은 에드워드 영 일행은 흩어져서 적의 접근을 감시하고 있었다. 광산을 지키는 정부군은 20명 정도였는데, 소대장인 중위를 빼고는 모두 오합지졸로 전혀 믿음이 가지 않았다.

땅에 박힌 거대한 나사가 빠져버린 듯 한 모습을 한 구리광산에는 주위를 감시할 수 있는 초소가 4곳 있었다. 히자가타는 그 중 1곳에서 구리광산으로 통하는 완만한 경사의 내리막길을 야시장비로 감시하고 있었다.

30분가량 지났을 때였다. 약 1Km 아래서 장갑차의 디젤엔진 소리가 들려왔다. 황량한 사바나의 바람소리도 그 소리를 지울 수는 없었다. 하지만 곧 엔진소리가 멈췄다.

"1Km 밖에 적 BMP 장갑차 2대와 트럭 1대 접근. 지금 막 멈추고, 병력이 하차하고 있다. 40명 정도 된다."

"위치를 고수하라. 곧 가겠다. 모두 집합!"

곧 다른 대원들과 함께 에드워드 영이 나타났다. 에드워드 영이 히지가타에게 물었다.

"변동사항은?"

"몇 놈이 정찰하는 것 같은데?"

경험 있는 용병들이라면 장갑차 2대로 그냥 밀고나오지는 않을 것이다. 보병이 먼저 올라가 확인한 후 장갑차를 보낼 것이다. 따라서 보병 진격로를 먼저 차단해야 한다.

에드워드 영이 정부군 중위를 향해 물었다.

"적의 예상 접근로는 어디요?"

정부군 중위가 손가락으로 어딘가를 가리키며 말했다.

"비포장도로 오른쪽에 있는 갈대밭입니다. 도로 왼쪽은 경사가 가파르지만 오른쪽 갈대밭은 완만한 경사로 광산 입구까지 바로 올라갈 수 있습니다."

에드워드 영은 그가 가리키는 곳을 바라보았다. 적이 있는 곳에서 완만하게 뻗어있는 황무지 끝에 폭 30여 미터 정도에 길이 100m 정도의 갈대밭이 보통 사람의 키 높이로 뻗어 나와 광산 입구로 바로 통하고 있었다. 갈대밭 옆으로는 얕은 개울이 흐르고 있었다.

인디고가 물었다.

"혹시 지뢰가 있지는 않소?"

"이 일대에 지뢰는 없습니다."

옆에서 야시장비로 관찰하던 오렌지가 말했다.

"캡틴, 놈들이 그 쪽으로 움직이는데? 어림잡아도 40명이 넘어. 차량도 길을 따라서 천천히 올라오고 있어."

시간이 없다. 빨리 준비해야 한다. 에드워드 영이 말했다.

"레드, 오렌지, 불대포 어때?"

레드가 웃으며 말했다.

"오랜만에 불장난이라, 좋지."

에드워드 영이 일어서며 말했다.

"레드, 오렌지, 불대포 준비하고 정부군과 함께 행동해. 나머지는 나와 같이 장갑차 잡으러 간다."

에드워드 영이 옐로우, 블루, 인디고, 히지가타와 함께 어둠 속으로 사라지자 레드와 오렌지도 서둘러 준비에 들어갔다. 갈대밭 앞에 크레모어 2개를 설치한 후 정부군에게 광산에서 쓰던 10리터 젤리캔에 담긴 경유를 가져올 수 있는 대로 가져오게 했다. 그 다음 갈대밭 입구에 통의 기름을 절반만 뿌리고, 반만 남은 통은 뚜껑만 열어둔 채 그냥 두었다. 그것으로 모든 준비가 끝났다. 잠시 후헤드셋으로 에드워드 영의 낮은 목소리가 들려왔다.

"이쪽은 준비 끝났다. 상황이 되면 바로 시작해."

레드가 갈대밭을 응시하고 있었다. 바람이나 짐승에 의한 갈대의 움직임은 불규칙적이지만, 인간에 의한 갈대의 움직임은 규칙적이다. 때문에 소리에 집중하면 적의 접근을 알 수 있다. 잠시 후30m 전방에서 조심스런 소리가 규칙적으로 나기 시작했다. 곧 그 소리는 점점 커졌다. 적이 코앞까지 다가온 것이다. 더 가까이 오면 기름냄새를 맡을 것이다.

레드가 재빨리 불붙은 성냥을 던지고 엎드렸다. 순식간에 갈대밭 입구까지 불길이 번졌다. 그러자 오렌지가 바로 크레모어를 터뜨렸다. 45도 정도 기울여 하늘로 향하도록 설치한 2개의 크레모어는 가공할 폭발력을 보이며 강한 상승기류를 만들었다. 곧이어 거대한 불폭풍이 일었다. 뚜껑을 열어놓은 경유통 역시 갈대밭 여기저기를 나뒹굴며 불붙은 기름을 여기저기 흩뿌리고 있었다.

갑자기 시작된 불폭풍은 아름답고 격렬하게 춤을 추며 앞서 다가오던 몇 명의 살가죽을 사정없이 불태워버렸다. 적들이 갈대밭에서 허둥대기 시작했다. 그러자 레드와 오렌지의 M60과 M249의 강력한 기관총탄이 강력한 십자포화를 형성하며 이들의 몸을 사정없이 두드렸다. 그 사이로 정부군이 내뿜는 AK, G3, FN-FAL의 크고 작은 탄환들이 허공을 메우며 날아가 적들의 몸에 사정없이 꽂혔다. 아비규환이 따로 없었다. 갈대밭은 비명소리로 가득했지만 이내 총성에 파묻히고 말았다.

크레모어가 터지는 것을 신호로 BMP 장갑차에 접근한 에드워드 영 일행은 소음기를 장착한 M-4 카빈의 유용성을 다시 한 번 실감했다. 야간기습에서 총구소염이 확실히 줄고 반동이 적어 연사하기가 무척 쉬웠다. 적들이 폭음에 놀라는 사이, 뒤에서 접근하는 데 성공한 일행은 장갑차와 트럭에 남아있던 적 9명을 손쉽게 처치했다. 채 1분도 걸리지 않았다.

곧이어 히지가타와 인디고가 운전하는 장갑차 2대에 올라타 갈대밭으로 이동했다. 남은 적들 역시 철저히 처리할 생각이었다. 에드워드 영과 블루는 2대의 낡은 BMP 장갑차에 장착된 러시아제 12.7mm 기관총을 잡았다. 하지만 곧 에드워드 영의 사격중지 명령이 떨어졌다. 10여 명의 적들이 장갑차를 향해 후퇴하는 모습이 보였다. 그러나 정상적으로 움직이는 자들은 하나도 없었다. 화상을 입거나, 총을 맞아 목숨이 위태로운 자들이 유일한 희망을 찾아 자신들이 타고 왔던 장갑차로 다가오고 있었다. 사뭇 불쌍해보였다. 그러나 여기서 그들에게 자비를 베풀 생각은 없었다. 이내 기관총의 탄환이 자신의 역할을 충실히 수행하며 다가오는 인간들을 인종에 관계없이 평등하게 대접하기 시작했다. 그들의 성치 않은 몸과 그 몸에 그나마 붙어있던 팔과 다리, 머리통이 조각난 채 춤추듯 떨어져 나갔고, 그렇게 분해된 인체는 장갑차의 무한궤도에 허무하게 짓이겨지고 있었다. 이런 광란의 모습은 앞에서 춤추듯 다가오는 밝고 뜨거운 불길로 인해 더욱 기괴하게 느껴졌다.

"상황 끝!"

에드워드 영이 소리치자 장갑차가 멈췄다. 살아있는 적은 아무도 없었다. 갈대밭에서는 고기 타는 냄새가 심하게 나고 있었다. 이제 이곳에 있을 이유는 없다. 구리광산을 방어했으니 갈 길을 가야 한다.

정부군 중위가 레드, 오렌지와 함께 나타나자, 에드워드 영이 그를 향해 말했다.

"뒷정리는 알아서 하시오. 우리는 이 장갑차를 타고 갑니다. 수고하시오."

블루가 레드의 탑승을 도우며 말했다.

"불대포라는 게 도대체 뭐야? 어떻게 한 거야?"

레드의 뒤에 있던 오렌지가 웃으며 답했다.

"32대대만의 비법이지."

에드워드 영이 뒤돌아봤을 때 불타는 갈대밭을 팽개친 정부군들이 장갑차와 트럭에 있던 시체에 총격을 가하고 있었다. 그렇게 하면 자신들의 전과라도 된다고 생각하는 모양이었다. 2대의 BMP 장갑차는 속도를 높여 광산을 뒤로하고 점점 멀어지고 있었다.

탄지를 추격하다 실패한 일리야는 부하들과 함께 시내에서 난동을 부리는 무장강도를 소탕하고 대통령궁으로 돌아왔다. 반군의 시내 장악은 거의 끝나가고 있었지만 혼란한 틈을 타서 활개치는 무장강도들과 쓸데없이 돌아다니는 민간인들이 문제였다.

방법은 보이는 족족 사살하는 것 밖에 없었다. 수 십 명을 사살하고 돌아온 일리야 일행은 대통령궁 앞에 있는 반 카야 용병단 본진을 발견하고 궁 안으로 차를 몰았다.

대통령궁 정원에서는 처음 올 때 싣고 온 81mm 박격포가 조명탄을 발사하고 있었다. 박격포 5문은 조명탄만 날리고 있었는데 아직도 반군이 외곽의 정부군을 완전히 소탕하지 못해 포탄을 날릴 표적을 정할 수 없기 때문이었다. 반 카야는 대통령과 국방장관의 시체 옆에 중국군 고문관들과 함께 서 있었다.

일리야가 말했다.

"장군님, 후속부대도 도착했습니까?"

"좀 전에 국경을 통과했다는군. 그건 그렇고. 나는 투치아키족 지역으로 가봐야겠네."

중국 고문관 대표인 천훙싱 대교가 나섰다.

"우리 정보에 의하면 트래비스 용병단이 투치아키족을 무장시키고 있다고 합니다. 당장 그곳을 소탕해야 안전을 확보할 수 있소."

일리야는 중국 고문관을 무시했다. 지휘관 명령이 우선이었다. 다시 반 카야에게 물었다.

"여기는 어떡합니까?"

"자네가 맡아주게. 탄지가 비행장에서 저항을 하는데 그 쪽은 반군에게 맡겨. 자네는 후속부대가 도착하면 도시 외곽에서 후위를 맡게. 트래비스가 우리 뒤에서 병력을 움직일지도 몰라."

반군과 정부군이 같이 소모되는 것이 여러 가지로 편할 것이다. 문제는 트래비스 용병단이었다.

"트래비스가 온다는 낌새가 있습니까?"

반 카야가 말했다.

"그런 것 같네. 구리광산과 니켈광산에 병력을 보냈는데 연락이 되질 않아. 그 놈들이 밀고 온다면 후방이 위험해. 게다가 탈북자들도 네멩게로 들어오고 있네. 중국 정부는 탈북자들을 여기에 정착시킬 생각이더군."

일리야는 그제야 중국 고문관인 천홍싱을 흘겨보았다. 탈북자 용병단이 작전에 참여하지 않는 바람에 전력손실이 컸다. 무엇보다 이 중국군 장교들이 과연 전투가 뭔지 아는지 의심이 들었다. 반 카야 역시 그런 생각을 하는 모양이었다.

"우리가 중국에 고용됐으니 어쩔 수 없지. 전차 몇 대 남기고 갈 테니까 후위를 맡아주게. 무슨 일이 있어도 48시간 이내에 전 지역을 장악해야 해."

"예, 알겠습니다."

말을 마친 반 카야는 중국 고문단과 함께 지휘 차량으로 개조한 BMP-3에 올랐다. 곧이어 T-72 전차 3대를 앞세우고 대통령궁을 빠져 나갔다. 일리야는 시계를 보았다. 새벽 3시 17분이었다. 날이 밝기 전에 코퍼스타운과 네멩게시티 외곽의 방어를 시작해야 했다. 급히 부하들을 불렀다.

"야신! 세르게이! 지도 들고 와 봐!"

CH-47이 화물을 내려놓고 이륙하자 멀리서 UH-60 2대가 날아오는 소리가 들렸다. 곳곳을 밝히는 횃불이 꺼질 듯이 펄럭이다 다시 밝게 비추었다. 무장해제 당한 7백여 명에 이르는 투치아키족의 재무장을 위해 트래비스사의 헬기와 미군의 헬기가 총동원되어 무기와 탄약을 공수하고 있었다. 만프레드 소령이 나타났을 때 미국 특전탄 캐슬베리 중사는 같이 온 대원들과 대전차 무기인 M72 로켓과 AT-4를 정리하고 있었다.

"캐슬베리 중사, 이제 곧 출발해야겠네. 반 카야가 전차를 몰고 네멩게시티에서 이곳으로 움직이고 있다는군."

박격포 중대를 맡고 있는 만프레드 소령은 며칠 전부터 투치아키족 거주지에 숨어 있었다. 기갑 전력이 없는 투치아키족에게는 81mm, 120mm 박격포가 상당한 효과를 발휘할 것이었다. 박격포 1개 소대를 돌비 소령팀에, 다른 1개 소대를 맥그루더 상사팀에 배속시킨 그는 나머지 1개 소대를 처음부터 투키아키족 지역에 숨겨 놓았다가 유사시에 바로 움직일 생각이었다. 지금이 바로 그 때였다. 캐슬베리는 바로 무전기를 켰다. 총기교육을 하고 있는 빌라카지 중위에게 알리기 위해서였다.

"빌라카지 중위님, 출발할 때가 됐습니다."

"물자공수는 끝났소?"

"지금 오는 헬기가 마지막입니다. 교육은 끝났습니까?"

"별로 할 것도 없었소. 이미 다 알고 있더군. 지금 준비하고 가겠소."

"마지막 헬기에 성창 사람들을 태울 거니까, 모두 데려오십시오."

"알겠소."

막 도착한 미군의 UH-60 2대에서 수류탄 박스 몇 개가 내려진 후 투치아키족 전사들이 성창그룹 지질조사단의 물건을 헬기에 싣기 시작했다. 지질조사팀을 이끄는 김덕훈이 걱정스런 얼굴로 빌라카지에게 악수를 청했다.

"건강한 모습으로 다시 봅시다. 마을 원로들께도 인사 전해주십시오. 무운을 빕니다."

"다음에 뵙겠습니다. 안녕히 가십시오."

웃으며 악수를 나눈 빌라카지는 정식으로 거수경례를 한 후 뒤도 돌아보지도 않은 채 전사들과 함께 돌아갔다. 마지막으로 올라탄 김덕훈은 육중한 UH-60이 하늘로 올라가기 시작하자 물끄러미 아래를 쳐다보았다. 수 백 명의 사람들이 횃불을 밝힌 채 긴 뱀처럼 꼬리에 꼬리를 물고 어딘가로 이동하고 있었다.

제11장

반격

주정꾼 잭슨 상사는 M-60 전차의 큐폴라에 걸터앉아 위스키를 홀짝이고 있었다. 건기로 접어든 네멩게의 밤은 서늘했다. 그만큼 술 한 잔 들이키기에는 딱 좋은 날씨였다. 자세를 낮춰 담배에 불을 붙인 그는 연기를 내뿜으며 주위를 둘러보았다.

적이 온다는 방향으로 매복해 있는 9대의 전차는 말라버린 강바닥과 곳곳의 낮은 둔덕아래 포탑만 드러낸 채 숨어 있었고, 그 뒤로 돌비 소령의 BMP 장갑차 12대가 병력과 함께 숨어 있었다. 자갈이 깔려있는 단단한 강바닥과 건조지역의 키 낮은 관목이 어우러져 있는 낮은 둔덕은 낡은 M-48과 M-60을 어둠 속에 숨기기에 안성맞춤이었다. 달무리가 낀 반달은 적당한 월광으로 그림자를 여기저기 흩뿌리고 있어 적의 눈을 속이기에 좋았다.

이러한 매복조건에서 T-54/55 계열의 적 전차 1대와 BMP 계열 장갑차 2대 그리고 트럭 2대는 금방 해치울 것이다. 그럴 리는 없겠지만 제아무리 성능 좋은 증가장갑을 붙여 놓았다고 해도 대탄(대전차 고폭탄)과 날탄(날개 안정식 대전차철 갑탄) 모두 합해 40발의 105mm 휴행탄을 가지고 있는 2대의 M-60을 이길 수는 없다. 나머지 M-48의 90mm 포탄 역시 그냥 있지 않을 것이다. 1발로 끝이 안 나면 2발로 끝내면 되고 그래도 안 되면 3발, 4발로 끝내면 된다. 걸프전 때도 그랬다. 그리고 확인해 봐야겠지만 돌비 소령 말대로 포탄이 모두 이스라엘제라면 성능은 믿어도 된다.

위스키를 한 모금 더 마신 잭슨은 부하들에게 무전을 날렸다.

"각 전차, 아무 이상 없나?"

"먼데이(Monday) 이상무!"

"튜즈데이(Tuesday) 이상무!"

"웬즈데이(Wednesday) 이상무!"

"써즈데이(Thursday) 이상무!"

"프라이데이(Friday) 이상무!"

"새터데이(Saturday) 이상무!"

"선데이(Sunday) 이상무!"

"홀리데이(Holiday) 이상무!"

이상이 있을 리 없다. 그들이 보는 것은 잭슨 자신도 보고 있는 것이니까. 단지, 긴장을 풀어주려는 것뿐이었다. 다시 무전기를 들었다.

"대답하지 말고 듣기만 해. 모두 긴장하지 말고 시키는 대로만 움직여라. 다시 말하지만 나와 홀리데이가 먼저 사격하면 그걸 시작으로 사격을 한다. 그냥 사격 연습한다고 생각해."

잭슨과 홀리데이 둘만이 M-60 전차였고, 나머지는 M-48이었다. 야간 교전장비도 2대의 M-60에만 장착되어 있었다. 그나마도 한 달 전에 급조한 병력들이었다. 다들 전투경험은 있지만 야간전투는 처음이라고 했다.

그동안 모은 돈과 트래비스사의 재정 지원으로 장비가 늘면서 새로 채용한 부하들이 많아지자 이름조차 헷갈리기 시작한 그는 각 전차장들을 이름보다 더 부르기 쉬운 별명으로 부르는 걸 좋아했다. 그래서 M-48 전차장들에게 월요일부터 일요일까지의 요일명을 붙였고, 자신과 가장 오래 일해온 키잔카에게는 홀리데이라는 별명을 붙였다.

사실, 용병에게 이름은 아무런 의미가 없다. 잘 활용하고 합당한 대가를 지불하면 그것으로 끝이다. 한 가지 더 바라는 것이 있다면 죽을 때 죽더라도 값비싼 전차는 온전하게 보전하는 것이다.

그 때 갑자기 무선이 들렸다.

"적 발견, 적 발견, 11시 방향, 1km 지점."

돌비 소령이 보낸 정찰대가 적을 발견한 모양이다. 무인정찰기 프레데터가 보내오는 정보는 재정비 관계로 1시간 전에 종료되었다. 덕분에 눈으로 직접 적을 찾아야 하는 수고를 해야 했다. 이제라도 적을 발견했으니 다행이었다. 엔진소리가 바람을 타고 은은하게 울렸다.

"각 전차, 고폭탄 장착 후 대기하라. 나는 날탄 장착하겠다."

피우던 담배를 말라터진 강바닥에 집어 던진 잭슨은 야시경을 들고 전방을 관찰했다. 무전 보고대로 전차 1대와 장갑차 2대가 1km 전방으로 이동하고 있었다. 니켈광산에서 3km나 떨어진 곳이라 적들도 안심하는 듯 했다.

잭슨이 다시 무전기를 잡았다.

"300m까지 접근했을 때 내가 선두 전차를 공격하겠다. 홀리데이는 장갑차를 맡아. 나머지는 각자 알아서 하되 2발 이상은 쏘지 마라!"

작전도 작전이었지만 포탄을 아껴야 했다. 잭슨은 초조하게 적 전차를 주시했다. 거리가 조금 더 가까워져야 했다. 근거리에서 사격을 하려는 이유는 날탄의 경우 M-60의 105mm 강선포에서 발생하는 회전력으로 인해 관통력이 감소하기 때문이었다. 강선의 효과를 상쇄시키는 슬리핑 밴드가 있으면 괜찮지만 그마저도 없는 상황에서는 가까이서 사격하는 수밖에 없었다. 그래도 만약 결과가 시원찮으면 고폭탄만으로 상대해야 했다.

각 전차장들이 보내오는 응답을 들으며 조종실로 들어간 잭슨은 포수가 조준한 적 전차를 다시 한 번 확인한 후 큐폴라 위로 올라갔다. 적은 구불구불한 길에 먼지를 일으키며 다가오고 있었다.

잭슨이 밑에 있는 포수를 향해 소리쳤다.

"정확히 조준해. 내가 쏘면 바로 쏴!"

잠시 후 적의 행렬이 완전한 옆모습을 드러내며 300m 정도로 접근해왔다.

그때 잭슨이 밑에 있는 포수를 향해 외쳤다.

"발사!"

명령과 동시에 M-60 전차의 105mm 강선포가 불을 뿜자 곧 선두의 적 전차 포탑에 불꽃이 튀었다. 명중이었다. 이어서 전차 뒤를 따르던 장갑차와 트럭에 포탄이 작렬하기 시작했다. 적의 행렬은 그야말로 아수라장이 되고 말았다.

트럭과 장갑차에서 불길이 치솟으며 주위를 환하게 비추자 차량 위에 있던 병력들이 폭발의 충격으로 날아가는 모습도 선명하게 보였다. 잭슨의 전차에서 두 번째 날탄이 발사되자 멈춰버린 전차에서 천지를 울리는 폭음과 함께 포탑이 떨어져 나갔다. 유폭이 발생한 것이다. 300m 정도의 거리가 안전거리는 아니었지만 큰 파편을 피할 수는 있었다. 근처의 적 보병들은 분명 큰 피해를 입었을 것이다. 전차포 사격이 끝나자 전차장들의 사격 종료를 알리는 무전이 빗발쳤다. 잠시 후뒤에 숨어 있던 돌비 소령의 장갑차들이 앞으로 달려 나가기 시작했다. 이제 전과를 확인해야 했다.

"아군 장갑차 조심하고 전진해. 전차장은 밖으로 나와서 기관총을 잡아라."

잭슨이 명령하자 M-48 전차들이 굉음을 내며 먼저 달려 나가기 시작했다. 이미 도착한 장갑차들은 기관총을 쏘며 잔적들을 소탕하고 있었다. 가까이 갈수록 흙먼지와 디젤냄새, 화약냄새가 전장의 소음과 맞물려 머리가 어지러울 지경이었다. 잭슨이 스카프로 얼굴을 가리며 방풍고글을 착용했을 때는 이미 교전이 끝난 뒤였다.

불타고 있는 2대의 트럭이 완파된 장갑차 2대와 전차 1대를 선명하게 비추고 있었다. 돌비 소령의 보병들이 숨어 있는 적을 찾고 있는 동안 전차에서 내린 잭슨은 자신이 맡은 전차의 피탄 흔적을 전등으로 비추었다. 차체와 분리된 포탑에는 2발의 날탄이 깨끗이 관통한 구멍이 나 있었고, 차체에는 사람의 시체가 심하게 훼손된 채 불타고 있었다. 다른 표적들 역시 상황은 비슷했다. 부하들도 이 정도면 쓸만했고, 포탄도 이스라엘제 텅스텐탄이라고 하더니 사실인 모양이었다.

잭슨이 다시 전차에 올랐을 때 헤드셋에서 돌비 소령의 목소리가 들려왔다.

"잭슨, 깨끗하게 처리했군. 만족스럽네."

"이 정도야 기본이죠."

"시간이 없으니 바로 이동하지."

"그럽시다."

무전을 마친 잭슨이 명령을 하달하자 제각기 움직이던 9대의 전차들이 흙먼지를 뚫고 다시 일렬로 정렬하기 시작했다. 이제 적의 숨통을 조이는 일만 남았다.

"상황이 어떻게 돌아가고 있소?"

"반 카야가 기갑세력을 이끌고 투치아키족에게 몰려가고 있습니다."

"그 뿐이오?"

"정찰기가 재정비를 위해 기지로 복귀하고 있습니다. 새로운 정보는 빨라도 2시간 뒤에나 가능합니다. 더 이상은 우리도 모릅니다."

"알겠소. 비행장은 점령했으니 지원병력이나 보내주시오."

"최대한 빨리 지원하겠습니다."

상황실장이라는 사람과 연락을 취한 탄지는 서둘러 무전교신을 끝내고 참호 밖으로 나왔다. 트래비스는 어디 갔는지 연결되지 않았다. 트래비스와 기본적인 계획은 세웠지만 상대가 어떻게 움직이느냐에 따라 기민하게 대응하는 것이 중요했다. 변화무쌍한 전술적 상황 앞에서 최신정보는 필수였고, 최고지휘관과의 통신은 언제나 확보되어야 한다. 하지만 현실은 전혀 그렇지 않았다.

네멩게시티 외곽 전투는 거의 끝나가고 있었다. 해가 뜰 무렵에는 반군들이 비행장으로 몰려올 것이다. 외부 지원이 가장 용이한 장소가 바로 비행장이니 반군들도 필사적으로 장악하려 할 것이다.

그 때 동생인 무라키 중령이 다가왔다. 총인원을 파악하라고 했는데 끝난 모양이다.

"총병력은 213명입니다."

"원래 이곳에 있던 병력까지 포함해도 그것밖에 안 되나?"

무라키가 침울하게 답했다.

"예, 그렇습니다."

비행장 경비를 맡은 무라키가 이끌던 병력은 50명이었다. 나머지 163명은 미리 연락을 받고 대기 중이던 레인저대대 출신과 정부군 내 탄지 충성파였다. 정부군 장교들에게도 미리 알렸지만 현실은 이 모양이었다. 1만 명에 이르던 정부군이 3천 명으로 격감하고 그마저도 반군에게 기습을 당해 궤멸당하고 말았다. 멀리서 점점 잦아드는 총성이 이 상황을 잘 나타내고 있었다. 비행장으로 오고 싶어도 오지 못하는 병력도 꽤 있을 것이다. 하지만 탄지의 병력이 당장 가서 구해줄 수도 없었다. 반격은커녕 방어에도 모자란 상황이었기 때문이다.

탄지는 진지에 배치한 중화기를 다시 떠올렸다. 지프에 실린 106mm 무반동총이 4문, 전차중대에서 겨우 빼내온 M-47 2대와 60mm, 81mm, 4.2인치 박격포 8문이 고작이었다. 그나마 다행인 것은 UN 감시단이 폐기한 무기와 탄약을 비행장에 모아둔

관계로 RPG, M-72로켓, 수류탄과 소총, 포탄과 탄약은 충분하다는 것이다. 또 비행장을 둘러싼 지뢰밭 때문에 200m 정도의 방어선만 지키면 비행장을 지키는 데 아무 문제가 없었다. 하지만 반군의 병력규모가 3천 명 이상인 상황에서 얼마나 버틸 수 있을지 장담할 수 없었다.

"아군이 접근해 옵니다! 적이 추격하고 있습니다!"

누군가가 외치는 소리가 들려왔다. 어스름한 새벽의 미명 속에서 수 십여 명의 정부군이 반군에게 쫓겨 도망쳐오고 있었다. 그 모습을 본 탄지가 근처에 있던 유선전화기를 들고 박격포반을 향해 명령했다.

"지원 사격을 실시하라. 적의 접근을 최대한 저지하라."

도망쳐오는 아군도 살려야 하지만 적의 접근을 최대한 먼 거리에서 저지해야 비행장을 통한 지원을 받을 수 있다. 전차와 무반동총에도 같은 명령을 하달한 탄지는 서둘러 근처의 참호로 들어가 전방을 주시했다. 적의 총격에 하나 둘씩 쓰러지면서도 악착같이 비행장을 향해 아군들이 달려오고 있었다. 잠시 후몇 발의 포탄이 추격하는 반군 진영에 떨어졌다. 순간, 당황했는지 적의 공격이 주춤했다. 그리고 곧 추격을 포기했다. 이어서 정부군 생존자들이 비행장으로 들어오는 모습이 보였다. 언뜻 봐도 20명은 넘어보였다.

처참한 몰골의 상사 하나가 숨을 헐떡이며 탄지에게 다가왔다. 총도 없었고, 군복도 다 찢어진 모습이었다. 어깨의 계급장만이 그의 지위를 말해주고 있었다.

탄지가 그에게 물었다.

"상사, 그 쪽 상황은 어떤가?"

상사가 숨을 헐떡이며 답했다.

"남은 병력과 민간인들이 모두 학살당하고 있습니다. 좀 있으면 이곳으로 몰려올 겁니다."

"싸울 수 있겠나?"

"싸우려고 이곳까지 왔습니다. 총만 주십시오."

"먼저 좀 쉬게. 수고 많았네."

탄지는 상사의 등을 두드려주었다. 그리고 주변을 둘러보며 중얼거렸다.

'기적을 바라는 수밖에.'

강렬한 태양이 내리쬐는 네멩게 국경 인근의 사막은 크고 작은 차량의 행렬로 장관을 이루고 있었다. 나흘 동안 계속된 이동은 일행 모두를 지치게 했다. 다행히 이제 얼마 남지 않았다. 여기저기서 긁어모은 버스와 트럭 20여 대에 탈북자들을 싣고 카르툼에서 출발한 행렬은 수단 남부 기독교 민병대 지역을 무사히 통과해 네멩게를 눈앞에 두고 있었다.

며칠 전 베이징 국가안전부에서 날아온 명령은 어이없는 것이었다. 현장에서 작전 실무를 맡은 요원들의 말은 전혀 통하지 않았다. 미국에 탈북자 용병의 존재가 알려졌으니, 당장 용병과 그

가족들을 네멩게로 이동시키라는 말뿐이었다. 용병이 빠지면 작전에 차질이 있다고 말했지만 통하지 않았다. 반 카야의 반대 의견 역시 묵살 당했다. 그 결과, 이런 생고생을 하고 있는 것이다.

갑자기 하달된 본국의 명령을 수행하느라 시간에 쫓기게 된 수송 책임자 쑹광리는 손발이 묶이고 짐짝처럼 차량에 실린 탈북자들에게 물 마실 휴식시간조차 주지 않았다. 어제 저녁 탈북자 용병 100명 정도가 더 합류해서 차량과 호송인력을 더 늘렸지만 방침이 달라진 것은 없었다. 용변은 각 차량에 있는 분뇨통에 알아서 해결한 후 길바닥에 버리게 했고, 식사는 밤에 야영지에서 만든 주먹밥을 차 안에서 먹게 했다. 운전을 맡고 있는 중국 노무자들이 피곤을 호소할 때에만 휴식시간이 주어졌다.

쑹은 탈북자들을 인간이 아닌 짐승으로 보았다. 수단의 수도 카르툼에서 데려온 이들은 남자들을 용병으로 활용하기 위해 인질로 부려먹던 부녀자들과 그 자녀들로 그 수가 4백 명이 조금 넘었다. 그들은 중국인 소유의 봉제공장에서 죽도록 일을 했으며, 온갖 질병에 시달려도 치료조차 받지 못한 채 죽어갔다. 치료는커녕 끼니 때마다 주는 밥도 아까울 지경이었다. 쑹은 이 지겹고 짜증나는 임무가 얼마 남지 않았다는 것을 위안으로 삼았다.

그 때 무전기가 울렸다. 12호 차의 왕젠궈 중위였다.

"중교님, 12호 차에 문제가 생겼습니다."

"무슨 일이야?"

"젖먹이 아기가 배가 고프다고 웁니다."

"그게 무슨 문제야. 못 울게 해!"

"아기 엄마도 먹을 것을 달라고 합니다."

"조용히 시켜. 그것 하나 못하나?"

"다른 사람들도……"

왕이 말을 채 끝내기 전에 쑹이 버럭 소리를 질렀다.

"차 세워!"

매일 한 번씩 처형을 했다. 첫 날은 두 여자가 싸워서 끌고 나와 쏴 버렸고, 둘째 날은 용변문제로 시끄럽게 해서 쏴 죽였다. 그 다음 날은? 기억도 나질 않았다. 정말 짜증나는 일이었지만 질서를 잡으려면 어쩔 수 없었다. 차량에 탄 책임자에게 처형을 맡기면 모조리 다 죽일 것 같아서 자신이 직접 처리했다. 자신도 기분이 좋을 리 없었다. 어떻게 된 족속들인지 죽는 줄 알면서도 매번 문제를 만들었다. 겁이 없는 건지, 생각이 없는 건지, 도무지 대책이 서질 않았다.

거대한 차량 행렬이 서서히 멈추었다. 쑹은 급한 성격을 참지 못하고 부하 3명과 함께 12호 차로 달려갔다. 노란색 페인트가 대부분 벗겨진 낡고 낡은 12호 차에 올라탄 쑹이 외쳤다.

"여자하고 애새끼 데리고 나와!"

왕을 도와 감시인 역할을 하던 중국인 노무자가 우물쭈물하는 사이 쑹의 부하 하나가 울고 있는 아기를 안은 여자의 목덜미를 잡아 질질 끌고 나왔다. 다른 탈북자들이 손발이 묶인 채로 일어나 거칠게 항의하자 AK 소총의 개머리판으로 마구 내리 찍었다.

소동이 거칠게 마무리 되는 사이 아기를 안은 여자는 밖으로 끌려 나와 일렬로 늘어선 차량에서 잘 보이는 위치에 세워졌다. 공개처형을 하기 위해서였다. 그 옆에는 쑹과 통역을 담당하는 쑨징 대위가 메가폰을 들고 서 있었다. 갑자기 차량 안의 탈북자들이 한 쪽 차창으로 몰리며 소란스러워졌다.

쑹이 메가폰을 대고 말하자 쑨 대위가 역시 메가폰으로 통역을 했다. 그 내용은 다음과 같았다.

"너희 조선 놈들은 스스로를 위해서는 아무것도 못하면서 불만만 많구나. 우리가 북조선을 탈출한 너희들을 이만큼이라도 살게 해준 것을 고맙게 생각해라. 불평불만만 가득한 너희 족속들은 세상 어디를 가도 편히 살지 못할 것이다. 너희 민족이 그렇게 대단한 민족이더냐? 그렇게 잘난 민족이 왜 밥도 제대로 못 먹느냐? 너희들은 인간이 아닌 짐승들이다."

통역이 끝나고, 러시아제 마카로프 PM 권총을 뽑아든 쑹은 여자가 안고 있는 아기의 머리를 향해 총을 발사했다. 울고 있던 아기의 작은 머리가 쪼개지며 뇌수와 피가 튀자 여자는 비명을 지르며 머리가 터져 죽은 아기를 두 손으로 꼭 껴안았다. 여자의 절규는 두 번째 총성이 울린 후에야 그쳤다.

쑹이 메가폰을 들고 다시 외쳤다.

"조금만 더 가면 목적지에 도착한다. 그 전에 한 번만 더 이런 일이 발생하면 그 때는 너희 모두를 쏴 죽이겠다."

말을 마친 쑹은 쑨 대위의 통역을 뒤로하고 자신의 차로 향했다. 그의 머릿속에는 일초라도 빨리 네멩게로 들어가고 싶은 생각밖에 없었다.

　원유시추시설의 안전을 확보한 맥그루더 부대는 투치아키족과 합류하기 위해 서두르고 있었다. M-113 장갑차 12대와 무장 트럭 10대, 박격포를 실은 트럭 3대에 2백여 명의 용병들로 구성된 그의 부대는 만프레드 부대와 합류해 돌비 소령의 부대가 올 때까지 반 카야 부대를 저지하는 임무를 맡고 있었다.

　맥그루더가 M-113 장갑차 해치를 열고 밖으로 나왔다. 갑갑한 장갑차 내부보다는 밖이 좋았다. 하지만 곧 강렬한 아침 햇살에 눈살을 찌푸렸다. 선글라스를 꺼내 쓰면서 주위를 돌아보았다. 일렬로 늘어선 M-113 장갑차들이 전속력으로 네멩게 남부의 황무지를 가로지르고 있었다. 그 뒤를 무장 트럭들이 뒤따랐다. 가끔 느끼는 것이었지만 전쟁을 하러 가는 모습은 이처럼 웅장하고 화려했다. 사람을 죽이는 용도 말고는 전혀 쓸모가 없는 전쟁무기들이 이렇게 멋있을 수 있다는 게 참으로 역설적이었다. 상의 주머니에서 GPS를 꺼낸 그는 현재 위치를 확인했다. 집결지까지 5km 정도 남아있었다. 그러나 만프레드 부대와는 아직도 연락이 되지 않았다.

　맥그루더가 장갑차 내부를 향해 소리쳤다.

　"이봐, 통신병! 만프레드 소령과 연결되나?"

　통신병이 모습을 드러내며 말했다.

"아직 안 됩니다. 계속 시도해보겠습니다."

통신병이 모습을 감추자 맥그루더는 장갑차 밖으로 가래침을 뱉으며 중얼거렸다.

"망할 놈의 무전기! 이놈의 군사장비들은 꼭 중요할 때만 먹통이야!"

어떻게 된 게 몇 킬로미터 범위도 커버하지 못한다는 게 믿어지지 않았다. 최첨단 시대에 2차 대전에서나 가능한 경험을 하고 있는 것이다. 더 큰 문제는 이쪽으로 향하고 있다는 반 카야 부대의 위치를 파악할 수 없다는 것이었다. 대전차 무기인 TOW2와 AT-4, RPG를 다량 보유하고는 있지만 최후의 저지수단에 불과하기 때문에 먼저 적의 움직임을 포착하는 것이 중요했다. 회사 소유의 헬기는 아직 물자와 병력수송을 하느라 바빴다. 때문에 중요한 시점에 중요한 정보가 없는 한마디로 눈 뜬 장님 신세였다.

그 때 선두에 있던 정찰장갑차에서 무전이 들어왔다

"동쪽 하늘에 헬기 1대 포착. 우리 쪽으로 향합니다."

회사 헬기가 벌써 정찰을 할 리는 없었다. 맥그루더는 쌍안경을 들어 하늘을 훑었다. 회사에서 사용하지 않는 Mi-8이었다. 반 카야의 정찰 헬기가 분명했다.

맥그루더는 무전기에 대고 소리쳤다.

"적 헬기다! 전 차량 대공사격 준비! 트럭의 병력은 당장 하차하라. 스팅어팀은 발사준비! 적이 근처에 있을 수 있으니 적 전차도 주의하라!”

전 병력이 바쁘게 움직이는 사이 Mi-8이 빠르게 접근하고 있었다. M2 캘리버50 중기관총 몇 정이 헬기를 향해 불을 뿜고 스팅어 미사일 1발이 발사되었다. 그러자 헬기가 더 이상의 접근을 멈추더니 멀리서 로켓 6발을 발사한 후 도망가기 시작했다. 하지만 6발의 로켓이 트럭 2대를 완전히 박살내고 말았다. 다행히 다른 피해는 없는 듯 했다.

멀리 날아가는 헬기를 보며 맥그루더가 다시 무전기에 대고 소리쳤다.

“각 소대 피해상황……”

그러나 곧이어 다가온 강한 충격으로 말을 잇지 못했다. 귀청이 떨어질 듯 한 폭음과 순간적인 강한 바람이 그의 감각기관을 일시적으로 마비시켜 버린 것이다. 고개를 들었을 때 앞에 있던 장갑차가 폭발한 것을 볼 수 있었다. M-113의 약한 측면장갑이 포탄에 직격된 것이다. 몸에 불이 붙은 부하 몇 명이 비명을 지르며 뒹굴고 있었고, 다른 탑승병력들은 모두 즉사한 듯 했다.

“2시 방향, 적 전차!”

누군가 무전기에 대고 다급하게 외쳤다. 그와 동시에 제일 앞에 있던 정찰장갑차가 폭발했다. 빨리 조치를 취해야 했다.

“각자 알아서 은폐해! 바로 전투에 돌입한다!”

장갑차들은 이미 산개해서 낮은 구릉 곳곳에 숨기 시작했다. 그 와중에 또 다른 폭발이 있었다. 뒤에 있던 장갑차 1대와 트럭이었다. 장갑차와 트럭이 연속 폭발하며 산산조각 났다. 다른 장갑차들이 재빨리 모습을 감추자 멈춰있던 장갑차와 트럭들이 표적이 된 것이다. 계속되는 적 전차의 사격과 부상병의 절규로 인해 주변은 온통 아수라장이었다. 조직적인 반격이 없으면 몰살당할 상황이었다.

맥그루더는 낮은 둔덕에 장갑차를 피신시킨 후 무전기를 들었다.

"이곳에서 적을 저지한다. 각 소대 대전차 공격 준비! 토우 미사일팀과 박격포팀도 대전차 탄을 날려라. 공격에 가담하지 않는 병력은 부상자를 구조하라."

장갑차에서 내려온 맥그루더는 토우 미사일팀으로 달려갔다. 토우팀장인 남아공 해병대 출신 앤더슨 중사가 말했다.

"미사일 속도가 늦어 더 가까이 오면 발사하겠습니다."

"미사일 유도 잘 하도록."

말을 마친 맥그루더는 그제야 쌍안경으로 적을 살폈다. 1km쯤 되는 곳에 전차와 BMP 계열 장갑차가 10여 대가 보였다. 뒤에 얼마나 더 있는지는 알 수 없었다. 제법 모양새를 갖춘 기계화 부대였다. 예상했던 대로 반 카야의 의도는 돈이 되는 곳을 먼저 장악하는 것이었다. 도시 점령과 정부군과의 전투는 반군에게 맡기고 자신들은 돈 되는 곳을 먼저 확보해서 전리품을 확보하겠다는 용병다운 생각이었다.

잠시 뭔가 생각하던 맥그루더가 혼자 말을 내뱉었다.

'염병, 제대로 걸렸구만!'

에드워드 영이 이끄는 BMP 장갑차 2대가 눈부신 아침 햇살을 받으며 집결지로 들어왔다. 돌비 소령의 부대는 이미 도착해 연료보급과 휴식을 취하고 있었다. M-60 전차 큐폴라에 걸터앉아 있던 잭슨이 술을 들이키며 에드워드 영에게 손을 흔들어 인사했다. 에드워드 영도 팔을 들어 답례했다. 그가 보기에 잭슨은 여전히 주정꾼이었다.

장갑차에서 내려오자 돌비 소령이 웃으면서 다가왔다.

"자네들 덕분에 회사 재산이 점점 늘어나는군. 별 일 없었나?"

에드워드 영이 웃으며 답했다.

"아직까지는 아무 이상 없습니다. 부대 규모가 꽤 큰데요? 완전 기계화 부대군요."

"반 카야 부대도 이 정도 규모야. 다음 계획을 설명하지. 자네는 소대 병력을 이끌고 먼저 코퍼스타운으로 접근하게."

"전차 도움 없이 갑니까?"

그렇다네. 잭슨은 여기서 코퍼스타운을 우회해서 반 카야 주력부대가 있는 남부지대로 직행할 걸세. 나는 잭슨의 전차 중 4대를 지원받아 혹시 있을지 모를 적의 후속부대를 차단한 후 자네를 도우러 가겠네. 그 때까지는 가능하면 교전을 피하고 상황만 보고하게. 베르쿠트의 보고에 의하면 놈들 전차 몇 대가 대기 중이라는군."

적 전차가 매복해있다면 장갑차로 접근하는 것은 위험하다.

"장갑차를 타고 가자니 적 전차가 걸리는군요. 그렇다고 걸어 갈 수도 없고."

"그래서 교통수단을 준비했지."

돌비가 손짓하자 용병 하나가 대형트럭의 짐칸 천막을 젖혔다. 짐칸에는 자전거가 빽빽이 들어 차 있었다.

"자전거군요."

"미국 특수부대용 자전거야. 모두 40대라네. 윌리엄 소령이 지원했지."

괜찮은 아이디어였다. 자전거는 소음이 없어 조용히 접근하기에 안성맞춤이다. 게다가 개인이 운용하기 쉽고, 연료 걱정도 없어 네멩게 황무지를 달리기에는 더없이 훌륭한 교통수단이었다. 몇 명이 트럭에 올라가 자전거를 내리자 바로 준비를 시작했다. 대원들 역시 각자의 장비와 대전차무기를 싣고도 튼튼하게 지탱하는 자전거가 맘에 드는 모양이었다.

자전거를 잠시 몰고 돌아온 인디고가 무표정하게 말했다.

"전쟁터에 자전거라. 좋은 생각이지만 좀 씁쓸한데. 이제 더 이상 군사용과 민간용 장비가 구별되지 않는군."

맞는 말이었다. 하지만 가치중립적 도구인 자전거를 전쟁터에서 이용한다고 도덕적 비난을 할 수는 없다. 전쟁에서 더 이상 군사적 측면과 민간적 측면, 도덕과 부도덕을 구별할 수 없는 것이 더 큰 문제였기 때문이다. 클라우제비츠는 전쟁은 정치의 연장선이라고 말했지만 이제 전쟁도 민간사업의 한 영역으로 변모했다. 전쟁이 더 이상 정치인과 군인만의 전유물이 아닌 것이다.

그리고 전쟁이라는 것에서 도덕과 부도덕을 말하는 것이 과연 타당한가? 아프리카 소년병이 있기 전에 영국 장교 베이든 포우웰은 보어전쟁에서 보이 스카우트이라는 조직을 만들어 전쟁터에서 소년들을 활용했다. 그의 사촌 여동생 역시 걸 스카우트를 만들었다. 도대체 누가 더 도덕적인가? 무엇이든 이용해서 전쟁을 이기려고 했던 사람들이 그것을 판단할 수 있을까? 전쟁에서 해도 되는 것과 하면 안 되는 것을 어떻게 규정할 수 있을까? 그리고 그것을 어떻게 강제할 것이고, 어떻게 실효성과 공정성을 확보할 것인가?

얼마 전 영국 정부는 2003년 6월 이후 18세 미만 군인 15명이 이라크로 파병됐음을 공식 인정했다. 이것은 명백히 아동의 권리에 관한 UN 의정서를 깬 중대한 사안이었다. 하지만 서구 사회는 별 문제 삼지 않았다. 이에 영국군은 여기서 더 나아가 이라크전과 아프간전 이후 모병 인원이 미달되자 지원 연령을 만 17세로 더 낮추고자, 지원 연령 미만의 아동들을 상대로 한 군사 홍보에 열을 올렸다. 이런 상황에서 서구 사회의 시각으로 아프리카 소년병을 문제 삼을 수 있을까? 에드워드 영은 고개를 저었다. 그러나 자신도 돈을 쫓는 용병인 주제에 쓸데없는 상념은 백해무익했다. 지금은 전투에서 살아남는 것이 가장 중요했다.

"이봐, 캡틴! 살아서 보자고."

잭슨 상사가 멀리서 에드워드 영을 향해 외쳤다. 에드워드 영이 그를 쳐다봤을 때 그는 이미 전차 안으로 들어간 후였다. 잠시 후전차 5대가 시동을 걸자 사방이 디젤냄새와 소음으로 가득 찼다.

이제 출발할 시간이다. 에드워드 영이 자전거에 올라탄 40명의 대원들을 향해 소리쳤다.

"우리도 출발한다! 가자, 알리바바의 도적들아!"

미 국무부 소속 댄 맥닐은 서류를 뒤적이는 척 하며 뒷모습을 보이고 지나가는 여승무원의 미끈한 다리를 슬쩍 쳐다보았다. 중요한 일을 앞두고 항상 긴장하는 버릇이 있는 그가 기분전환을 위해 주로 쓰는 방법 중 하나가 바로 시각적인 자극이었다. 오늘은 백인 여군 승무원의 미끈한 다리가 긴장을 많이 풀어주고 있었다. 같이 몸을 섞을 생각은 아니지만 제복을 입은 여성의 볼륨 있는 몸매가 기분을 좋게 만들었다. 서류를 뒤적이며 잠시 엉뚱한 상상을 하고 있을 때 누가 말을 걸어왔다.

"댄, 이제 슬슬 말을 꺼내야 할 것 같소."

CIA 요원 폴 헤스터였다. 그 옆에는 한국에서 온 미스터 박이 서 있었다.

"음베키가 좀 안정 되었나요?"

"여승무원의 말에 의하면 괜찮은 것 같다더군."

그야말로 제3자의 간접적인 추측이었다. 방금 지나간 여승무원이 음베키를 확인하고 온 모양이다.

폴 헤스터가 물었다.

"서류는 다 확인했소?"

"예, 이상 없습니다."

"그럼 미스터 박과 같이 갑시다."

그들은 미 공군 932수송비행단의 C-40(보잉737)을 타고 대서양 상공을 날아가고 있는 중이었다. 사령관급 고위 장교 이상의 VIP를 수송하는 이 비행기는 그날도 중요한 인물을 태우고 대서양 상공을 날고 있었다. 그 인물은 바로 네멩게공화국의 부통령이자, 10시간 전에 사망한 우베키 알라몬의 아들 음베키 알라몬이었다.

조지 워싱턴 대학 경제학과에 재학 중인 27세의 음베키는 네멩게 내전이 발생한 후 바로 미국 정부 당국에 의해 수배되어 이 비행기에 태워졌다. 그러나 일반 민항기로는 음베키를 수송할 수 없었다. 그 이유는 그가 마약을 자주 흡입했으며, 흑인과 백인 콜걸 둘을 데리고 탑승해야 했기 때문이었다. 비행기에 탑승할 때도 음베키는 마약에 취한 상태였고, 콜걸들과 떨어지려고 하지 않았다.

3명의 남자가 음베키를 만나기 위해 갔을 때 음베키의 개인비서와 경호원 2명이 VIP 룸 앞에서 서성이고 있었다.

국무부의 댄 맥닐이 음베키의 비서에게 웃으며 인사했다.

"탑승 전에 인사했었죠? 국무부의 댄 맥닐입니다. 이쪽은 중앙

정보국의 폴 헤스터, 그리고 한국에서 오신 미스터 박입니다."

차례로 악수를 나눈 후 음베키의 비서가 말했다.

"잘 오셨습니다. 안 그래도 부통령께서 만나보고 싶다고 하셨습니다."

폴 헤스터가 말했다.

"서류는 검토해보셨소? 경황이 없으시겠지만 워낙 중요한 일이라서."

비서가 정중하게 답했다.

"서류검토는 모두 마쳤습니다. 자, 안으로 들어가시죠."

VIP 룸의 반원형 소파에는 음베키가 편하게 기대어 앉아 있었다. 그 양 옆으로 2명의 콜걸이 교태를 잔뜩 부리는 고양이처럼 웅크린 채 앉아 있었고, 둥근 테이블에는 위스키와 브랜디 병, 코카인 가루가 여기저기 묻어있었다. 전형적인 부잣집 망나니 아들의 모습이었지만 방에 들어온 세 남자는 이런 광경에 익숙한 듯 눈살 한 번 찌푸리지 않고 슬쩍 미소를 지어 보였다. 음베키는 그제야 겨우 정신이 돌아온 듯 했다.

비서가 간단한 소개를 하자, 음베키가 손짓으로 2명의 콜걸을 밖으로 내보냈다. 고급 콜걸인 듯 세련된 외모와 늘씬한 몸매가 인상적이었다.

"자, 친구 분들, 여기 앉으시죠."

음베키가 자리를 권하자 두 여자가 앉았던 곳에서 조금 떨어진 곳에 세 사람이 앉았다. 잠시 후국무부의 댄 맥닐이 먼저 입을 열었다.

"먼저 네멩게공화국의 대통령이신 우베키 알라몬 대통령의 서거에 대해 미합중국 정부와 대한민국 정부는 심심한 조의를 표하는 바입니다. 우베키 대통령께서는 아프리카의 평화와 네멩게의 발전을 위해 평생 애쓰신 분이셨습니다. 앞으로 네멩게의 평화와 발전을 위해 미합중국과 대한민국은 물심양면으로 지원할 것입니다."

고개를 끄덕이며 경청하던 음베키가 미스터 박을 쳐다보며 말했다.

"오, 한국 정부에서도 우리나라를 이렇게 생각해준다니, 정말 고맙군요. 그런데 한국이라는 나라가 도대체 어디에 있소?"

갑작스런 질문에 댄 맥닐과 폴 헤스터가 잠시 당황한 사이 미스터 박이 미소를 지으며 답했다.

"예, 부통령 각하, 중국과 일본 사이에 있는 작은 나라로 네멩게공화국과 비슷한 처지입니다. 그래서 네멩게공화국이 처한 현실이 남 일 같지 않습니다."

"중국과 일본 사이라⋯⋯. 샌드위치 신세로군. 이렇게 와 주어서 고맙소."

음베키가 의례적인 말을 끝내자 댄 맥닐이 서류파일에서 종이 두 장을 꺼냈다.

"부통령 각하, 미합중국과 대한민국 양국 대통령의 친서입니다."

친서 두 장을 건네받은 음베키는 한 번 훑어보고는 관심이 없는 듯 다시 돌려주었다.

"네멩게로 돌아가면 그 때 주시오. 내용은 뻔할 테니까."

사실 음베키가 궁금한 것은 따로 있었다.

"지금 전황은 어떻소?"

폴 헤스터가 말했다.

"아직 불리한 상황입니다. 대부분의 지역이 반군과 반 카야 용병단에 의해 장악되었습니다. 반 카야는 중국이 고용했다고 알려지고 있습니다. 현재 권력서열 4위인 탄지 장군이 실질적인 국가수반으로 저항을 하고 있지만 어떻게 될지 알 수 없습니다."

음베키가 눈을 번득이며 폴 헤스터에게 물었다.

"그렇다면 내가 네멩게로 가는 이유는 뭐요?

음베키는 자신의 나라가 망하든 말든 별 생각이 없었다. 사실 제대로 된 지도자라면 국가 위기시에 마약에 절어 콜걸과 함께 있지도 않을 것이다. 폴 헤스터가 입을 열려고 했지만 댄 맥닐이 나서는 바람에 그만 두었다. 댄 맥닐은 정중한 태도로 차분하게 현 상황을 정리해 설명했다.

"각하, 국가 간 관계에서는 아무 이유 없이 군사력을 투입하지 않습니다. 미합중국과 대한민국 정부 역시 마찬가지입니다. 만일 각하가 이 서류에 서명하지 않으신다면 우리 두 나라는 중국, 수단과의 관계를 고려해 행동할 것입니다. 중국이라는 강대국과 불필요한 마찰을 일으키고 싶지 않기 때문입니다. 따라서 반군이 전 지역을 장악하면 새로운 정부를 국제적으로 승인하고, 새로운 네멩게 정부에 각하의 신병을 인도하는 수밖에 없습니다."

댄 맥닐을 쳐다보는 음베키의 표정이 굳어졌다. 정중하지만 서명하지 않으면 안 된다는 명백한 협박이었기 때문이다. 하지만 일국의 부통령답게 곧 현실을 직시했다.

속으로 감정을 가라앉힌 음베키가 차분한 목소리로 댄 맥닐에게 물었다.

"그렇다면 내가 이 서류에 서명하면 전쟁에서 이길 수 있소?"

폴 헤스터가 나섰다.

"힘들지만 해보겠습니다. 미합중국과 대한민국은 충분한 경제력과 군사력을 가지고 있으니까요."

음베키가 다시 물었다.

"하지만 그 말을 어떻게 보증할 생각이오?

댄 맥닐이 서류 일을 뒤적이며 대답했다.

"모든 서류에는 내전이 끝나고, 정치적 상황이 안정된 후 발효된다는 문구를 삽입해놓았습니다. 검토해보셔서 잘 아시리라 생각합니다."

사본을 건네받은 음베키는 형광펜으로 표시된 곳을 읽어보더니 고개를 끄덕였다. 그리고 안심이 되었는지 웃어 보이기까지 했다.

"이 양반들, 자국 대통령의 친서까지 준비해놓고 이런 말을 하는 걸 보니, 내가 여기에 서명할 걸 예상했던 모양이군."

일이 잘 풀릴 듯 했다. 그러나 이럴 때일수록 더욱 정중해야 한다.

"현재 네멩게공화국의 지도자는 부통령 각하입니다. 여기에 서명하시면 나라를 구하는 것은 물론이고 앞으로도 계속 지원받을 수 있습니다. 정식 조약체결은 상황이 안정되고 난 다음 미국과 한국을 방문하셔서 양국 대통령과 직접 하시게 됩니다. 그러나 그것은 형식적인 정치적 쇼에 불과합니다. 따라서 지금 서명하시면 실질적으로 협약을 체결하는 것과 마찬가지입니다. 신중히 검토할 시간이 더 필요하시면……"

음베키가 말을 잘랐다.

"아니, 필요 없소. 여기서 당장 서명하지. 당신들도 알겠지만 네멩게 헌법상 비상사태의 경우 의회 승인 없이 최고권력자의 권한으로 조약과 협정을 체결할 수 있소. 자, 바로 시작합시다."

음베키의 말에 폴 헤스터와 미스터 박을 번갈아 쳐다본 댄 맥닐은 서류파일에서 서류를 한 장씩 꺼내며 설명했다.

"미합중국, 대한민국의 상호이익대표부 설치에 관한 합의서와 향후 5년 내에 대사급 외교관계를 수립한다는 협약입니다."

폴 헤스터에게 건네받은 몽블랑 만년필을 받아 든 음베키가 두장의 종이에 서명을 끝내자 또다른 종이가 올라왔다.

"네멩게의 미군기지 설치에 관한 합의서입니다. 네멩게에 주둔할 미군은 대호수지역의 평화정착에 앞장설 것이며, 중국의 지원을 받는 수단으로부터 네멩게의 안전을 지켜줄 것입니다."

음베키는 댄 맥닐의 설명만 듣고 서명을 계속했다. 또 다른 종이가 올라왔다.

"네멩게의 지하자원에 대한 한국 성창그룹의 독점개발권에 관한 협의서입니다. 세계적인 기업 성창그룹은 네멩게의 경제발전을 전담할 것입니다. 그에 대한 보답으로 벌써 학교 · 병원 · 상수도 · 발전소 등 사회간접자본 투자를 준비하고 있습니다."

서명을 하던 음베키가 웃으면서 아는 척했다.

"아, 성창그룹이 한국 회사였소? 고마운 일을 하는군."

댄 맥닐이 마지막 종이 한 장을 더 내보였다.

"탈북 난민 5백여 명의 네멩게 정착에 관한 합의서입니다. 탈북 난민을 정착시키면 각하의 인권에 대한 관심을 국제적으로 인정받게 될 것입니다. 그리고 각하가 하실 앞으로의 외교활동에 큰 이점으로 작용할 것입니다."

음베키가 만년필을 들고 잠시 생각하는 척했다.

"탈북자라? 그래, 불쌍한 사람들이지. 밥도 제대로 못 먹고 노예로 팔려간다더군. 우리나라에 정착시키도록 하지. 내가 인권에 관심 있는 사람이니까."

모든 서명이 끝나자, 댄 맥닐이 웃으면서 말했다.

"이제 네멩게공화국과 미합중국, 대한민국은 새로운 차원의 동반자 관계로 국제무대에서 활약하게 되었습니다. 협조해주셔서 감사합니다. 음베키 알라몬 부통령 각하."

댄 맥닐의 말에 기분이 좋아진 음베키가 거드름을 피우며 소파에 몸을 파묻었다. 하지만 곧 고민이 있는 듯 걱정스런 표정으로 물었다.

"하지만 걱정이 앞서는군요. 헌법에 의하면 대통령 서거 후 정치적 상황이 안정되면 대통령 선거를 해서 새 대통령을 선출해야 한다고 합니다. 그런데 나의 당숙이기도 한 탄지 장군이 지금 전쟁을 지휘하고 있으니, 내게는 강력한 라이벌이 되는데⋯⋯."

폴 헤스터가 미소를 지으며 말했다.

"미합중국과 대한민국 정부는 물심양면으로 부통령 각하의 대통령 당선을 도울 것입니다. 그 점은 걱정 안 하셔도 됩니다."

음베키가 못 미더워 하는 표정으로 말했다.

"그건 또 어떻게 보증할 거요?"

한 동안 말없이 앉아있던 미스터 박이 웃으며 말했다.

"믿어주십시오. 후회하시지 않을 것입니다. 각하께서는 우리 양국의 희망이니까요."

미스터 박의 웃는 얼굴을 잠시 바라본 음베키가 기분이 좋은 듯 말했다.

"희망? 내가 미국과 한국의 희망이라? 듣던 중 반가운 소리군. 그래, 믿겠소. 일이 다 끝났으면 나는 내 친구들과 함께하고 싶소."

그 흔한 축배도 거추장스러운 모양이었다. 3명의 남자가 간단히 목례를 하고 밖으로 나가자 밖에서 기다리던 여자 둘이 다시 들어갔다.

폴 헤스터가 두 사람에게 말했다.

"이제 사막의 눈물 작전을 마무리해야겠군요. 각자 일을 마치고 30분 후 브리핑실로 오십시오."

중요한 일을 마친 세 사람은 각자 할 일을 찾아 움직였다. 댄 맥닐은 국무부에 팩스를 보내고 보고해야 했고, 폴 헤스터는 네 맹게의 전황을 보고받아야 했다. 미스터 박 역시 서둘러 통신실로 가서 위성전화를 연결했다.

다섯 번의 신호음이 울리고 상대가 전화를 받았다.

"미스터 박 입니다. 법적문제는 모두 마무리 되었습니다. 자세한 보고는 도착한 뒤에 하겠습니다."

4문의 81mm 박격포에서 연막탄 사격이 시작되고 30초 정도가 지나자 적 기갑차량 뒤로 연막이 피어올랐다. 81mm 박격포 연막탄이 몇 발 밖에 없지만 이것으로 적의 관측을 조금이라도 방해하면 목적은 달성된 것이다.

맥그루더는 다시 쌍안경을 들어 다가오는 적의 장갑차량을 응시했다. 곧이어 2문의 120mm 박격포에서 발사된 이중목적 개량고폭탄이 공중에서 자탄을 뿌리고 그것들이 지상에 떨어져 폭발하기 시작했다. 하지만 전차와 장갑차들은 별 피해가 없었다. 너무 앞에서 터진 것이다. 적의 피해는 없었지만 예상치 못한 공격에 기동이 잠시 멈추더니 차량 간격을 더 벌리고는 다시 진격을 계속했다. 박격포는 근접 화력지원을 위한 훌륭한 무기였지만 포탄의 속도가 늦고 정확한 사격이 불가능하다는 것이 단점이었다. 81mm와 120mm 박격포의 경우도 아직 이런 제약에서 벗어나지 못했다. 계속된 화력투사로 적의 접근을 막는 수밖에 없었다.

그 때 박격포 관측병이 외쳤다.

"장갑차가 뒤로 빠집니다. 전차만 전진합니다. 앗, 박격포탄입니다!"

맥그루더가 뒤돌아서며 소리쳤다.

"적의 포탄이다! 최대한 엄폐해!"

연막이 조금씩 걷히자 바로 대응사격을 시작한 모양이었다. 적의 박격포탄이 공기를 가르는 소리가 점점 커졌다. 곧 3발의 포탄이 주위에 떨어졌다. 120mm가 넘는 대구경 박격포탄이 천지를 진동하며 폭발했다. 토우 운용병 2명이 부상을 입었고 뒤에 있던 장갑차 1대가 일부 파손됐으며, 병력 셋이 그 자리에서 즉사했다. 주위가 온통 흙먼지로 자욱했다.

박격포 관측병이 외쳤다.

"적 포탄은 140mm나 160mm 같습니다."

반 카야가 철저히 준비한 모양이었다. 길게 흩어져 있었으니 그나마 피해가 줄었지, 155mm 자주포 화력에 맞먹는 파괴력이었다.

"81mm로 적 진지에 최대한 타격을 줘라. 이대로 가면 박격포에 전멸 당한다!"

박격포 관측병에게 명령한 맥그루더는 다시 쌍안경을 들었다. 선두에서 전진하는 전차는 3대의 T-54/55였다. 더 이상 박격포로 상대할 수 있는 거리가 아니었다. 적은 1km 정도에서 넓은 차 간 간격을 두고 지그재그로 접근하고 있었다. 가끔씩 날아오는 기동간 포 사격도 예리하게 내리 꽂혔다. 100mm 전차포탄이 빠르게 바람을 가르는 소리와 직사포탄의 가공할 폭발력은 사람의 정신을 빼놓기에 부족함이 없었다.

그 때 무전기에서 응쿤가 중사의 다급한 목소리가 들렸다.

"병력 일부가 이탈하고 있습니다!"

뒤를 돌아보니 전장의 공포를 이기지 못한 용병 3명이 도망을 치고 있었다.

"응쿤가, 분대병력을 이끌고 독전대 임무를 수행하라. 도망가는 놈들은 모조리 쏴버려!"

명령과 동시에 총성이 울렸다. 그와 동시에 도망치던 적 3명이 쓰러졌다. 하지만 또다시 적의 박격포탄 소리가 들리자 총을 버리고 도망가는 병력이 5명으로 늘었다. 도망가면 사살하겠다는 응쿤가의 외침도 소용없었다. 잠시 후장갑차의 50구경 기관총이 불을 뿜자 흙먼지 사이로 5명의 몸 조각이 부서져 떨어졌다.

전쟁은 아이들 장난이 아니다. 훈련을 아무리 잘 했다고 해도, 화려한 휘장으로 도배한 멋있는 군복을 입고 여자들을 후리고 다녀도, 날아오는 적탄을 두려워한다면 군인이 아니다. 돈을 아무리 많이 준다고 해도 포화 속에서 목숨을 걸고 싸우는 것은 아무나 할 수 있는 일이 아니기 때문이다. 트래비스사가 그동안 쌓은 우수한 전과로 인해 용병모집은 그럭저럭 할 수 있었지만 뜨내기들이 쉽게 돈을 벌 생각을 하고 들어오는 것까지 막을 수는 없었다. 어쨌거나 이런 식으로 솎아낼 수만 있다면 그나마 다행이었다. 이어서 또다시 적의 박격포탄 3발이 떨어져 천지를 진동시켰다. 이번에는 장갑차 1대가 박살났고 병력 5~6명이 죽거나 다쳤다.

"토우 미사일 발사준비, 발사!"

토우팀장의 목소리가 맥그루더의 귓전을 울리고 이어서 토우의 발사음이 들렸다. 두 개의 발사관에서 동시에 발사된 2발의 미사일이 로켓을 점화하며 날아가기 시작했다. 토우 미사일 끝에 붙은 뾰족한 부분이 맥그루더의 눈에 또렷이 보였다. 미사일 뒤의 두 가닥 전선이 빠른 속도로 풀리며 힘차게 앞으로 날아갔다. 최고속도가 초속 360m에 달하는 개량형 토우 A2 미사일은 800m까지 접근한 적 전차에 도달하는 데 채 3초도 걸리지 않았다.

선두에서 달려오는 전차에서 해치만 열고 머리만 내놓은 채 전방을 관측하던 적 전차장이 토우 미사일을 발견했을 때는 이미 늦은 뒤였다. 전차가 갑자기 방향을 전환했지만 2발의 미사일이 힘차게 도약해서 전차의 상부장갑을 공격했다. 폭음과 함께 장갑에서 불꽃이 튀고 전차가 진동했다. 토우의 탠덤탄두가 선두 전차를 잡은 것이다.

하지만 기쁨도 잠시, 곧이어 날아온 박격포탄 중 1발이 박격포 진지 주변에 떨어져 81mm 박격포 하나가 날아가고 3명이 죽었다. 전진하던 적 전차 2대도 토우가 날아온 방향으로 주포를 발사했다. 다행히 토우팀이 진지 변환을 한 후여서 피해는 없었다.

장갑차 안의 통신병이 밖으로 나와 소리를 질렀다.

"통신이 재개됐습니다. 영상정보도 들어옵니다! 만프레드 부대와도 연결되었습니다!"

"박격포 관측병에게 당장 보여줘! 무전기 이리주고."

통신병이 관측병을 부르는 사이 맥그루더는 장갑차 안으로 들어가 무전기를 건네받았다.

"만프레드 소령! 지금 어디 있습니까?"

"좌측 1.2km 지점이네. 상황이 한 눈에 들어오는군. 하지만 반카야가 낮은 둔덕에 숨었는지 여기서는 잘 안 보이네."

"왜 이리 늦었습니까?"

"말 2백 마리를 끌고 오느라 늦었네. 병력 절반은 네멩게시티로 출발했네."

"어쩔 생각입니까? 우리는 상황이 안 좋아요."

"박격포 사격은 이미 시작했고, 측면공격을 시작하겠네."

"전차는 언제 온답니까?"

"전차와는 연락이 안 되는군. 무전기를 꺼놓은 모양이야."

"알겠습니다."

맥그루더는 화풀이하듯 무전기를 내던졌다.

"젠장, 되는 일이 없구만."

그 시각, 만프레드는 박격포 진지에서 박격포탄이 떨어지는 것을 보고 있었다. 해발 102m의 언덕에 진지를 마련한 그는 5문의 81mm 박격포에서 연막탄을, 3문의 120mm 박격포에서 이중목적탄을 발사했다. 묻어둔 포탄도 있으니, 포탄은 넉넉했다. 이제 몇 초만 기다리면 결과가 나올 것이다.

그 때 관측병이 외쳤다.

"적 장갑차 2대가 반파됐습니다! 선두의 전차도 뒤로 물러납니다!"

그의 쌍안경에도 그 모습이 보였다. 120mm 박격포탄이 적 장갑차 위에서 자탄을 쏟아내고 있었다. 일단, 급한 불을 껐으니 RQ-1 프레데터에서 보내오는 정보를 받아 적의 박격포를 제압한 후 전차와 장갑차를 잡아야 했다.

"적 박격포 위치가 확인되면 바로 사격해!"

명령을 하달한 그는 투치아키족과 함께 있는 캐슬베리 중사에게 연락했다.

"캐슬베리 중사! 맥그루더 부대가 피해가 많네. 놈들 측면에서 공격을 하게."

"알겠습니다. 집적거려보죠."

"일단 철수해서 강바닥으로 숨어라. 재정비해서 돌파한다!"

지휘 장갑차 위에서 반 카야가 소리쳤다.

흩어져 있던 기갑차량이 뒤로 물러나 말라버린 강바닥과 둔덕으로 숨어들고, 앞서 나가있던 전차도 뒤로 물러섰다. 이제 간격을 두고 박격포탄만 오가는 상황이었다. 갑작스런 박격포탄에 놀란 것은 전차병 뿐만이 아니었다. 반 카야 역시 상대의 강한 반격에 당황했다.

중국군 고문관 천훙싱 대교가 말했다.

"적은 전차가 1대도 없는데 벌써 전차 1대와 장갑차 2대가 당했소. 어떻게 된 거요?"

"적의 세력이 증강되었소. 하지만 곧 상황이 호전될 거요."

그러자 천훙싱이 가르치는 투로 말했다.

"상황을 냉철하게 분석해서 행동으로 보이시오. 전쟁은 말로 하는 게 아니지 않소?"

그렇다. 전쟁은 말로 하는 게 아니다. 하지만 여기서 천훙싱과 감정싸움 따위를 하고 싶지는 않았다. 천의 말에 기분이 언짢아진 반 카야는 말없이 지휘용 BMP-3 밖으로 나왔다.

전쟁이 무엇인지는 그도 잘 알고 있었다. 중국군 장교들의 실전 경험이 얼마나 되는지는 모르지만 반 카야 자신이 지난 수 십 년간 경험한 실전은 살아 움직이는 생명체와 같아서 무기의 성능이나 병력의 다소, 지형적 이점도 아무런 득이 되지 않는 경우가 많았다.

나중에 분석해 보면 여러 가지 이유가 발견되지만 현장에서 그런 것들을 냉철히 분석할 수 없다. 그에게 있어 전투분석은 책상 앞에서 잘난 체 하는 전사연구가들이나, 아무거나 씹어대기 좋아하는 아마추어들이 하는 짓에 불과했다. 지난 일을 놓고 가정을 하면서 이야기를 만드는 것은 할 일 없는 바보들이나 하는 짓이었다.

"알렉산더 소령, 피해상황은 어떤가?"

"철판을 덧댄 차량은 별 피해가 없습니다만, 낡은 장갑차 2대가 당했습니다. 사상자도 10명 이내입니다."

증가장갑이랍시고 두꺼운 철판을 덕지덕지 갖다 붙인 전차와 장갑차들은 이중목적탄에도 끄떡없었다. 따라서 적의 박격포를 무력화시킬 수만 있다면 상황은 호전될 수 있었다.

박격포 진지로 달려간 반 카야는 책임자인 오보테 상사를 불렀다.

"오보테 상사! 적 박격포를 잡을 수 있나?"

그 순간에도 160mm 박격포 4문이 계속 발사되고 있었다. 155mm보다 화력은 좋지만 포탄속도가 늦다는 게 단점이었다.

오보테가 달려와 보고했다.

"적 박격포가 새로 증강되었습니다. 그곳으로 포탄을 날리고 있는데 제압하지는 못했습니다."

"위치가 어디야?"

오보테가 손으로 가리켰다.

"저 쪽에 있는 언덕 위입니다."

"적 위치를 아는데 아직 제압 못했다는 건가?"

반 카야는 어이가 없었다. 박격포를 책임진 오보테 상사와 박격포 운용병들은 중국군이 데리고 왔다. 왜 이 모양인지 이해되지 않았다. 용병 조직은 각 분야의 전문가들이 팀을 이뤄야 일이 제대로 돌아가는데, 중요한 역할을 맡은 병력들이 이 모양이니 일이 잘 돌아갈 리 없었다.

그 때 헬기가 접근하는 소리가 들렸다. Mi-8 2대가 멀리서 날아오고 있었다. 반 카야는 서둘러 통신장갑차로 향했다.

"통신병! 접근하는 헬기 연결해!"

바로 그 때였다. 사방에서 폭음이 울리고 그가 탄 장갑차에도 충격이 전해졌다. 적의 이중목적 개량고폭탄이 정확한 지점에 자탄을 뿌린 것이다. 간간이 날아오던 박격포탄도 갑자기 많아졌다.

헬기와 연락하는 것이 급선무라고 생각한 반 카야가 헬기를 호출했다.

"독수리! 내 말 들리나? 당장 적의 박격포를 제거하라!"

"여기는…… 잘……않는……"

송수신 상태가 엉망이었다. 반 카야는 통신병에게 소리쳤다.

"무전기가 왜 이래? 어떻게 된 거야?"

"조금 전부터 그렇습니다."

"그러면 일리야 부대와도 연결이 안 되나?"

"예, 그렇습니다. 현재 내부통신망 말고는 잘 안됩니다."

"중국 놈들이 적 통신을 방해하나? 혹시 그것 때문에 통신장애가 생긴 것은 아닌가?"

"그럴 리 없습니다. 제 생각엔 아마도 적이 강력한 전파방해를 하는 것 같습니다."

그 와중에도 박격포탄이 쏟아내는 자탄들이 계속해서 반 카야 부대를 두드리고 있었다. 반 카야는 장갑차의 상부 해치를 열고 밖을 내다보았다. Mi-8 2대가 적진으로 날아가고 있었다. 뒤에 있던 160mm 박격포 2문은 이미 파괴되어 있었다. 무선통신 방해와 적 박격포의 정확한 사격, 이것이 우연일 수는 없었다. 하지만 어떻게 위치를 알고 정확히 사격한 것인지 알 수 없었다. 또다시 박격포탄이 공기를 가르는 소리가 들리려왔다. 반 카야는 급히 해치를 닫으며 혼자 중얼거렸다.

'빌어먹을!'

UH-60 헬기가 흙먼지를 날리며 착륙하자 돌비가 이끄는 기갑차량의 긴 행렬이 서서히 멈췄다. 시계를 보고 제시간에 도착한 것을 확인한 돌비는 방풍고글을 쓰고 터번으로 얼굴을 가린 채 BMP 장갑차에서 내려 헬기로 다가갔다.

윌리엄 소령과 함께 온 탈북자 포로 2명과 미군 특수부대원 3명은 익히 알고 있는 얼굴들이었다. 미군 중 2명은 스코프가 장착된 M24 저격소총을 가지고 있었다. 그 옆의 탈북자 2명은 한눈에 봐도 살이 많이 불었다는 것을 알 수 있을 정도였다. 그런데 동양인 1명이 더 있었다.

"돌비 소령님, 별 일 없으시죠?"

"나야 별 일 없지. 그런데 못 보던 사람이 1명 있군."

순간, 이륙하는 헬기의 메인로터에서 뿜어져 나오는 바람과 소음으로 잠시 대화가 중단되었다. 트래비스사의 UH-1이나 푸마 헬기보다 더 크고 힘이 좋은 UH-60이 육중한 동체를 기울이며 이륙하고 있었다.

윌리엄이 다시 입을 열었다.

"이 쪽은 재미 탈북자지원센터에서 온 황 박사님 입니다."

선글라스를 쓴 황 박사가 환하게 웃으며 손을 내밀어 악수를 청했다.

"반갑습니다, 돌비 소령님."

"반갑소, 황 박사. 그렇다면 당신은 한국 정보기관 요원이겠군."

황 박사가 웃으며 말을 받았다.

"뭐, 부인하지는 않겠습니다."

황 박사가 정보기관 사람이든, 아니든 돌비가 상관할 바는 아니었다.

"자, 그럼, 장갑차에 타십시오. 세부계획도 짜야 하니까."

탑승자의 편의는 전혀 고려하지 않고 설계된 낡은 BMP의 내부는 탈북자 2명을 제외한 6명의 사람들을 아주 불편하게 만들었다. 탈북자 2명은 다른 장갑차에 태웠는데 혹시 있을 지모를 사고를 미연에 방지하기 위해서였다. 지휘용 장갑차답게 한 쪽

면에 들어차 있는 각종 통신장비와 전자장치로 인해 안 그래도 좁은 내부가 더 비좁았다. 상부 해치와 뒷문이 열려있었지만 통풍이 되지 않아 땀이 비오듯 흘러 내렸다. 그나마 멀미라도 하지 않으면 다행이었다.

지도를 펼친 돌비가 엔진소음을 감안한 듯 소리를 한 톤 높여 말했다.

"인공위성 영상에 의하면 여기서 21km 전방에 탈북자 행렬이 움직이고 있습니다. 그 전에 예상 접근로에 위치를 잡고 매복에 들어가야 합니다."

황 박사가 큰소리로 물었다.

"놈들이 수단에서 얼쩡거리면 어떡할 생각입니까? 아직 네멩게를 장악하지 못했다고 판단하면 그럴 수도 있지 않을까요?"

돌비가 아무렇지도 않게 바로 답했다.

"놈들이 안 들어온다면 우리가 가서 구해야죠. 우리도 바쁩니다. 중국놈들을 기다리고 싶지는 않습니다."

황 박사가 만족한 듯 빙긋 웃으며 고개를 끄덕였다. 그러자 옆에 있던 윌리엄도 한 마디 거들었다.

"수단 남부지역에는 기독교 민병대가 자주 출몰하지요. 그래서 중국놈들을 공격해도 우리 짓이 아니라고 잡아뗄 수 있습니다."

황 박사가 웃으며 말했다.

"핑계거리가 있군요."

돌비가 슬쩍 웃으며 답했다.

"원래 우리 용병들은 국경 따위는 크게 신경쓰지 않습니다. 이 사업은 국제적인 비즈니스이니까요."

　RQ-1 프레데터에서 보내오는 영상은 박격포 사격이 정확했음을 보여주었다. 하지만 더 이상의 사격으로 상대를 완전히 제압할 수는 없었다. Mi-8 헬기 1대가 만프레드의 박격포 진지로 날아들고 있었기 때문이었다.

　"일단, 산개해서 방어한다. 각자 알아서 흩어져!"

　헬기를 이기는 보병은 없다. 아무리 낡은 헬기라도 무장을 하면 가공할 살상력을 가진 무기로 돌변한다. 박격포를 놔두고 통신차량과 병력부터 피신시킨 후 상황을 정리해야 했다. 만프레드는 서둘러 스팅어 미사일과 RPG를 준비시켰다. 높은 고도에서 얼쩡거리던 Mi-8 1대가 갑자기 방향을 고정하고 아래를 향해 2.75인치 로켓을 연속 발사했다. 스팅어 1발이 발사됐으나 빗나가고 말았다. 헬기는 다시 멀어졌다. 그러는 사이 5발의 소이로켓이 박격포 진지 주변에 떨어져 화염이 일었다.

　헬기가 선회하는 사이 만프레드는 프레데터를 조종하는 우간다의 미군기지를 연결했다.

　"이봐, 프레데터에서 미사일을 쏠 순 없나?"

　"교전명령이 떨어지지 않았습니다."

　"이러다 우리 다 죽겠어! 미국 특수부대는 활동하게 하면서 미사일은 안 된다고? 미사일이 장착된 거 맞나?"

"헬파이어 미사일이 2발 장착되어 있습니다만 어쩔 수 없습니다. 교전명령이 떨어져야만 미사일 발사가 가능합니다."

"염병!"

군에 있을 때에도 항상 듣던 소리였다. 아군이 죽어 자빠지든 말든 그 놈의 명령이 있어야 교전이 가능했다. 기분 나쁜 것은 그 명령을 내리는 자들은 현장에 와 보지도 않는 고위 관료나 정치인이 대부분이라는 것이다. 그것이 지겨워 용병이 되었는데 또 그 소리를 듣게 된 것이다. 트래비스 중령에 의하면, 이번 작전은 미국이 처음부터 끝까지 전폭적인 지원을 한다고 했다. 그런데도 이 모양이었다. 헬파이어 미사일이 용병 전체의 목숨보다 비싼 모양이다.

그 때 헬기가 다시 접근해왔다. 이번에는 정면에서 바로 들이닥치고 있었다. 대응사격이 시작됐지만 튼튼한 러시아제 헬기의 동체에 큰 영향을 미치지는 못했다. 정면에서 RPG를 발사하려던 용병 하나가 헬기에서 발사한 로켓에 산산이 부서졌다. 이어서 쏟아진 4발의 로켓이 박격포 진지를 불바다로 만들었다. 그 충격으로 용병 5~6명이 날아갔다.

만프레드가 자리에서 일어나 중얼거렸다.

'내가 죽어도 너부터 죽이고 간다.'

만프레드는 폭발의 충격이 가시지 않은 채 곳곳에 불길이 일고 있는 박격포 진지로 들어가 내팽개쳐진 스팅어 미사일을 들었다. 다행스럽게도 드르릉거리는 소리와 함께 표적을 금방 찾을 수 있었다. 헬기는 멀리서 다시 방향을 전환하고 있었다. 운에 맡기는 수밖에……. 더 이상 잃을 것도 없었다.

"잘 가라, 이놈아!"

만프레드가 발사 버튼을 눌렀다. 미사일은 빠른 속도로 날아가 수 백 미터 전방에서 방향전환을 막 끝낸 Mi-8 엔진 근처에서 폭발했다. 이내 검은 연기가 피어오르며 헬기가 심하게 요동쳤다. 그러나 여전히 박격포 진지를 향해 기우뚱거리며 접근해왔다. RPG라도 발사하려고 주위를 둘러보는 순간, 헬기에서 다시 로켓이 연속 발사되었다.

"이런 젠장, 망할 놈의 러시아 헬기!"

러시아제 헬기는 왜 저렇게 무식하게 투박하고 튼튼한지 정말 짜증났다. 만프레드는 박격포 진지에서 탈출하려고 전력으로 달렸지만 곧 큰 충격으로 몸이 공중에 붕 뜨고 말았다. 온 몸이 찢겨 떨어져나가는 것 같았다. 순간, 그는 완전히 의식을 잃고 말았다.

맥그루더는 만프레드와의 연락이 두절되자 그가 헬기에 당했다는 것을 직감했다. 그리고 계속해서 날아오던 적의 박격포탄이 더 이상 날아오지 않는 것으로 봐 적의 헬기가 근처까지 왔음을 느꼈다. 헬기는 분명 저공으로 밀고 올 것이 분명했다.

헬기가 큰 소음 때문에 쉽게 포착될 것이라고 생각한다면 그것은 오산이다. 혼란스런 전투상황에서 헬기는 쉽게 포착되지 않는다. 아니, 오히려 쉽게 시야에서 사라지기 십상이다. 또 헬기의 소음은 야지에서 불어오는 바람소리와도 쉽게 섞여 포착하기 힘든 경우가 많다. 그래서 헬기가 포착되었을 때는 이미 적의 공격을 받고 있는 경우가 많다. 그 만큼 헬기의 전투능력과 신속성은 가공할만한 것이다. 아프간에서 소련군의 헬기에 무자헤딘이 속절없이 당했던 것도 바로 그런 이유 때문이었다.

경험으로 그런 사실을 잘 알고 있는 맥그루더는 서둘러 스팅어팀의 아탈라 중사에게 무전으로 명령을 내렸다.

"아탈라 중사! 대공경계 철저히 하게. 헬기가 저공으로 밀고 올 걸세. RPG든, 스팅어든 뭐든지 쏘아서 헬기를 막아."

그 때 뒤에서 누군가가 소리쳤다.

"헬기다!"

뒤를 돌아보자, 120mm 박격포 1문과 81mm 2문이 화염과 함께 폭발하고 있었다. 곧이어 모습을 드러낸 Mi-8은 저공비행으로 부대를 뚫고 반 카야 진영으로 향했다. 순식간에 일어난 일이라 어떤 대응도 할 수 없었다.

"헬기를 시야에서 놓치지 마라. 사주경계를 철저히 해라. 이번에는 측면을 돌파할 것이다."

순전히 직감으로 측면공격을 예상한 맥그루더는 이번이 마지막이라는 것을 알고 있었다. 헬기의 표적은 박격포였다. 일단, 박격포 절반이 날아갔으니 나머지까지 초토화시키려고 할 것이다. 그리고 모든 박격포가 끝장나면 반 카야가 전차를 몰고 쇄도해 들어올 것이 틀림없다. 반 카야 진영을 막 지난 헬기는 방향을 바꾼 후 지면 바로 위로 빠르게 접근해오고 있었다.

"토우팀은 적 전차를 주시하고, 나머지 병력은 헬기를 막아라. 뚫리면 끝장이다!"

큰 소리로 명령을 하달한 맥그루더는 RPG 하나를 꺼내 들고 헬기가 접근해오는 방향으로 달려나갔다. 아탈라 중사가 이끄는 스팅어 미사일팀이 그 뒤를 따랐다.

우측 외곽의 적당한 위치에 자리를 잡자 아탈라가 큰 소리로 외쳤다.

"헬기가 돌입합니다!"

헬기는 약 2km 거리에서 말라버린 강바닥을 핥듯이 바짝 붙은 채 접근하고 있었다.

"스팅어부터 날려. 실패하면 RPG로 상대한다!"

그 소리와 동시에 스팅어 2발이 몇 초 간격으로 공기를 가르며 날아갔다. 저공비행으로 기습의 효과를 극대화하려던 헬기는 갑자기 날아온 대공미사일에 당황한 듯 보였다. 강바닥에서 날아온 미사일을 피하기 위해 급상승한 헬기는 뒤이어 날아온 두 번째 미사일에 무방비 상태로 노출되었고, 스팅어 미사일은 그 틈을 놓치지 않고 그대로 헬기의 동체 부근에서 폭발했다.

곧이어 헬기가 크게 진동하며 엔진 부근에서 검은 연기가 피어올랐다. 그리고 잠시 후세 번째로 날아온 스팅어 미사일은 불구가 된 헬기를 두동강내고 말았다. 부서진 헬기는 화염에 휩싸인 채 강바닥으로 떨어졌다.

"다른 헬기는 안 보입니다!"

아탈라가 다시 외쳤다. 맥그루더는 그제야 한 숨을 돌렸다. 일단 급한 불은 껐으니 다시 돌아가 적 전차를 대비해야 했다. 그때 적의 박격포탄이 떨어지는 소리가 들렸다. 하지만 큰 폭발음은 없었다. 그리고 잠시 후맥그루더의 무전기로 통신병의 다급한 목소리가 들려왔다.

"상사님! 적 화학탄…… 방독……"

그리고는 갑자기 무전이 끊겼다.

헬기 1대는 반파되어 네멩게시티로 날아갔고, 다른 1대는 공격 도중 격추되었다. 이 모든 것을 직접 목격한 반 카야에게는 큰 손실이었지만 승리를 위해서는 어쩔 수 없었다.

옆에 있던 알렉산더 소령이 말했다.

"그런데 장군님, 놈들 반응이 영 이상합니다. 아군 박격포탄도 이상한데요."

박격포 제압사격 결과를 쌍안경으로 관찰하고 있던 반 카야 역시 파괴되지 않고 남은 160mm 박격포 2문에서 발사된 포탄이 큰 폭발음이 나지 않은 것을 이상하게 생각하고 있던 참이었다. 헬기 공격도 실패한 상황에서, 적의 박격포 공격이 이루어지지 않는 것으로 봐서는 160mm 박격포 공격이 들어 먹힌 것 같기도 했지만 폭음과 먼지가 일지 않는 것이 이상했다. 이제 곧 전차를 앞세우고 밀고 들어가야 하는데 뭔가 꺼림칙했다.

"적진을 잘 관찰하게. 내 명령이 있을 때까지 움직이지 말고."

간단한 지시를 한 반 카야는 급히 박격포 진지로 향했다. 그가 본 것을 종합해서 중국 장교들이 좋아하는 '이성적이고 냉철한 판단'을 해보면 화학무기를 사용했다는 결론밖에 나오지 않았다. 만에 하나 중국 장교들이 그런 짓을 했다면 자신의 경력에 씻을 수 없는 오점을 남길 수 있었다. 용병이 전투 중에 화학탄을 써서 상대편 용병을 죽였다는 사실이 알려지면 국제적인 범죄인으로 전락할 수 있다.

반 카야는 이런 자신의 생각이 제발 사실이 아니기를 마음속으로 바랐다. 하지만 박격포 진지에서 중국군 장교들을 본 순간, 표정이 일그러지며 소리를 버럭 지르고 말았다.

"당신들 여기서 뭘 하고 있소? 포탄에 뭘 넣어서 발사한 거요?"

천훙싱 대교가 나섰다.

"눈치 하나는 빠르군. 당신 예상대로 신경작용제요. 소만가스인데 우리 중국에서 개량한 것이오. 살상범위 내에서만 치명적이고 공기 중에서는 30초 내에 산화되도록 설계해서 오염은 걱정하지 않아도……."

천훙싱은 말을 끝맺지 못했다. 반 카야가 그의 멱살을 잡고 흔들었기 때문이었다.

"네 놈이 이러고도 군인이야? 명예가 뭔지도 모르는 놈 같으니. 나도 사람을 많이 죽여봤지만 이런 치졸한 방법은 쓰지 않았어. 독가스를 쓰다니, 네 놈은 군인은커녕 인간도 아니야!"

분노에 찬 반 카야가 멱살을 세게 흔들며 말을 내뱉자 신경가스탄을 준비하던 중국군 장교들이 한꺼번에 달려들었다. 하지만 곧 반 카야의 경호병력들에게 제지당하고 말았다. 그러자 천홍싱이 반 카야를 노려보며 말했다.

"당신의 고용주는 중화인민공화국 정부요. 그리고 나는 그 대표야. 당신이 일 처리를 잘 못……"

천홍싱은 이번에도 말을 끝맺지 못했다. 그의 입 안에 반 카야의 38구경 리볼버 권총의 총신이 깊숙이 틀어박혔기 때문이다.

반 카야가 말을 받았다.

"그래, 내가 일 처리를 잘 못하면 당연히 돈도 못 받겠지. 그런데 돈이면 다 해결되나? 너희 중국놈들한테는 돈이면 다 되겠지만 나는 아니야. 이것으로 우리 계약은 끝났다. 인간쓰레기 같은 놈들!"

천홍싱의 얼굴이 공포로 변하는 순간, 1발의 총성이 울리고 그의 두개골이 박살났다. 멍청하게 그 장면을 지켜보고 있던 나머지 중국군 장교들 역시 총알이 1발씩 틀어박혔다. 그래도 분이 삭지 않았는지 반 카야가 부하들을 향해 큰 소리로 외쳤다.

"땅을 파서 화학탄을 묻고, 시체는 모두 소각해라, 제기랄!"

제12장

혈투

쑹광리가 선글라스를 쓴 채 차에서 내렸다. 사막은 오전부터 열기를 무자비하게 내뿜고 있었다. 목에 두른 터번으로 연신 이마의 땀을 닦으며 서 있던 쑹은 말라버린 킨자키강을 바라보며 서성거렸다. 이제 저 강바닥만 지나면 네멩게로 들어간다. 하지만 걱정이 앞섰다. 반 카야 부대와는 무전연락이 되지 않았고, 반군 지도자 은조모 역시 아직 네멩게를 장악하지 못했다고 했다. 결론적으로 네멩게시티에 도착하기 전까지 쑹을 호위할 병력이 없는 셈이었다. 이 때문에 당장 네멩게로 들어가야 할 지, 더 기다려야 할 지 결정을 못 내리고 있었다. 또 네멩게로 들어간다면 잔자위드 호위병력과 같이 들어갈지, 아니면 그들을 철수시키고 들어갈지도 문제였다.

"염병, 뭘 하자는 건지, 나 원 참!"

피곤에 지친 중국인 노무자들과 부하들은 당장 들어가자는 눈치였다. 쑹 역시 그러고 싶었지만 무턱대고 들어가기에는 너무 위험했다. 일단, 잔자위드 민병대의 호위 책임자를 불러 의견을 나누는 것이 좋을 것 같았다.

쑹이 무전기에 대고 말했다.

"상의할 것이 있으니까 칭갈라이 좀 오라고 해. 그리고 그 애새끼도 데리고 와."

칭갈라이는 잔자위드 민병대에서 보낸 호위 책임자로 병력 20여 명과 차량 6대를 이끌고 왔다. 쑹은 그에게 네멩게로 같이 가줄 수 있는지 물어볼 생각이었다. 물론 그 전에 배가 고프다고 난동을 부린 10살짜리 소년을 처형해야 했다. 하는 일도 없는데, 무슨 배가 그렇게 자주 고픈지 알 수 없었다. 아마도 죽으려고 작정을 한 모양이었다. 이런 식으로 마지막까지 골치를 썩인다면 자신도 마지막까지 독하게 나가는 수밖에 없었다.

통역관 쑨징 대위가 부하 하나와 함께 소년을 끌고 왔다. 칭갈라이의 지프차가 멀리서 다가오고 있었다. 빨리 처형을 끝내고 싶은 쑹은 마카로프 PM을 뽑아 들고 빠르게 말했다. 쑨징의 한국어가 메가폰으로 흘러나왔다.

"네 놈들은 끝까지 사람을 고생시키는구나. 어른들이 그 모양이니 애새끼들까지 이 모양이지. 곧 네멩게로 들어가지만 내가 너희 조선 놈들을 통제하는 동안에는 처형이 계속될 것이다."

통역을 끝낸 쑨징은 쑹에게서 떨어져 자신들을 보고 있는 버스 행렬로 눈을 돌렸다. 사람을 쏴 죽이는 장면은 더 이상 직접 보고 싶지 않았다. 이제 총성이 울리고 소년은 머리통이 터져 죽을 것이다. 그리고 아무 일도 없다는 듯 칭갈라이와 대화를 나눈 후 다시 차를 타고 이동할 것이다.

하지만 총성이 울려야 할 때, 뭔가 쪼개지는 소리가 나더니 쑹이 앞으로 고꾸라졌다. 하지만 그가 쓰고 있던 창이 넓은 사파리 모자가 뒷머리를 가려 그 이유를 알 수 없었다. 순식간에 벌어진 상황에 모두 깜짝 놀란 나머지 어떤 반응도 없었다. 일사병으로 갑자기 쓰러졌는지도 몰랐다. 이들은 3백 미터 정도 떨어진 곳에 있던 미 육군 특전단 닉 중사의 M24에서 발사된 7.62mm 탄환이 이런 상황을 야기했다는 것을 전혀 알 수 없었다. 쑹의 머리에서 나온 피와 뇌수는 말라버린 사막의 흙이 잘 빨아먹은 탓에 밖으로 전혀 흘러나오지 않았다.

몇 초 동안 시간이 멈춘 것 같았다. 움직이는 것은 칭갈라이를 태운 지프뿐이었다. 잠시 후쑹을 살피던 중국 병사의 머리가 터지며 뒤로 넘어갔다. 그제야 쑨징은 뭔가 심각한 상황이 벌어지고 있음을 알았다.

그와 동시에 칭갈라이의 지프차가 폭발했다. 그 충격으로 버스 행렬의 유리창이 박살났고, 소년과 쑨징 역시 뒤로 튕겨나갔다.

적의 공격이 분명했다. 쑨징은 충격에서 벗어나 자세를 바로잡고 주위를 둘러보았다. 다리 근처의 말라버린 킨자키 강바닥에서 전차가 굉음을 울리며 모습을 드러냈다. 순간, 쑨징은 그 자리에 얼어붙고 말았다. 잠시 후 총 4대의 M-48 전차가 길게 늘어선 버스 행렬을 포위했다. 이어서 호위를 하던 잔자위드 민병대의 차량이 차례로 전차포에 당하기 시작했다. 전차에 이어 BMP 장갑차량들이 계속 올라오고 있었다. 남아있던 잔자위드 민병대원들은 무의미한 저항을 하다가 차례대로 사살당했다. 쑨징은 소년을 일으켜 세운 후 가지고 있던 칼로 손과 발의 밧줄을 풀어주었다. 쑨징이 할 수 있는 일은 그것뿐이었다.

　멍하게 서 있는 쑨징을 향해 동양인 남자와 백인 남자가 다가왔다. 그 중 동양인 남자가 말했다.

"당신이 통역관인가?"

　한국어였다. 쑨징이 고개를 끄덕이자 그 남자가 말을 이었다.

"모두 무기를 버리고 밖으로 나오라고 하시오. 무의미한 저항은 하지 말라고 하고."

　이미 끝난 상황임을 인식한 쑨징은 곧바로 메가폰을 들고 중국어로 말했다. 탈북자를 태운 버스마다 3~4명씩 타고 있던 중국군과 중국 노무자들은 순순히 밖으로 나와 무기를 내려놓고 정체 모를 병력들에 이끌려 한 곳으로 모이기 시작했다. 한 차량에서 나온 중국군 2명이 총을 내려놓는 척 하며 사격자세를 취했지만 총 한 방 쏘지 못한 채 그 자리에서 사살되고 말았다.

동양인 남자가 한 마디 했다.

"하지 말라는 짓만 골라서 하다니. 너희 중국놈들도 지독하게 말을 안 듣는구나."

기분이 언짢아진 쑨징이 대답했다.

"우리는 중화인민공화국 국민이오. 이런 대접을 받을 수는 없소."

그러자 동양인 남자가 비웃듯이 다시 말했다.

"네 놈들이 받을 대접은 네 놈들이 결정하는 게 아니야. 아가리 닥치고 저리로 꺼져."

용병 2명이 쑨징의 목덜미를 거칠게 낚아 채 끌고 갔다. 이제는 중국인들이 포승줄로 묶이고 있었다. 40명이 넘는 인원 모두 무장해제를 당한 채 포승줄에 묶이는 모습은 처량했지만 어느 누구도 동정하지 않았다.

쑨징과 대화를 나눴던 동양인 남자가 옆에 있던 백인 남자에게 말했다.

"윌리엄 소령님, 탈북자들을 데려오라고 하십시오."

"알겠소, 황 박사."

윌리엄이 손짓을 하자, 장갑차 안에서 이봉희와 박수혁이 걸어 나왔다.

황 박사가 이봉희에게 말했다.

"이봉희 씨, 제가 부탁드린 것만 전해주십시오."

"잘 알겠습니다. 믿어주십시오."

메가폰을 건네받은 이봉희가 혀가 잘린 박수혁과 함께 버스 행렬로 걸어 나가자 버스 안에서 손발이 묶인 사람들이 웅성거렸다. 두 사람을 아는 몇 몇 사람들은 이봉희와 박수혁의 이름을 불렀고, 두 사람도 손을 흔들었다.

잠시 후 이봉희가 메가폰을 들고 말하기 시작했다.

"동무들! 나 리봉희요. 마누라! 내가 돌아왔소. 영희야! 아비다! …… 동무들! 우리 두 사람은 얼마전 탈출하는데 성공했소. 같이 탈출한 리종태는 죽었지만 여기 박수혁이와 나는 살아 있소. …… 동무들! 여기 계신 분들이 우리 두 사람을 살려주고 치료해준 은인들이오. 동무들도 살려주겠다고 하오. 일단 여기를 빠져나가서 네멩게의 구호소에 가면 가족 상봉도 하고, 치료도 하고, 밥도 준다고 하오. 그러니 최대한 협조해서 같이 가십시다."

옆에서 이 상황을 지켜보던 윌리엄이 황 박사에게 말했다.

"무슨 말인지는 몰라도 잘 될 것 같군요. 생각보다 쉽게 끝나서 다행입니다."

"저 양반 생각보다 말솜씨가 좋군요. 도와줘서 고맙습니다, 윌리엄 소령님."

"한국 요원들은 언제든 환영이오."

탈북자들은 이봉희와 박수혁의 등장에 안심하는 모양이었다. 저들은 중국과의 관계로 인해 미국은 물론 한국에도 갈 수 없다. 하지만 그 때문에 네멩게에 정착한다는 말은 아직 하지 않았다. 일단, 구호소로 옮겨 로간 박사가 이끄는 의료팀의 진료를 받은 뒤 식사를 제공하고, 시기를 봐 가면서 말할 계획이었다.

그 때 돌비 소령이 다가왔다.

"구호소가 가동되기 시작했다고 합니다. 우리도 빨리 이동해야 할 것 같소. 중국놈들은 우리가 처리하고 따라갈 테니, 먼저 출발하시오."

돌비 소령의 병력들이 운전을 하기 위해 각 차량에 올랐다. 아직 손발이 묶인 사람들이 조금 경계하는 듯 했지만 이내 조용해졌다. 곧이어 윌리엄 소령과 황 박사가 올라탄 BMP 장갑차가 서서히 움직이자 버스 행렬도 따라서 이동하기 시작했다.

캐슬베리 중사는 스타벅, 케이지와 함께 찜통 같은 험비에서 나와 상황을 예의주시하고 있었다. 그러나 공격을 시도하려고 이동하고 있을 때 만프레드의 박격포 진지가 적 헬기에 유린되었고, 맥그루더 부대도 신경가스로 상당한 타격을 입었다. 이런 상황에서 섣불리 나섰다간 화력이 우세한 적에게 당하기 십상이었다.

그 때 무전기가 울렸다. 우간다의 미군 기지였다.

"독수리 둥지다. 교전명령이 떨어졌다."

캐슬베리는 기가 찼다. 무선교신 내용은 프레데터의 미사일 발사 허가가 떨어졌으니 반 카야를 미사일로 잡겠다는 것이었다. 계획대로라면 벌써 미사일이 발사되고 반 카야가 죽었어야 했다. 용병들이 전멸하든 말든 국가에 소속된 자신들이 상관할 바는 아니었지만, 이를 눈앞에서 지켜보는 캐슬베리와 동료들은 기분이 씁쓸했다.

"적 화학탄이 터진 것 같다. 화생방 장비를 보내달라."

우간다 기지의 무전 반응이 잠시 없었다. 화학탄이란 말에 당황한 모양이었다. 캐슬베리가 반복했다.

"수신 양호한가? 화학탄이 터졌으니 장비를 보내달라."

"수신 양호하다. 바로 배달하겠다."

"상사님, 화학탄이 터졌다면, 지금 가면 안 됩니다."

아탈라가 말렸지만 맥그루더는 이미 씩씩거리며 본대가 있는 곳으로 향하고 있었다.

"잡지마, 죽기보다 더하겠어?"

그것이 맥그루더의 진심이었다. 아트로핀은커녕 방독면도 없는 상황에서 화학탄 공격을 받았으면 결과는 뻔한 것이었다. 바람이 불고 있어 그가 서 있는 방향으로는 화학탄의 영향이 없었지만 이미 정신적으로 상당히 피폐해진 상태였다. 조금 뒤면 적들이 전차를 몰고 와서 다 죽일 것이다. 그러나 이미 산다는 것은 포기한 상태였다.

아탈라의 병력들도 주섬주섬 맥그루더를 따라 나섰다. 겁이 났지만 혹시나 하는 마음에 지휘관을 따르기로 한 것이다. 본대 가까이로 다가가자 의외로 생존자들이 눈에 들어왔다.

멍한 표정의 소대장 하나가 다가와 힘없이 보고했다.

"토우팀과 박격포팀이 전멸했습니다. 생존자는 20명 안팎입니다.”

2백 명이 넘던 병력이 순식간에 1/10로 준 것이다. 화학탄의 효과가 지속적이지 않은 것이 그나마 다행이었지만 남은 병력으로 적 전차를 막는 것은 불가능했다. 그 때 전방을 살피던 용병 하나가 외쳤다.

“적 전차가 몰려옵니다!”

T-72에 올라탄 알렉산더는 선두에서 돌진하고 있었다. 중공 장갑으로 방어력이 강화된 T-72 3대를 전면에 세우고 뒤에는 T-55 3대가 따르고 있었다. 적의 대응은 아직 없었다. 더 가까이 가면 토우 미사일이 날아오겠지만 전차 1~2대를 잃는다고 해도 밀고 들어가면 끝이다. 게다가 T-72의 승무원들은 전투 경험이 많아 대전차 공격에 쉽게 당하지 않을 것이다.그 때 알렉산더의 무전기가 울렸다. 반 카야였다.

“적의 상황은 어떤가?”

“아직 반응이 없습니다. 아마도……”

그 때 뒤쪽에서 찢어지는 폭음과 함께 금속 파열음이 연이어 들리며 큰 충격이 전해졌다. 그리고 뒤따르던 T-55 2대가 캐터 필러가 날아간 채 그 자리에 주저앉았다. 전차장 하나가 다급하게 외쳤다.

“3시 방향, 적 전차 출현!”

1km 남짓한 거리에서 높은 포탑을 가진 육중한 M-60과

M-48 5대가 돌진해 오고 있었다. 이어서 알렉산더 옆에서 달리던 T-72가 폭발했다. 큰 피해는 없는 듯 했지만 전차가 뒤뚱거리며 방향을 선회하자 심하게 찌그러진 포탑이 보였다.

급히 무전기를 든 알렉산더가 각 전차에 명령했다.

"제군들, 드디어 적수를 만났다. 손님을 맞이하러 가자! 적은 중공장갑인 것 같다. 날탄 말고 대탄으로 준비하라."

T-55 2대가 주저앉자 좋아하던 잭슨은 T-72가 별 타격을 받지 않자 소리를 질렀다. 홀리데이가 발사한 날탄 역시 T-72의 중공장갑에 막혀버렸다. 강선에 의한 회전력이 날탄의 위력을 감소시킨 탓이다. 하지만 캐터필러를 맞혔다면 멈추게 할 순 있었다.

전차가 무서운 이유는 포탑에 달린 주포 때문이 아니라 그 무거운 강철덩이가 빠른 속도로 움직이기 때문이었다. 때문에 전차를 상대할 때 가장 먼저 해야 할 일은 바로 전차가 움직이지 못하도록 하는 것이었다. 그것만 성공하면 상대는 고정표적에 불과하다는 것이 잭슨의 생각이었다. 특히 방호력이 증강된 최신 전차의 경우 이 방법이 더 필요했지만 현실에서는 한 방에 보내고 싶은 욕심 때문에 뜻대로 되지 않았다.

적의 T-72 3대가 방향전환을 하고 있었고, 뒤따르던 T-55 1대가 계속해서 맥그루더 부대를 향해 전진하고 있었다. 그 때 잭슨과 홀리데이의 포탄이 다시 공기를 갈랐다. 홀리데이가 자신이 상처를 입힌 T-72에 두 번째 포탄을 명중시켰다. 그러자 찌그러진 납작한 포탑이 순간 들썩거렸다. 그리고 잠시 후전차가 그 자리에 주저앉고 말았다. 하지만 잭슨의 포탄은 지그재그로 이동하는 T-72를 놓치고 말았다. 이제 곧 반격탄이 날아올 것이다.

잭슨이 소리쳤다.

"방향전환! 연막탄 발사!"

그 때 잭슨의 포탄을 피했던 T-72의 주포에서 불꽃이 번쩍였다. 하지만 경험 많은 전차장은 노련하게 포탄을 피했다.

"전속력 후진!"

잭슨의 명령이 떨어지기가 무섭게 열기로 찜통이 된 전차 내부가 심하게 흔들리며 뒤로 빠르게 물러났다. 잭슨과 홀리데이의 M-60 전차가 연막 뒤로 숨은 틈을 타서 잠시 모습을 감췄던 M-48이 갑자기 튀어나와 3발의 90mm 포탄을 토해냈다. 그 중 1발이 알렉산더의 T-72를 강타하자 전차가 심하게 흔들렸다. 전면장갑이 포탄을 무력화시키긴 했지만 방어력이 크게 감소했다. 1km 이내의 거리에서는 90mm 포탄도 무시할 수 없는 파괴력을 가지고 있었다. 알렉산더가 외쳤다.

"저놈들 먼저 날려버려!"

곧 2대의 T-72와 3대의 M-48이 동시에 포탄을 교환했다. 하지만 T-72의 포탄이 더 빠르고 정확했다. 125mm 활강포 날탄은 안정된 궤도를 번쩍이며 날아가 M-48 2대를 강타해 전차의 내부를 불지옥으로 만들었다. 알렉산더의 포수는 발사 직후 명중탄임을 알고 곧바로 날탄을 장착해 또 한 발을 발사했다. 능숙한 동유럽 기갑부대 출신답게 두 번째 날탄을 날리는 데 걸린 시간은 3초 밖에 걸리지 않았다.

남아있던 M-48에 두 번째 날탄이 명중하자 알렉산더가 웃으며 외쳤다.

"중국제 날탄도 쓸만하군!"

"여기는 독수리 둥지. 표적을 확인했다. 곧 처리하겠다."

"알았다."

캐슬베리는 헬파이어 미사일 폭격을 신호로 전면공격을 할 생각이었다. 자신들이 적의 장갑차를 공격하면 빌라카지가 이끄는 2백 명의 투치아키족 기마대가 보병들을 처리할 계획이었다.

"빌라카지 중위님, 캐슬베리입니다. 신호탄을 쏘면 공격하십시오."

"알았소."

"맥그루더 상사님, 적 전차 1대가 계속 접근하고 있습니다."

맥그루더 역시 모든 상황을 지켜보고 있었다. 잭슨의 전차가 늦게 도착해 이제야 전차전이 시작되고 있었다. 하지만 T-72를 상대로 M-60이 승리할 수 있을지 장담할 수 없었다. 게다가 낡은 T-55 1대가 계속 접근하고 있었다.

맥그루더가 돌아서서 말했다.

"도망가고 싶은 자들은 도망가도 좋다. 죽이지 않겠다. 그리고 전투 중에 죽은 자들에게도 계약한대로 돈을 지불할 것이다."

맥그루더는 잠시 말을 멈췄다. 포격과 화학탄이 쓸고 간 전장에서 생존자 20여 명만이 힘없이 그의 말을 듣고 서 있었다. 땀에 들어붙은 사막의 흙먼지와 포연으로 인해 살아 움직이는 시체들처럼 피폐한 몰골들이었다. 그래도 어떻게든 이 상황을 극복해야 한다. 용병은 목숨의 대가를 받는 것이 아니라 일의 완성 대가를 받기 때문이다. 잔인한 말처럼 들릴지 모르지만 그것이 용병이라는 직업이 계속 유지된 비결이다. 죽어도 맡은 일을 완수한다는 사명감, 그것이 바로 용병들의 오늘을 있게 한 것이다.

맥그루더가 비장하게 말을 이었다.

"우리는 용병이다. 용병답게 돈 값은 해야 하지 않겠나? 죽어도 맡은 일은 완수해야지. 값있게 싸우고 멋있게 죽자. 우리가 죽어도 가족들은 돈을 받는다. 싸울 사람은 대전차 공격을 준비하라!"

화학무기에 노출되어 조만간 죽을지도 모른다는 공포감에 무기력하게 넋을 놓고 있던 용병들이 맥그루더의 말에 눈빛을 번득였다. 이렇게까지 된 이상 더 이상 물러설 수는 없었다. 항복한다고 살 수 있다는 보장도 없고, 그렇다고 항복할 수도 없다. 이제 자존심의 문제가 되어버린 것이다. 필사적인 상대와 맞서려면 똑같이 필사적이어야 한다. 어느 한 쪽이 전멸할 때까지 싸우는 수밖에 없다. 말을 마친 맥그루더가 남아있는 토우 미사일 2발을 들고 발사기로 다가가 T-72를 조준했다. 나머지 병력들도 각자 RPG와 AT-4를 들고 전차 공격을 준비했다. 도망가는 사람은 아무도 없었다.

'그래 끝까지 한 번 가 보는 거야.'

맥그루더가 조준기를 들여다보며 중얼거렸다. 1발은 T-72에게 또 1발은 T-55에게 날릴 생각이었다.그 때 T-72가 측면을 노출한 채 우회하고 있는 모습이 조준기에 들어왔다. 그와 동시에 발사된 토우 미사일이 힘차게 추진되어 전방을 향해 내달렸다.

"내 이럴 줄 알았지!"

알렉산더의 예상대로였다. 연막을 터뜨리고 M-48로 미끼를 던진 후 연막에서 나와 상대하는 전술은 초급장교 시절 연습해 본 적이 있는 것이었다. T-72가 포탑을 연막 뒤로 향한 채 크게 우회해서 접근했을 때 희미한 연막 사이로 M-60 전차 1대가 자신을 향하고 있는 것을 볼 수 있었다.

알렉산더는 바로 발사 명령을 내렸다.

"한 방에 보내버려!"

그 순간 전차의 포탑 일부가 부서지며 알렉산더가 좁은 내부 한구석으로 튕겨 나갔다. 전차 역시 심한 충격으로 흔들렸다. 맥그루더의 토우 미사일이 정확하게 날아와 폭발한 것이다. 알렉산더의 125mm 포탄 역시 500m 전방의 M-60 전차의 포탑을 정확히 가격했다. 하지만 날탄이 장갑을 꿰뚫기 전에 충격으로 부러져 버렸는지 전차는 여전히 살아있었다.

"염병, 중국제 날탄!"

알렉산더가 외쳤지만 이미 늦은 뒤였다. 이어서 M-60의 반격이 있었다. 105mm 대전차탄이 또 한 번의 충격을 가하자 T-72 내부는 아수라장이 되고 말았다. 포수와 탄약수는 이미 즉사했고, 살아남은 자는 부상당한 조종수와 알렉산더가 유일했다.

"아니, 이런. 도대체 무슨 일이……."

알렉산더가 비틀거리며 몸을 일으켰지만 곧 아무것도 느끼지 못하고 전차와 함께 산산조각 나고 말았다.

전방의 M-60에서 발사한 105mm 대전차탄은 이미 고철이 된 T-72를 철저하게 파괴하고, 알렉산더를 포함한 적들을 불구덩이 속에서 갈가리 짓이겨 놓았다.

잠시 후 T-72가 홀리데이의 전차를 향해 날탄을 발사했지만 M-60 포탑의 곡면이 아슬아슬하게 날탄을 튕겨냈다. 이어서 발사된 홀리데이의 대탄은 T-72의 포신을 한 방에 날려버렸다. 주포가 날아간 T-72는 전투가 불가능한 상태로 전락했고, 곧이어 살아남은 적들이 밖으로 기어 나오기 시작했다. 혼자서 전진을 하던 T-55 역시 맥그루더의 토우 미사일과 AT-4의 공격을 받고 불타고 있었다. 이것으로 전차전은 끝이 났다.

모든 광경을 지켜보고 있던 반 카야는 남부지역의 전투가 끝나가고 있음을 직감했다. 어디서부터 잘못 됐는지는 몰라도, 지금은 그런 것을 따질 때가 아니었다. 적 전차는 2대가 살아남았고, 알렉산더의 전차들은 모조리 박살났다. 이제 도망가는 일만 남았다. 최대한 빨리 네멩게시티로 후퇴해야 했다.

반 카야가 지휘 장갑차에 올라타 명령했다.

"전 병력 차량에 탑승하라! 네멩게시티로 철수한다! BMP-3는 호위하라!"

곧이어 BMP-3 4대가 적 전차를 향해 100mm 저압포로 견제 사격을 하기 시작했고, 장갑차들이 서둘러 빠져나가고 있을 때, 반 카야는 자신의 장갑차를 향해 하늘에서 뭔가가 빠르게 내려오는 것을 어렴풋이 보았다. 너무 빨라 정확히 볼 수는 없었지만 분명 자신의 장갑차로 내리 꽂히듯 다가오고 있었다. 적의 박격포탄이라고 생각한 반 카야는 서둘러 장갑차 내부로 들어가 해치를 닫았다. 하지만 그것은 박격포탄이 아니었다. 또 장갑차 내부로 숨는다고 피할 수 있는 것도 아니었다.

잠시 후 레이저로 유도된 헬파이어 미사일은 엄청난 운동에너지로 반 카야의 지휘용 장갑차를 관통하고 들어가 내부를 불구덩이로 만들며 폭발했다. 최신 전차도 날려버릴 만큼 엄청난 폭발력이었다. 구세대 용병 반 카야는 이렇게 흔적도 없이 공중분해 되어 사라지고 말았다.

아비규환의 혼란에 빠진 반 카야의 용병들은 지휘관마저 없는 상태에서 우왕좌왕하다가 투치아키족 기마대의 기습을 받았다. 2백 명의 투치아키족 기마대는 총을 쏘며 저항하는 용병들과 살려달라고 투항하는 용병들을 구별하지 않고 사정없이 짓밟았다.

그들은 총을 들고 있으면서도 사용하지 않았다. 대신 자신들의 전통무기인 벌목도를 휘둘렀다.

손을 들고 투항하는 자들에게도, 총을 놓고 도망하는 자들에게도 자비는 없었다. 말 위에서 후려치는 칼에 용병들의 머리가 날아가거나 쪼개지고 육신이 사정없이 잘려 나갔다. 그것은 영토를 불법으로 침략한 자들에게는 결코 자비를 베풀지 않는다는 투치아키족 전통에 따른 당연한 행동이었다.

피비린내 나는 광란의 학살극을 지켜보던 캐슬베리 일행은 험비를 몰고 맥그루더에게로 향했다. 그 때 캐슬베리의 헤드셋에 맥그루더의 목소리가 들려왔다.

"험비에 탄 사람이 캐슬베리 중사인가?"

"예, 그 쪽은 상황이 어떻습니까?"

"이쪽으로 오지는 말게. 화학탄에 오염되어 있으니까. 우리는 우리대로 알아서 출발할 테니, 자네들은 만프레드 소령이나 찾아보게."

"그래도 되겠습니까? 우간다 기지에서 화생방 장비를 보내준다고 했습니다."

잠시 말이 없었다. 그리고 타이르듯 말을 이었다.

"그딴 거 필요 없다는 걸 자네도 잘 알잖아?"

이번에는 캐슬베리가 잠시 말이 없었다. 화학무기에 오염된 곳에 있으면 잔존부유물이 아무리 깨끗하게 사라졌다고 해도 인체에 치명적인 경우가 많다. 영화에서는 아트로핀 같은 주사제와

백신으로 금방 깨끗이 낫지만 현실에서의 화학무기는 정말로 더럽고 추악했다. 겉으로는 멀쩡해도 간과 신장에 치명적인 문제를 남겼고, 이는 현대의학으로도 손 쓸 수 없다. 인간의 과학은 장기적인 파급효과를 고려할 만큼 치밀하지는 못했다. 화학무기는 더 그랬다. 맥그루더와 캐슬베리는 둘 다 미 육군 특전단에서 이런 교육을 받은 터라 잘 알고 있었다.

캐슬베리가 답했다.

"예, 알겠습니다. 우리는 만프레드 소령을 찾아보겠습니다."

"우리는 바로 네멩게시티로 출발하겠네."

곧이어 캐슬베리 일행을 태운 험비가 방향을 돌려 만프레드가 있던 언덕을 향했다. 험비 뒤 사막에서는 피격된 전차에서 남은 포탄들이 유폭하기 시작했고, 생존한 적들은 M-60 전차의 50구경 동축기관총에 의해 무참히 사살당하고 있었다. 그리고 총성이 잦아드는 사막 곳곳에 널브러진 채 불타는 인간과 강철의 시체들이 검게 피어오르는 연기와 어울려 삭막한 사막에 뜨거운 열기를 더하고 있었다.

김중택은 오전부터 정신이 하나도 없었다. 모친이 자살한 충격은 한은지 혼자서 감당하기에는 역부족이었다. 그래서 한은지를 달래느라 전 날 밤늦게까지 같이 있어야 했다. 조석태가 한은지의 모친을 찾아가서 협박하리라고는 전혀 생각치 못했다.

더 황당한 일은 한은지의 모친이 자살한 그 날 밤 조석태가 교통사고로 사망한 것이었다. 주변에서는 취재윤리를 상실한 기자의 비참한 최후라느니, 한은지 모친이 귀신이 되어 복수를 한 것이라니 등등의 위로 섞인 희한한 말들이 오갔지만, 한은지와 직접 관계된 김중택의 입장에서는 당장 그녀의 심적 고통을 달래주는 것이 그가 할 수 있는 전부였다.

그러나 더 충격적인 일이 그를 기다리고 있었다. 바로 네멩게의 내전소식이었다. 다행스러운 것은 네멩게에 있던 회사의 파견대가 UN 지원단과 함께 안전하게 우간다로 후송되었다는 것이었다. 파견대장은 위성전화를 통해 장비 일부를 가져오지 못했다는 점을 제외하고는 1명도 빠짐없이 구출됐고, 탄지와 트래비스 경비 서비스의 도움이 결정적이었다고 말했다.

한시름 놓긴 했지만 네멩게의 전황을 알 길이 없었다. CNN과 BBC에서도 평화정착을 앞두고 다시 내전이 발생했다는 사실만을 속보로 전할 뿐 자세한 내용은 없었다. 국가정보원의 김종근 실장도 해외 출장 중이어서 연락이 되지 않았고, 외교부는 평소와 다름없이 네멩게에 관심조차 없었다.

이러한 이유로 오전과 달리, 오후에는 보고할 내용도 별로 없었지만 일단 곽정태 사장을 만나 상황을 보고해야 했다.

"사장님 계신가?"

사장의 비서가 일어서며 김중택을 맞았다.

"안 그래도 기다리고 계십니다."

문을 열고 들어갔을 때, 곽정태 사장과 차영훈 그룹 기조실장

의 모습이 들어왔다. 갑작스런 차영훈의 등장에 김중택이 멀뚱
거리며 서 있자 곽정태가 담담하게 말했다.

"김 이사, 여기 와서 앉게."

곽정태가 자신의 옆자리를 가리키자 김중택은 조용히 걸어가
그 자리에 앉았다. 그러자 맞은편에 앉아 있던 차영훈이 말했다.

"곽 사장님께는 충분히 설명을 드렸으니, 제가 얘기하겠습니
다."

곽정태가 말없이 고개를 끄덕이자, 차영훈이 김중택을 똑바로
쳐다보며 입을 열었다.

"김중택 이사는 오늘 부로 성창인터내셔널 북미담당 이사로
인사이동 되었습니다. 다음 주부터 뉴욕에서 근무할 수 있도록
준비하십시오."

순간, 김중택은 갑자기 머리가 복잡해졌다. 북미담당 이사는
사실상 승진 발령이지만 1년 후에는 어떻게 될지 알 수 없는 자
리였다. 계열사 사장이나 성창인터내셔널 부사장 혹은 사장으로
가기도 했지만 어떤 경우에는 그냥 거기서 1년 안에 옷을 벗어
야 했다. 앞날을 전혀 예측할 수 없는 이상한 보직이 바로 북미
담당 이사였던 것이다. 어쨌든 그룹 기조실장이 직접 찾아와서
하는 말이니 반드시 따라야 했다.

하지만 왜 네멩게 사업을 총괄하고 있는 자신이, 네멩게 내전
이 발생한 지금 인사이동 되어야 하는지 알 수 없었다. 또 왜 그
룹 기조실장이 직접 찾아와서 다음 주부터 뉴욕에서 근무하라고

일방적인 통보를 하는지 역시 알 수 없었다. 네멩게 사업에 있어서 자신이 뭔가 큰 실수를 한 것일까? 혹시 자신과 친분이 있는 탄지가 쿠데타라도 일으킨 것일까? 그리고 그 쿠데타가 실패한 것일까? 이도저도 아니라면 혹시 한은지 때문인가?

차영훈의 표정과 곽정태의 말없는 태도가 뭔가 이상했다. 김중택이 당황함을 감추려는 듯 공손하게 물었다.

"그런데 왜 갑자기 이런 인사발령이 났는지 말씀해주실 수 있습니까? 좀 뜻밖이라서 그렇습니다."

차영훈이 곽정태를 바라보았다. 그러자 곽정태가 입을 열었다.

"직접 말씀하시지요. 이 친구도 다 이해할 겁니다."

그 말에 차영훈이 작심한 듯 말을 하기 시작했다.

"김 이사, 오해하지 말고 들으십시오. 네멩게 사업을 위해 애쓴 점은 회장님께서도 잘 알고 계십니다. 처음부터 끝까지 김 이사가 일을 처리해왔고 위험한 순간도 직접 겪었죠. 그리고 지금 네멩게가 내전상황이기는 하지만 잘 해결될 거라는 소식이 있습니다. 문제는 김 이사 사생활에 관한 것입니다."

김중택은 한 순간 온 몸에서 힘이 빠져나가는 것을 느꼈다. 결국 한은지 때문인가? 차영훈이 말을 이었다.

"김 이사가 한은지 양과 연인관계라는 사실은 이미 알고 있습니다. 미혼남녀가 사귀는 것은 문제가 아니지요. 하지만 방송국 기자가 네멩게 관련 사건 취재를 하면서 한은지 양을 빌미로 김 이사에게 접근했고, 연예인 매춘사건으로 비화시켜 김 이사에게

서 정보를 캐려다가, 기자는 빗길 과속운전으로 죽고……. 뭐, 더 이상은 말 안 해도 잘 알겠죠?"

'빌어먹을 놈들!'

김중택은 속으로 욕을 내뱉었다. 차영훈의 말은 조석태의 접근을 다 알고 있었으면서도 일이 이지경이 되도록 그냥 놔뒀다는 말이었다. '빌어먹을 놈들!' 아니다, 이제 더 이상 알고 싶지도 않다. 중요한 것은 앞으로 닥칠 일이다.

김중택의 표정을 살피던 차영훈이 다시 말을 이었다.

"연예부 기자들을 중심으로 한은지 양 관련 사건을 기사화 할 움직임이 있었습니다. 베일에 가려진 한은지의 연인이 성창인터내셔널 김중택 이사라고 스포츠신문에 기사화 된다면 회사의 평판은 엄청나게 타격을 받겠지요. 그래서 이렇게 갑작스런 결정을 하게 된 것입니다. 회사에 기여한 공로를 인정해서 승진 발령을 하지만 잠시 떠나 있으라는 겁니다. 아, 물론 언론은 겨우 입막음을 했습니다. 그러니 그 점은 걱정 안 하셔도 됩니다."

김중택이 기분 나쁜 것은 사생활이 공개된 것이 아니었다. 자신이 심혈을 기울인 일이 빛을 보기도 전에 다른 일에 투입된다는 것이었다. 돈, 명예, 권력보다도 더 중요한 것은 지금 하는 일의 성공이었다. 그런데 그것을 눈앞에서 놓치고 만 것이다.

김중택이 힘없이 물었다.

"그럼, 네맹게 관련 업무는 어떻게 됩니까?"

그 때까지 아무 말이 없던 곽정태가 천천히 입을 열었다.

"지금부터 그룹 기조실에서 직접 관장할 걸세. 업무 인수인계를 바로 시작하게."

차영훈이 일어서며 말했다.

"자, 가시지요. 기조실에서 사람이 와 있을 겁니다."

김중택이 분위기에 휩쓸려 힘없이 일어났다. 시간을 두고 더 적극적으로 네멩게 자원을 공략하고 이를 발판으로 아프리카 대륙에 공세적으로 진출할 계획이 물거품 되고 말았다. 여기까지 와서 이 일을 포기해야 한다니, 억울했다. 사소한 사생활의 덫에 걸려 이 일을 포기해야 한다니, 국가 경제발전과 네멩게의 발전을 위해 뭔가 해보고 싶었는데, 더 이상 할 수 없다니······.

저항할 수 없을 때는 자연스럽게 움직이는 것이 좋다. 하지만 그는 자신이 불명예스럽게 퇴출된다는 생각을 지울 수 없었다. 폭포를 향해 힘없이 휩쓸려가는 통나무처럼 그는 사장실을 나왔다. 이제 네멩게와는 끝이었다.

에드워드 영과 40명의 용병들은 3시간째 자전거를 타고 이동 중이었다. 무전연락이 없어 전황이 어떻게 돌아가는지 알 수 없었다. 사실 알고 싶지도 않았다. 다만, 앞에 적이 없다는 신호만이 계속 됐고 그것으로 만족했다.

건기의 네멩게는 말라버린 땅에 힘없이 서 있는 관목들과 얼마 남지 않은 습지의 갈대만이 평화로운 풍경을 제공해주고 있었다. 마주친 사람들이라고는 완전무장을 한 용병들의 자전거 탄 모습을 신기한 듯 바라보는 원주민들 뿐이었다. 그들은 아직 자신의 나라에서 밤 사이 무슨 일이 일어났는지조차 몰랐다.

사실 전쟁이 끝날 때까지 아무것도 모르는 게 나을 지도 모른다. 안다고 해도 활과 창으로는 아무 것도 할 수 없고, 누가 전쟁에서 승리하든 원주민 부족은 정권을 장악한 세력의 관리대상일 뿐인 야생동물과 같은 처지였기 때문이다. 인간이면서도 인간답다는 것이 무엇이지도 모르고, 다른 인간에게 모든 결정권을 빼앗긴 존재들, 실상은 노예와 짐승 같은 대접을 받으면서도 스스로 자유롭다고 생각하는 사람들……. 과연, 저들에게 투표권과 선거권이 무슨 의미가 있으며, 또 정치는 어떤 의미일까? 출발할 때 머릿속에서 모든 상념을 지우려고 했지만 답답한 현실에 또다시 생각이 꼬리를 물었다. 스스로 약해져서 그런지도 모른다. 그래서 전투를 앞두고는 차라리 은퇴 후의 목가적이고 전원적인 삶을 상상하는 것이 훨씬 더 낫다. 희망을 가져야 한다, 남들이 비웃을지라도. 그래야 전투에서 이길 수 있고, 살아남을 수 있다.

그 때 에드워드 영의 헤드셋에서 트래비스 중령의 목소리가 들려왔다.

"에드워드. 자네 임무를 조금 변경해야겠네."

군사작전에서 확정적인 것은 아무것도 없다. 항상 임기응변으로 대처할 뿐이다. 따라서 임무변경 역시 당연히 예상된 일이었다.

"말씀하십시오."

"남부지역에서 전투가 벌어졌는데 헬기 때문에 골치가 아픈 모양이야. 헬기의 이착륙 거점이 바로 대통령궁이라는군. 자네가 가서 처리하게."

"상세한 정보는 없습니까?"

"정보원이 곧 나갈 거야. 변경된 암호와 확인방법은 좀 있다 메시지를 통해 보내주겠네."

"알겠습니다."

에드워드 영은 바로 정지신호를 보냈다. 잠시 휴식을 취하는 동안 임무변경을 알려야 한다. 이제 본격적인 전투가 시작될 참이었다.

반군이 쏘아대는 60mm 박격포탄이 2시간째 날아들고 있었다. 벌써 사상자가 20명을 넘었다. 탄지의 박격포도 같이 대응사격을 하고 있었지만 적이 있을만한 곳에 무턱대고 쏘아대는 상황이라 반군에게 얼마나 피해를 주는지 알 수 없었다. 지뢰지대에 떨어진 포탄이 폭발하면서 지뢰가 터지자 연속된 폭음이 천지를 진동시켰다. 반군은 지뢰지대에도 포탄을 날려 보냈다. 아마도 그곳까지 병력을 진출시키려는 것 같았다.

"적이 몰려옵니다!"

누군가가 외치자 탄지가 쌍안경을 들며 말했다.

"말려 죽이진 않을 모양이군."

사실상 첫 번째 공격이었다. 정부군에서 노획한 M-47 전차 3대와 M-113 장갑차 5대가 뒤따르고 있었다. 탄지는 반군의 의도를 알아챘다. 최대한 접근해서 직사화기에 최대한 타격을 주고 실패하면 2차, 3차 공격에서 승부를 걸겠다는 전술이었다.

"무라키! 적의 장비현황이 어떻게 된다고 했나?"

"정부군 전차 노획 3대, 장갑차 노획 9대입니다."

상황을 다시 한 번 확인한 탄지가 야전 전화기로 106mm 무반동총과 M-47에게 명령을 했다.

"적의 접근을 최대한 멀리서 저지하라. 더 이상 가까이 오면 안 된다."

탄지의 전차 2대는 비행장 창고로 쓰이는 콘크리트 단층건물 안에서 엄폐한 채 대기하고 있었다. 전차포 사격이 시작되면 적의 표적이 되겠지만 콘크리트 벽이 차폐막이 되어 조금이라도 도움이 될 것이다. 문제는 106mm 무반동총 4문이었는데 달리 숨길 곳이 없었다.

"적이 속도를 높였습니다. 전속력으로 돌진하고 있습니다!"

무라키의 외침과 함께 적의 박격포 사격이 뜸해졌다. 이어서 적 전차에서 포탄이 바람을 가르며 날아와 방어진지를 두드렸다. 탄지의 106mm 무반동총 4문과 전차 2대도 반격을 시작했지만 적의 기갑차량을 직격할 수 없었다. 오히려 계속 접근을 허용하고 있었다.

"무라키! 좌측 무반동총을 지휘해라. 나는 우측을 맡겠다!"

보다 못한 탄지가 무반동총 진지로 달려갔다. 적의 전차포탄 파편이 천지를 진동하며 흙먼지를 쏟아냈고, 날카로운 파편이 탄지의 살갗에 크고 작은 상처를 냈지만 아랑곳하지 않고 교통호를 달렸다. 참호 곳곳에 웅크리고 앉아 공포에 떨고 있는 어린 병사들이 눈에 들어왔다. 땀과 흙먼지로 범벅이 된 비참한 몰골로 쪼그린 채 담배를 피우는 고참병들도 보였다. 또 뭔가에 홀린 듯 혼자서 중얼거리는 병사도 눈에 띄었다.

이들의 충성심을 의심하는 것은 아니지만 전투를 충성심만으로 이길 수는 없다. 누구보다 자신을 믿고 따르는 부하들이고, 누구보다 조국을 위해 열성을 다하는 충직한 군인들이었지만 충성심만으로 전투를 이길 순 없다. 충성심과 열성에 걸맞은 장비와 훈련에 의한 숙달만이 필승의 요소였다. 하지만 지금의 부하들은 충성심과 열성만 있을 뿐 그 외에는 아무것도 없었다. 그런 점에서 이번 전투는 패배가 확실했다.

탄지는 속에서 갑자기 울컥하며 뭔가가 올라오는 것을 느꼈다. 자신이 지금의 부하들을 섭섭해 할 자격이나 있을까? 저들은 제대로 된 훈련도, 장비도 없이 충성심 하나로 이곳까지 와서 총을 들었다. 그런 저들을 위해 자신은 무엇을 해줬을까?

정치적 견제 때문에 할 수 있는 것이 별로 없었다는 변명을 늘어놓기에는 너무도 준비가 빈약했다. 자신이 맡았던 레인저대대는 여전히 재건되지 못한 상태였고, 경제장관으로 있으면서도 국방은커녕 경제발전을 위해 한 일도 사실상 없었다. 트래비스와 계약했던 병력지원도 어떻게 될 지 알 수 없었다. 하지만 용병들 말고는 전혀 대책을 세울 수 없었을까? 탄지 자신이 정부군 지휘관을 지냈으면서도 용병에게 국가의 운명을 맡기는 결정이 과연 옳았던 것일까? 최악의 상황을 상정했으면서도 이 정도 대비책 밖에 세울 수 없었을까?

그러면서도 영국 유학 경력으로 네멩게 최고의 엘리트로 자처하며 개인의 안위만 걱정했다. 조국의 도움으로 개인의 경력을 치장했으면서도 정작 조국을 위해 한 일은 아무것도 없었다. 조국의 민주주의 정착과 경제발전, 평화를 위해 일한다고 오지랖 넓게 돌아다녔지만 결과물은 아무것도 없었다. 뻔뻔하고, 교활하고, 이중적이고, 가증스럽고, 가식적이었던 네멩게의 엘리트 탄지. 그것이 자신의 모습이었다.

작렬하는 포탄의 파편을 뚫고 진지에 도착한 탄지는 지프에서 분리된 106mm 무반동총 2대가 아직도 발사준비를 하는 것을 보고 외쳤다.

"예광탄을 쏘아라. 거리 측정할 시간이 없다. 포탄은 많으니까 일단 쏘면서 수정해! 나는 전차 상부를 공격할 테니, 자네는 하부를 공격해!"

탄지가 나타나 2문의 무반동총을 직접 지휘하자 운용병들이 그제야 조직적으로 움직이기 시작했다. 조준경을 통해 적 전차를 조준한 탄지가 발사를 명하자 강한 후폭풍이 흙먼지를 날렸다. 전차 포탑의 정면을 강타한 포탄은 전차에 충격을 주었지만 저지하는 데는 실패했다. 탄약수가 두 번째 포탄을 재빨리 장전하는 사이 옆에 있던 다른 무반동총에서 포탄이 발사되었다. 전차의 하단으로 날아간 포탄은 정확히 전차의 캐터필러를 박살내어 그 자리에 멈추게 했다.

이어서 포탑을 재조준한 탄지가 발사명령을 내렸다. 또다시 진한 후폭풍이 뜨거운 열기를 쏟아내자 전차 포탑에 불꽃이 번쩍이며 포신이 날아갔다. 그러나 다음 포탄을 장전하는 사이, 갑자기 탄지가 쓰러졌다. 포탄이 바로 옆에 있던 무반동총 진지를 날려버린 것이다. 잠시 후쓰러졌던 탄지가 벌떡 일어나 상황을 살폈다. 옆에 있던 무반동총 진지는 포탄에 직격되어 운용병 3명이 몰살당했고 무반동총도 부서져버렸다.

그때 누군가가 외쳤다.

"적 전차가 돌격합니다!"

"스크램블!"

"뱀부 클러치!"

확인이 끝나자 나무그늘 속에서 칼리프 정보요원이 모습을 드러냈다. 에드워드 영은 그를 보고 깜짝 놀랐다. 눈앞에 나타난 정보요원은 바로 가말라였다. G3 소총을 장난감처럼 손에 든 그가 성큼성큼 걸어왔다.

에드워드 영이 앞으로 나가 그를 맞았다.

"가말라, 여긴 웬일인가? 베르쿠트가 나오는 줄 알았는데?"

덩치가 큰 가말라가 에드워드 영을 보고 웃으며 말했다.

"사람이 없다고 해서 직접 나온 겁니다. 베르쿠트는 현장에 나가 있습니다."

에드워드 영은 걱정이 앞섰다. 가말라 역시 전투경험이 있긴 했지만 그것은 옛날 얘기였다. 그 후 계속 사업을 한 탓에 예전의 그가 아니었다. 이러한 에드워드 영의 생각을 모르는 가말라가 다시 말을 이었다.

"여기는 안전합니다. 반군들이 외곽경계는 많이 하지 않고 있습니다. 병력이 부족하거든요."

일단, 상황파악이 필요하다고 생각한 에드워드 영이 본론을 꺼냈다.

"현재 상황부터 설명해주게."

가말라가 바닥에 그림을 그려가며 설명을 시작했다. 코퍼스타운에 있는 반군병력은 30~40명에 지나지 않았다. 코퍼스타운의 장악을 위해 주민들의 이동을 제한하고, 친정부 인사의 체포와 사살, 약탈행위를 하느라 외곽경계를 하지 않는다고 했다. 문제는 바로 옆에 붙어있는 수도 네멩게시티인데, 대통령궁 주변에 반 카야 용병단의 T-54 3대와 BTR-70 · 80으로 보이는 장갑차량 3대가 배치되어 있고, T-54 1대가 코퍼스타운과 연결되는 길목에 배치되어 있다고 했다.

"적 병력 규모는?"

"용병이 50명 정도, 반군이 30~40명 정도 됩니다."

"대통령궁은 어떤가?"

"용병들은 대부분 대통령궁 내부와 주위에 있고, 반군들은 돌아다니며 늘 하던 짓을 하고 있습니다."

살인 · 강간 · 약탈이 자행되고 있을 것이다. 하지만 지금 신경 쓸 일은 아니었다. 자신들의 일은 대통령궁에 있는 반 카야 용병단의 헬기 거점을 초토화하는 것이었다. 이제 그 일을 해결하기 위해 계획을 세워야 했다.

기본적인 상황설명이 끝나자 레드가 물었다.

"적 헬기 거점은 어떻게 되어 있소?"

가말라가 다시 바닥에 그림을 그리며 말했다.

"대통령궁 정원에 항공유를 실은 트럭이 1대 있고, 그 근처에 디젤유를 실은 트럭이 2대 있습니다. 또 제가 여기 올 때 헬기 1대가 막 도착하고 있었고, 2대가 남쪽으로 날아갔습니다."

인디고가 물었다.

"놈들 헬기가 3대 밖에 없소?"

"트래비스 중령 말로는 헬기가 더 늘어서, 몇 대가 더 온다고 합니다. 수단에서 출발했다는데, 어쨌든 그 때문에 헬기 거점을 박살내야 한다고 하더군요."

에드워드 영이 물었다.

"베르쿠트는 어디 있지?"

"대통령궁 주변을 탐색하러 갔습니다. 약속지점에 오라고 했습니다."

에드워드 영이 다시 물었다.

"베르쿠트가 달리 계획을 세웠나?"

"별다른 계획은 없는 것 같습니다. 공격조를 데리고 오라는 말밖에 없었습니다."

잠자코 듣고 있던 블루가 나섰다.

"40명 모두 다 갈 수는 없겠군. 전차와 장갑차가 있으니……."

병력을 둘로 나누어 적의 기갑차량을 조금이라도 분산시키고 대통령궁을 공격하는 것이 좋을 것이다. 하지만 가장 좋은 방법은 적의 헬기가 증강되기 전에 돌비 소령의 부대가 빨리 와 주는 것이었다. 에드워드 영이 무전기를 들고 있는 히지가타에게 말했다.

"돌비 소령은 어디쯤 있지?"

"지금 연락해볼게."

히지가타가 연락을 취하는 사이, 에드워드 영이 옆에서 말없이 듣고 있던 패트릭 상사에게 말했다. 남아공 해병대 출신의 흑인인 그에게 코퍼스타운 공격을 맡길 생각이었다.

"패트릭 상사, 20명을 이끌고 적을 유인하시오. 당신이 전차와 장갑차를 최대한 유인해줘야 우리가 작전을 성공시킬 수 있소."

패트릭이 물었다.

"유인한 다음에는 어떻게 합니까?"

그 때 히지가타가 무전을 끊고 말했다.

"캡틴, 여기까지 빨라야 2시간은 걸린다는데?"

그렇다면 결론은 하나였다.

"순차적으로 빠지면서 돌비 소령과 합류하도록 하시오. 곧 출발하도록 하고, 내가 연락하면 바로 공격하시오.”

패트릭이 다시 물었다.

“그런데 캡틴은 어떻게 할 생각입니까?”

에드워드 영은 순간 할 말을 잊었다. 반 카야의 용병들을 상대로 전멸을 각오한 일전을 벌이고 싶지는 않았다. 하지만 멍청하게도 목표를 파괴할 생각만 했지 철수방법과 방향을 생각하지는 못했다. 돌비 소령의 부대가 올 때까지 기다릴 수 있을까? 트래비스 중령의 지원군이 올 때까지 기다려야 하나? 아니면, 탄지가 있는 비행장으로 갈 수 있을까? 그런데 탄지는 어떻게 됐을까? 그러고 보니 탄지의 상황도 아직 확인하지 못하고 있었다.

“우리 일은 그 때 가서 알아서 할 생각이오. 무슨 방법이 있겠지.”

에드워드 영이 적당히 말하자, 패트릭은 고개를 끄덕이더니 병력들을 조용히 불러 모았다. 에드워드 영은 인디고와 블루에게 대전차무기인 AT-4와 M-72 로켓을 반으로 나눠 분배하라고 지시한 뒤 가말라를 불렀다.

“가말라, 탄지의 상황은 어때?”

가말라가 난감한 표정으로 답했다.

“반군들 대부분이 그 쪽으로 몰려갔는데 조만간 끝나지 않겠어요? 트래비스 중령이 직접 지원군을 끌고 오지 않는 이상 3백 명이 안 되는 병력으로 얼마나 버틸지 모르겠습니다.”

에드워드 영은 트래비스의 생각이 무엇인지 짐작할 수 없었다. 탄지를 비행장으로 오게 한 것은 비행장을 통한 지원을 위해서라고 생각했다. 그런데 아직 어떠한 지원도 없다는 것이 이해되지 않았다. 회사의 헬기도 10여 대가 넘고, 이제 물자수송도 끝났을 것이다. 게다가 남은 병력도 100명이 넘는 상황이었다. 그런데 뭐가 문제여서 아직까지 출동하지 않은 것일까?

다시 생각해보니 상황이 좀 이상했다. 적 헬기 몇 대가 증강되었다고 헬기 강습을 못한다는 것인가? 그것 때문에 보병 특공조로 헬기거점을 파괴하라는 것일까? 탄지를 직접 지원하는 것이 더 일을 편하게 할 수 있을 텐데. 왜 이렇게 하는 것일까? 돌비 소령이 도착할 때까지 기다리는 것일까?

"캡틴, 무기분배도 다 했고, 자전거도 잘 숨겼어. 이제 출발하지?"

블루가 모든 작업이 끝났음을 알렸다. 이제 출발해야 한다. 에드워드 영은 다시 현실에 집중하기로 했다. 트래비스 중령의 판단에는 다 이유가 있을 것이다. 군사작전은 오케스트라를 지휘하는 것과 같아서 지휘자의 지시를 철저히 믿고 따라야 한다. 상관에 대한 의심은 작전을 그르칠 뿐이다.

"패트릭 상사, 1시간 뒤에 내가 연락할 테니 위치확보하고 대기하시오. 자, 출발합시다."

전차가 돌격해온다는 소리에 탄지는 전방으로 눈을 돌렸다. 전차 1대를 상실한 반군은 장갑차를 전차 전방에 배치한 채 진격을 계속하고 있었다. 이 때문에 계속되는 공격에도 적의 장갑차만 피해를 입을 뿐 전차는 아무 저항 없이 계속 접근해오고 있었다.

빠르게 거리를 좁혀오는 적에게 박격포 역시 제구실을 하지 못했다. 창고에 숨어있는 전차 역시 계속 포탄을 발사하고는 있었지만 적 전차를 저지하지는 못했다. 오히려 콘크리트 창고가 적 전차탄에 직격되어 앞 쪽 벽이 무너지고 말았다. 전차 2대는 별 피해가 없겠지만 적보다 못한 전투력으로 적 전차를 저지할 수는 없을 것이다.

반군들이 장갑차에서 쏘아대는 50구경 기관총탄이 소름 돋을 정도로 씽씽 거리며 머리 위를 지나갔다. 전차 포탄 역시 진지 곳곳에 계속 작렬했다. 반군의 장갑차가 하나씩 주저앉고 있었지만 거리는 점점 가까워졌다.

그 때 106mm 포탄을 집어넣던 병사가 외쳤다.

"좌측 포진지가 날아갔습니다!"

탄지가 고개를 돌려 무라키가 있는 좌측 무반동총 진지를 바라보았다. 폭발이 막 끝난 듯 희뿌연 흙먼지와 포연이 솟아오르고 있었다. 곧 또 다른 포탄이 날아와 같은 곳에 작렬했다. 이제 무반동총 2문의 흔적은 보이지 않았다. 동생 무라키가 무반동총 운용병들과 함께 전사한 것이다.

옆에서 RPG를 쏘던 하사가 외쳤다.

"장군님! 여기는 저희들에게 맡기고 피하십시오. 장군님은 살아야 합니다!"

탄지는 대답하지 않았다. 이제 마지막 남은 탄지의 무반동총을 향해 적의 공격이 집중될 것이다. 하지만 끝까지 포탄을 날려야 한다. 그에게 살아남는 것은 더 이상 의미가 없었다. 적에게 조금이라도 피해를 더 입히는 것만이 최선이었다.

선두의 장갑차를 향해 포탄을 발포하던 탄지가 말했다.

"어떻게든 적 전차를 저지한다!"

탄지가 다시 전차를 조준했을 때, 뒤에서 전차의 엔진소리가 크게 들려왔다. 무너진 콘크리트 창고에 있던 전차 2대가 밖으로 나온 것이다. 전차 앞에 있던 병력들은 장비를 챙겨 들고 옆으로 피하고 있었다. 앞으로 나와 보병들을 보호하려는 것 같았다. 탄지는 계속해서 전차를 향해 무반동총을 발사했다. 운 좋게도 적 전차를 가리고 있는 피격된 장갑차를 피해 전차의 포탑에 명중했지만 곡면 때문에 빗겨났는지 파괴되지는 않았다. 그리고 바로 포탑을 돌린 적 전차는 탄지의 진지를 향해 포탄을 날렸다.

"피해!"

비명에 가까운 탄지의 목소리와 함께 앞에 쌓아 놓은 모래방벽이 폭발의 충격으로 날아갔다. 바닥에 주저앉은 탄지는 가까스로 정신을 차린 후 흙먼지 속을 비집고 다니며 병력과 장비를 확인했다. 귀가 멍멍했고, 몸의 균형을 잡을 수 없었지만 어떻게든 빨리 추슬러야 했다.

"모두 무사한가? 살아 있으면 대답하라!"

상의를 벗어젖힌 이름모를 병사 하나만 흙먼지를 뒤집어쓴 채 살아있었고, 나머지 2명은 이미 죽어있었다. 하지만 더 큰 문제는 무반동총의 포신이 쪼개져서 더 이상 쏠 수 없다는 것이었다. 적과의 거리는 약 200m였다. 이제 병력을 총동원해서 RPG라도 들고 싸워야 했다.

그 때 살아남은 병사가 넋 나간 표정으로 전방을 가리켰다.

"저, 저기, 장, 장군님……"

전사한 하사가 가지고 있던 RPG를 주워 든 탄지는 전방으로 다시 눈을 돌렸다. 그리고 수많은 전투에서도 볼 수 없었던 기괴하면서도 장엄한 광경을 목격했다. 무너진 콘크리트 창고를 나온 2대의 전차가 방어선 앞으로 진격하며 적 전차와 장갑차를 향해 포탄을 발사하고 있었다. 이로 인해 앞을 가로막고 있던 장갑차들이 하나씩 파괴되고 있었다.

가까운 거리에서도 적을 맞추지 못하던 형편없는 실력의 전차부대원들이었지만 목숨을 걸고 적을 저지하기 위해 달려 나간 것이다.

몇 시간 전, 탄지는 전차병들과 악수를 나눈 적이 있었다. 그들의 이름도, 얼굴도 잘 기억나지 않지만 그들은 죽는다는 것을 잘 알면서도 적을 저지하기 위해 서슴없이 달려 나갔다. 적 장갑차들은 갑자기 돌진하는 전차 2대로 인해 공황상태에 빠진 듯 했다. 장갑차들이 하나씩 파괴됐고 전차와의 거리가 점점 좁혀졌다.

탄지가 큰 소리로 명령을 내렸다.

"전원 대전차 무기로 저들을 지원하라!"

곧 각종 대전차 화기가 앞 다퉈 발사되었다. 정확히 쏠 필요도 없었다. 일단, 아군 전차가 최대한 적을 밀어붙일 수 있게 적을 분산시키면 됐다. 적 전차와의 거리가 100여 미터까지 좁혀졌을 때, 드디어 적 전차 1대가 포탑이 부서진 채 그 자리에 멈춰섰다. 그러나 탄지의 전차 1대도 RPG와 전차포에 난타당한 채 그 자리에 멈추고 말았다. 그 처절한 집중포화 속에서도 살아남은 병사 하나가 50구경 동축기관총을 잡고 반군에게 총을 쏘며 저항하다 불타는 전차 속으로 사라졌다.

홀로 남은 탄지의 전차는 마지막 적 전차와 난타전을 벌이며 진격을 계속하고 있었다. 적의 포탄과 RPG에 여러 번 직격 당했으면서도 오직 하나의 목표만을 향해 포탄을 쏘아대고 있었다. 강철의 파편들이 떨어져 나가면서도, 보기륜이 부서져 속도가 늦추어 졌어도, 그 무거운 강철 덩어리는 용케도 목표를 향해 계속 나아갔다. 마치 악귀가 뭔가를 쫓아가는 것 같이 불가사의하고도 소름이 돋을 정도로 비장한 광경이었다.

이윽고 적 전차의 포신이 찌그러지며 불타기 시작했다. 탄지의 전차가 드디어 적의 예봉을 꺾은 것이다. 이제 적 전차는 모조리 박살났고, 장갑차도 3대 정도만 남기고 모두 피격된 상태였다. 하지만 탄지의 전차는 자신의 전공을 아직 모르는지 파괴된 적 전차를 향해 계속 나아가고 있었다. 더 이상 적을 향해 포탄을 날리지도 않고 날아오는 적의 공격을 그냥 맞고 있을 뿐이었다.

마치 주인을 잃은 듯 적 전차를 향해 등속운동을 계속하던 전차는 불타는 적 전차를 들이받고서야 멈추었다. 그리고 잠시 후 내부에 불이 붙었었는지 곧 유폭이 시작됐다. 이것 역시 반군들에게 큰 피해를 주었다. 그 뜨거운 강철의 파편들은 전차병들의 조각난 육신과 더불어 탄지가 있는 곳까지 힘차게 날아왔다.

장렬한 최후를 마친 전차병들의 시신조차 추스를 수 없던 탄지는 이 장엄한 광경을 지켜보며 혼자 중얼거렸다.

'친구들…… 미안하네. 그리고 고맙네.'

제13장

살아남은 자와 죽은 자

　가말라가 안내한 침투로는 네멩게시티를 가로지르는 킨자키 강의 지류와 하수로로 이어진 길이었다. 온갖 생활하수와 쓰레기로 악취를 풍기는 곳이었지만 20명의 용병들이 거추장스런 대전차무기를 휴대하고 이동하기에는 안성맞춤이었다. 네멩게시티는 반군 말고는 이동하는 사람들이 전혀 보이지 않았다. 시내를 장악한 반군들이 통제를 확실히 한 탓이었다. 밖으로 드러난 강의 지류에서 반군을 태운 트럭이 목격되기도 했지만 다행히 그들의 눈에 띄지 않았다. 반군은 이미 자신들의 일로 상당히 바쁜듯 했다.

일행은 시내 지하 하수로로 들어가고 나서야 반군들이 왜 바쁜지, 도시 통제를 어떻게 하는지 알 수 있었다. 총에 맞은 시체와 잘려진 머리와 팔이 시뻘건 선혈과 함께 하수로 곳곳에 쌓여 지하 하수로를 가득 메우고 있었다. 이동하는 중에도 가끔씩 총성과 비명이 멀리서 들려왔고, 몸의 일부가 잘려진 시체들이 지하 하수로로 떨어지고 있었다. 경험이 부족한 용병 몇몇이 피비린내와 악취에 토하기도 했지만 이동은 계속되었다. 잠시 후가말라가 지하 하수로 옆에 나 있는 사람 키만 한 철제문을 박자에 맞춰 두드렸다. 정해진 암호인 듯 했다. 잠시 후문이 열렸다. 놀랍게도 거기에 베르쿠트가 서 있었다.

가말라가 말했다.

"다 왔습니다. 예전에 창고로 임대한 곳이죠."

지하실과 1층 모두 가말라가 모아둔 구제 중고의류가 상자 안에 가득했다. 20명의 용병들이 모두 1층으로 올라오자 몸에 배인 악취가 진동했다. 그러나 문을 열 수는 없었다.

베르쿠트가 말했다.

"시간이 없습니다. 헬기 1대가 또 도착해서 헬기 2대가 조금 전부터 무기장착을 시작했습니다. 바로 작전에 들어가라는 명령입니다."

에드워드 영이 베르쿠트에게 말했다.

"일단, 상황정리부터 합시다. 우리가 가져온 대전차무기는 AT-4, M-72로켓 각각 5개요. 혹시 다른 무기가 있소?"

베르쿠트가 구석을 손으로 가리켰다.

"RPG 발사기 3개와 유탄발사기도 2개 있습니다."

인디고가 M-79 유탄 발사기와 유탄 12발이 든 탄띠를 들었다. 오랜만에 보는 장비가 마음에 든 모양이었다. 패트릭이 이끄는 용병들이 적 전차와 장갑차를 몇 대 유인해준다면 충분히 승산이 있었다. 에드워드 영이 다시 물었다.

"작전을 세워봅시다. 당신 생각은 어떻소?"

베르쿠트가 미리 마련한 간단한 약도를 펼쳤다. 경계병과 전차, 장갑차의 위치까지 잘 나와 있었다. 전차는 모두 4대로 1대는 네멩게시티와 코퍼스타운 경계 부근에 있고, 나머지 3대는 대통령궁 주변에 있었다. 장갑차 3대 역시 대통령궁 주변에 있어서 방어수준이 상당했다.

패트릭이 최대한 적의 전차와 장갑차를 끌어들여야만 했다.

"2개 조로 나누어 1개 조는 대통령궁 맞은편 정부청사 건물 옥상에서 공격을 하고, 다른 1개 조는 지상에서 적의 장갑차와 전차를 상대합니다. 그리고 최대한 타격을 한 후 뒤로 빠져야 합니다."

대통령궁 주변의 지리는 에드워드 영도 잘 알고 있었다. 대통령궁 맞은편의 정부청사는 3층 건물로 그 쪽 일대에서 가장 높았다. 경계병은 3명 정도였다. 이들부터 제압하고 위치를 확보하면 바로 공격해도 될 듯 했다. 공격시간은 1~2분 정도 밖에 걸리지 않을 것이다. 그러나 마지막 문제가 하나 남았다. 그것만 해결된다면 아무 문제도 없을 것 같았다.

"퇴각방향은?"

에드워드 영의 물음에 베르쿠트가 약도를 치우며 말했다.

"투치아키족 선발대가 곧 외곽지역까지 진출한다고 합니다. 돌비 소령의 부대도 1시간 후면 이곳까지 온다고 하구요. 그러니 최대한 화력을 투사하면서 도망가면 됩니다."

레드가 말했다.

"투치아키족이 벌써 왔다니, 남부지역 전투는 우리가 유리한 모양이군."

베르쿠트가 고개를 끄덕이며 말했다.

"그래서 우리 임무가 사실상 네멩게 전투의 마지막을 장식할 겁니다."

에드워드 영이 물었다.

"전투 위치 확보까지 10분 정도면 되겠소?"

베르크트가 답했다.

"충분합니다."

헬기 거점을 파괴하는 것이 제일 중요하다. 이것만 끝나면 전투보다는 도망가는 것이 우선이다. 잘 될지는 모르지만 이 일만 끝나면 한 동안 마음 편하게 쉴 수 있을 것이다. 그러자면, 우선 가말라가 전투에 참가하지 못하도록 해야 했다.

"가말라, 자네는 이제 빠져. 더 이상은 자네 일이 아니야."

그러자 가말라가 걱정스런 표정으로 물었다.

"캡틴, 그래도 되겠습니까?"

칼리프 정보요원들도 전투에는 참여하지 않았다. 그러니 사업가인 가말라가 전투를 할 이유는 전혀 없었다. 네멩게의 평화가 찾아오면 가말라 같은 사업가들이 경제를 이끌어야 했다. 죽어서는 안 될 사람이다.

"그동안 도와줘서 고맙네. 곧 전쟁이 끝나면 사람들이 좋은 옷을 필요로 하지 않겠나? 그 때 자네 같은 사업가들이 할 일이 많을 거야. 자네는 죽으면 안 돼. 트래비스 중령에게 말해서 그 동안의 대가는 두둑이 달라고 하지."

가말라가 뭔가 말을 하려고 했지만 에드워드 영은 서둘러 히자가타에게 명령을 내렸다.

"히지가타, 패트릭 연결해."

대통령궁 로비에서 잠을 자던 일리야 프톱스키는 멀리서 들리는 두 번의 폭음에 깜짝 놀라 눈을 떴다. 반군들이 친정부 인사나 양민학살을 하기 위해 총칼을 휘두르는 경우는 있었지만 폭탄을 쓴 적은 거의 없었다. 정부군 잔존세력인지도 몰랐다. 하지만 중요한 것은 그것이 아니었다. 가장 큰 문제는 반 카야와 연락이 안 된다는 것이었다. 통신병에게 무전이 개통되면 깨우라고 일러뒀는데 안 깨운 것을 보니 여전히 불통인 모양이었다.

"염병, 짜증나는구만."

일리야는 누운 채로 태연하게 담배에 불을 붙였다. 몇 시간 전

그는 최소 경계병력을 제외한 전 병력에게 휴식을 명했다. 전원이 어젯밤부터 잠을 자지 못한 터라 조금이라도 눈을 붙일 시간이 필요했기 때문이다. 죽을 때 죽더라도, 잘 먹고, 잘 잔 후에 그렇게 되는 것이 덜 억울했다.

러시아에서 군생활을 할 때, 현장에 와 보지도 않는 관료들은 현장의 전투원을 손익계산서에 나오는 숫자 하나로 기억했다. 하지만 그런 생각이 팽배하면 체첸에서와 같이 엄청난 피해를 입거나 전쟁에서 승리할 수 없다는 것이 그의 생각이었다. 전쟁도 손익의 균형이 중요하다고 해 회계학적인 관점이 중요하게 대두되었지만 아무리 그렇다고 해도 전쟁과 회계는 본질이 전혀 다른 문제다. 회계장부 위의 숫자는 단지 숫자에 불과하다. 전쟁은 살아 숨 쉬는 인간들이 몸으로 하는 것이지 회계장부 위의 숫자가 하는 것이 아니다. 전쟁에서 이기려면, 어떻게든 잘 먹고, 잘 자고, 잘 쉬어야 한다. 특히 돈을 받고 전쟁을 하는 용병들이 남의 나라 전쟁에 참여하게 될 때는 더욱 그렇다.

그 때 세르게이가 달려왔다.

"적이 나타났습니다. 네멩게시티와 코퍼스타운 사이에서 공격하고 있습니다."

일리야가 누운 채로 물었다.

"적의 규모는?"

"약 20명 정도라고 합니다."

"용병들인가?"

"전차장 보고에 의하면, 정부군은 아니라고 합니다. 또 승무원은 무사하지만 전차가 완전 파괴 됐다고 합니다."

일리야가 벌떡 일어났다.

"전차가 박살났다고?"

오합지졸은 아닌 모양이었다. 용병 중에서도 쓸만한 놈들인 것 같았다. 일리야는 다시 상황을 정리했다.

"수단에서 오는 탈북자 행렬과 남쪽의 카야 장군과 연락이 되나?"

"안 됩니다."

"그럼 구리광산과 니켈광산을 점령하기 위해 파견한 병력과는 연락이 되나?"

"그것 역시 안 됩니다."

그렇다면 니켈광산과 구리광산을 확보하고 진격해오는 트래비스 용병단의 선발대일 가능성이 컸다. 물론 대통령궁의 헬기를 공격하려는 양동작전일 수도 있지만 트래비스 용병단이 그렇게 무모하게 공격할 것 같지는 않았다. 대통령궁 주위에 전차 3대가 버티고 있으니 쉽게 공격하지는 못할 것이다.

일리야가 명령을 내렸다.

"장갑차를 몰고, 내가 직접 가겠다. 자네는 여기를 지켜. 정부청사 경계를 늘리고 움직이는 것은 모조리 쏴버려."

일리야가 담배를 비벼 끄고 일어나 AK 소총을 집어 들자 세르게이가 물었다.

"만일 남부전투에서 카야 장군이 패했다면 우리는 어떻게 됩니까?"

최악의 경우 그럴 수도 있다. 하지만 지금은 그런 생각을 할 여유가 없다. 일리야가 태연하게 말했다.

"그런 상황이 오면 무조건 수단으로 도망가야 해. 반군 병력이 아무리 많아도 트래비스 용병단의 상대가 되지 못해. 우리도 마찬가지고 말이야."

에드워드 영과 히지가타, 인디고는 처음 보는 용병 13명과 함께 지상에서 적 전차를 공격하기 위해 2개 조로 나누어 대통령궁에서 조금 떨어진 곳에 매복하고 있었다. 무전연락을 위해 빈 건물에 조용히 스며든 히지가타의 무전기에 총성과 폭음이 강하게 울렸다. 적을 유인하기 위해 나섰던 패트릭의 연락이었다.

"적 전차 1대 격파, 아군 사상자 속출하고 있다. 조금만 더 버텨라."

"적을 유인하며 철수하겠다. 더 이상 버틸 수 없다."

"건투를 빈다."

그들의 임무는 적을 유인하는 것이기 때문에 상황이 급박해도 어쩔 수 없다. 히지가타가 에드워드 영에게 무전내용을 보고한 직후 BTR-70 또는 80으로 보이는 장갑차 3대가 병력을 가득 태우고 패트릭이 있는 방향으로 급하게 이동하기 시작했다. 전차 3대가 그대로 남았지만 정부청사 옥상에서 공격이 시작되면 같이 공격해야 했다.

에드워드 영이 전 대원에게 무전을 날렸다.

"지상팀은 위치 확보하고 옥상에서 공격이 시작되면 알아서 공격한다. 그리고 옥상팀은 적 전차가 아직 남았으니 감안하기 바란다, 이상."

블루와 레드는 소음기가 달린 M-4 카빈을 들고 정부청사 옥상으로 돌격해 들어갔다. 경계병은 베르쿠트의 말대로 3명이었는데 간단하게 사살했다. 옥상의 적을 확인 사살한 두 사람은 서둘러 대전차 무기를 날랐다. 옥상에 가져온 장비는 AT-4 5발과 RPG 3발이었다.

블루, 레드, 오렌지, 옐로우 그리고 베르쿠트는 AT-4와 RPG를 하나씩 들고 각자 맡은 표적을 향해 공격을 시작했다. 오렌지와 레드의 RPG는 무기장착을 완료하고 연료를 주입하던 Mi-8 헬기 2대를 향해 날아갔다. 하지만 1대만 반파당했고, 나머지 1대는 멀쩡했다. 레드가 서둘러 마지막 RPG를 발사하자 나머지 1대도 크게 부서지며 불이 붙었다. 블루가 발사한 AT-4는 연료탱크를 실은 트럭에 명중했고, 곧 대폭발이 일어났다. 이로써 헬기거점은 확실히 파괴됐다. 문제는 전차였다.

옐로우와 베르쿠트가 발사한 2발의 AT-4 역시 1대의 전차를 완파하는데 성공했지만 다른 2대는 아직 멀쩡했다. 블루와 레드가 남은 AT-4 2발을 발사하려고 했을 때 살아남은 전차의 동축 기관총이 옥상으로 사격을 시작했다. 그와 동시에 블루가 발사한 AT-4가 남아있는 전차를 향해 발사되었다. 하지만 빗나가고 말았다. 레드는 미사일을 쏘려다 기관총탄에 손을 맞고 비명을 지르고 있었다.

베르쿠트가 외쳤다.

"전차가 공격할 거요. 빨리 빠져나갑시다!"

레드가 떨어뜨린 AT-4를 오렌지가 발사했지만 건물이 폭발의 충격으로 흔들리는 바람에 빗나가고 말았다. 1층에 전차포탄을 쏘아서 건물을 무너뜨리려는 의도인 듯 했다.

중기관총탄에 잘려진 레드의 손가락에서 가는 핏줄기가 심장 박동에 맞추어 뿜어져 나왔다. 오렌지가 서둘러 자신의 스카프를 풀어 레드의 손을 지혈했지만 피는 점점 스카프마저 붉게 물들였다. 그 와중에도 또다시 건물에 충격이 가해졌다.

블루가 외쳤다.

"조금만 참아! 빨리 빠져나가야 해!"

반 카야의 용병들은 기습공격에도 당황하지 않고 바로 반격을 시작했다. 에드워드 영을 비롯한 지상의 병력들은 M-72 로켓 3발을 소진했지만 적 전차 1대의 캐터필러만 박살낼 수 있었다. 움직이지는 못하지만 주포는 여전히 살아있는 상황이었다. 박살난 전차는 옥상팀이 파괴한 전차 1대뿐이었다. 결론적으로 적 전차 3대 중 1대만 완전히 파괴했으며, 1대는 멀쩡한 상태였고, 다른 1대는 움직이지는 못하지만 주포는 여전히 살아있었다.

"각자 알아서 피신해라! 옥상팀은 우리가 엄호하겠다."

에드워드 영이 서둘러 무전명령을 내린 후 소리쳤다.

"전사자는 그냥 두고 부상자는 민가에 맡겨!"

용병과 용병이 적으로 만나면 어떤 일이 벌어질지는 뻔하다. 다친 동료들은 일단 민가에 피신시킨 다음 안전하길 비는 수밖에 없다. 그 때 전차포탄 1발이 폭발했다. 그러자 히지가타와 그 옆에 있던 동료 용병 4명이 날아갔다. 살아남은 전차 1대가 동축 기관총을 쏘며 접근하고 있었다. 폭발로 생긴 흙먼지를 이용해 몸을 숨긴 에드워드 영은 가까이 다가오는 전차를 응시했다. 전차를 막지 못하면 도망갈 시간을 벌 수 없을 것이고, 그러는 사이 적의 장갑차가 돌아온다면 전멸을 각오해야 할 것이다.

도망가려는 동료 용병 4명을 에드워드 영이 불러세웠다.

"지금 도망가면 다 죽는다! 일단, 여기서 나를 도와!"

전차는 동축기관총을 발사하며 계속 접근하고 있었다. 소름돋는 50구경 기관총탄이 씽씽 거리며 에드워드 영의 고막을 간질였다. 30m 정도 가까이 왔을 때, 에드워드 영의 M-4 카빈이 불을 뿜자 동축기관총 사수의 얼굴에 피가 튀김과 동시에 힘차게 뒤로 넘어갔다.

"수류탄!"

각자 1발씩의 수류탄을 던지는 사이, 전차포가 다시 불을 뿜고 뒤에 있던 낡은 단층 건물을 박살냈다. 이어서 5발의 수류탄이 사라져가는 흙먼지를 다시 뿌옇게 만들며 폭발하자 에드워드 영이 혼자 앞으로 달려나갔다. 전차 뒤를 따라오던 적의 보병들도 어느 정도 타격을 받았겠지만 순전히 운에 맡기는 수밖에 없었다. 폭발로 인한 흙먼지가 연막을 대신해 주는 짧은 시간 동안 어떻게든 적의 전차를 파괴해야만 했다.

순간적으로 오른팔이 쓰라렸다. 총알이 오른팔을 스치고 지나간 것이다. 몇 십 미터 떨어진 곳에서 적이 사격을 가하고 있었다. 전차에 바짝 붙어 총알을 피하며 기어올랐다. 적의 총탄이 전차의 장갑을 두드리며 스쳐 지나갔다.

그 때 전진하던 전차가 갑자기 멈추더니 곧바로 뒤로 움직이기 시작했다. 전차 내부에서는 먼저 죽은 기관총 사수의 시체를 치우고 또 1명이 기어 나오려고 하고 있었다. 포탑으로 몸을 일으킨 에드워드 영은 권총을 꺼내 전차 내부에 몇 발을 발사한 후 수류탄 1발을 던져 넣고 급히 해치를 닫았다.

잠시 후 전차 내부를 강타하는 강력한 폭발음이 들려왔다. 하지만 파괴된 전차는 계속해서 뒤로 움직이며 적과 가까워지고 있었다. 10여 명의 적들이 거리 양쪽에 몸을 숨기고 전차에 숨은 에드워드 영에게 사격을 가해왔다. 이대로라면 꼼짝없이 죽은 목숨이었다. 게다가 전차가 유폭이라도 한다면 빠져나갈 방법이 없었다.

그 때 1발의 M-72 로켓이 자신이 왔던 방향에서 날아와 적을 강타했다. 히지가타가 가지고 있던 로켓을 누군가가 발사한 것이다. 에드워드 영은 그 때를 놓치지 않고 자신이 왔던 곳으로 전력을 다해 달리기 시작했다.

"캡틴, 달려!"

정부청사 옥상에 있던 오렌지였다. 옥상팀이 자신을 엄호한 것을 눈치챈 에드워드 영은 50여 미터를 곡예하듯 아슬아슬하게 적탄을 피하며 내달렸다. 얼마 안 되는 시간이 너무도 길게 느껴졌다.

다시 제자리로 돌아온 에드워드 영은 숨을 헐떡이며 주위를 살폈다. 같이 있던 동료 용병 4명은 이미 사라진 뒤였고, 옥상팀이 부상당한 히지가타 옆에서 사격을 하고 있었다. 히지가타는 왼쪽 팔다리가 떨어져 나간 채 고통 속에서 죽어가고 있었다. 그가 흘린 피는 이미 푸석한 흙바닥을 검붉게 물들이고 있었다.

히지가타가 힘들어 하며 가는 목소리로 말했다.

"캐, 캡틴, 물 좀……"

그의 말이 끝나기도 전에 에드워드 영은 벌써 수통 뚜껑을 열고 있었다. 똑같은 상황을 이미 몇 번 경험한 바 있었다. 과다출혈의 전형적 증상인 탈수증이었다. 물을 마시면 곧 죽지만 어차피 죽어가는 동료에게 갈증이라는 고통을 더하고 싶진 않았다. 원하는 대로 보내주는 것이 최소한의 예의였다.

에드워드 영은 히지가타의 입에 물을 부으며 얼굴도 같이 씻어 주었다. 땀과 흙먼지와 피로 얼룩진 히지가타의 얼굴이 세수한 것처럼 깨끗해졌다. 히지가타가 기분이 좋아진 듯 웃으며 입을 열었지만 한마디 말도 하지 못하고 눈을 뜬 채 그대로 고개를 떨어뜨렸다.

"적은 격퇴했습니다만, 전차가 박살났습니다."

대전차무기를 근거리에서 연달아 얻어맞은 T-54가 검은 연기를 내뿜으며 불타고 있었다. 적 용병들로 보이는 시체 7구를 확인하며 분대장의 설명을 다 들은 일리야는 대통령궁이 위험하다는 것을 직감했다. 1km 남짓한 거리를 두고 양동작전에 걸려든 것이다.

일리야가 서둘러 지시했다.

"대통령궁에 연락해서 경계를 강화하라고 해. 우리는 다시 대통령궁으로 돌아간다. 야신! 모터사이클 소대를 불러들여서 압박해 들어오라고 해."

네멩게시티 북쪽 외곽을 지키는 모터사이클 소대 30명을 더 이상 그곳에 둘 필요가 없다고 판단한 일리야는 그 병력으로 네멩게시티 북쪽 시내방면을 맡겨 적의 퇴로를 막음과 동시에 수단으로 통하는 퇴로를 확보할 생각이었다.

그 때 대통령궁에서 폭발음이 연이어 들려왔다. 정확한 타이밍에 공격이 시작된 것이다. 야신 중사가 무전기로 교신을 시도하는 사이 BTR 장갑차 3대가 30명이 넘는 병력을 싣고 왔던 길로 다시 움직이기 시작했다.

적의 용병들이 대통령궁까지 공격했다는 것은 남쪽의 반 카야가 전투에서 패배했다는 뜻이었다. 수단으로 안전하게 돌아가기 위해서라도 네멩게시티의 적을 소탕하고 남은 병력들을 데리고 와야 했다. 마지막일수록 뒷일을 깨끗이 처리해야 한다.

무전기를 든 일리야는 대통령궁을 책임지고 있는 세르게이 중사를 호출했다.

"상황이……"

"상황 보고는 필요 없고, 적의 퇴각방향이 어딘가?"

"남쪽 방향입니다. 로켓과 포 사격으로 표시하겠습니다."

"알겠다!"

내부통신망을 연결한 일리야가 또 한 번 소리쳤다.

"대통령궁을 공격한 놈들이 남쪽 방면으로 도주 중이다. 우리는 남쪽으로 접근해서 놈들을 격멸한다. 포를 쏴서 표시한다니까 잘 보고 판단하도록."

교신을 마친 일리야가 자신의 BTR 장갑차에 장착된 유탄기관총의 노리쇠를 후퇴, 전진시키자 1발의 고폭탄이 약실 안으로 깨끗하게 밀려들어갔다. 원래 있던 작은 포탑을 떼어내고 장착된 AGS-30 러시아제 30mm 유탄기관총의 위력을 확인해볼 좋은 기회였다.

일리야가 장갑차를 두드리며 조종수에게 소리쳤다.

"이봐! 전속력으로 돌진해!"

살아남은 전차의 100mm 주포가 골목에 늘어선 단층 벽돌건물들을 박살내자 수많은 벽돌조각들이 도망가는 에드워드 영 일행을 향해 쏟아졌다. 크고 작은 타박상에 고통스러웠지만 계속 움직여야 했다. 다음 골목에 접어들었을 때 전차포의 직접 조준을 피할 수 있었지만, 전차포는 계속 불을 뿜었고 주위의 단층 건물들은 계속 무너졌다. 무너진 건물 안에서 민간인들이 뛰어나왔지만 추격하는 적에 의해 보이는 즉시 사살되었다. 민간인들은 군사작전에 있어서 방해물에 불과했기 때문이다.

에드워드 영은 블루, 레드, 오렌지, 옐로우, 베르쿠트와 함께 후퇴하면서 적을 저지했다. 그러나 상대 역시 전투경험이 있는 용병들이라 쉽게 접근하지 않았다. 이런 식이라면 몇 시간이 지나도 적의 추격을 따돌릴 수 없을 것이다. 그러는 사이 장갑차가 올 것이고, 대전차무기가 하나도 없는 상황에서 제대로 된 저항도 할 수 없다. 뭔가 대책이 필요했다.

그 때였다. 적이 발사한 RPG가 에드워드 영의 머리를 지나 엄청난 폭발음을 내면서 폭발했다. 큼지막한 벽돌이 무서운 속도로 날아갔다. 옐로우와 블루가 응사하는 사이 뿌연 흙먼지를 뚫고 그곳으로 달려간 에드워드 영은 베르쿠트와 레드, 오렌지에게 자신의 생각을 말했다.

"여기서 2개 조로 흩어져서 각자 움직이자고! 어떻게든 살아만 있으면 돼, 어때?"

베르쿠트가 바로 답했다.

"그럽시다. 나는 레드, 오렌지와 같이 가겠소."

에드워드 영이 레드와 오렌지에게 말했다.

"나는 블루, 옐로우와 함께 갈 테니, 먼저 가!"

오렌지가 손가락이 잘린 레드를 대신해 M-60 기관총을 들었다.

"나중에 연락하지!"

말을 마친 에드워드 영이 서둘러 다시 돌아갔다. 각자 무전기가 있으니 연락은 가능할 것이다. 베르쿠트 일행이 다음 골목길에서 사라지고, 앞에서 적을 저지하던 블루와 옐로우가 뒤로 빠지자 에드워드 영이 말했다.

"베르쿠트, 레드, 오렌지는 먼저 이동했다. 나눠서 돌파하기로 했어. 우리는 다른 방향으로 간다. 내가 앞장서지."

인디고 일행은 적의 반격으로 용병 3명이 전사했고, 남은 인원은 인디고까지 합해 4명에 불과했다. 하지만 지금은 비교적 안전한 곳에 머물고 있었다. 그들은 남쪽으로 피하지 않고 북쪽으로 방향을 바꾸어서 이동했다. 이로써 적의 눈을 피할 수 있었지만 자신들 때문에 다른 대원들이 위험해졌다는 생각이 들었다. 전장에서 적의 주목을 받지 않는 것은 엄청난 행운이지만 동료들 때문에 인디고의 마음은 편치 못했다.

그 때 선두에서 이동하던 용병 하나가 급하게 몸을 낮추었다.

"전방에 모터사이클이 몰려옵니다."

적의 지원 병력임을 직감한 인디고가 다급하게 외쳤다.

"모두 숨어!"

잠시 후 모터사이클을 탄 병력들이 굉음과 먼지를 일으키며 남쪽 방면으로 이동하는 것이 눈에 들어왔다. 이번에도 적의 눈에 띄지 않고 안전할 수 있었지만 남쪽으로 내려가는 30여 명의 적들은 분명 다른 대원들에게는 큰 위협이 될 것이다.

모터사이클 행렬이 사라지자 인디고가 일행을 불러 모았다. 그들에게 선택권을 주기 위해서였다.

"다 모였으니, 내 생각을 말하지. 나는 내 동료들한테 가 봐야겠다. 싸우고 싶지 않으면 여기서부터 따로 가자고. 붙잡지는 않을 테니까, 지원군이 올 때까지 숨어있으면 될 거야. 로켓 남은건 나한테 줘."

말을 마치기 무섭게 용병 하나가 천천히 일어나더니 북쪽으로 걸어 나가 가라앉는 모터사이클 행렬이 남긴 흙먼지 속으로 사라졌다.

이제 남은 용병은 2명이었다. 인디고가 그들을 향해 다시 말했다.

"갈려면 지금 가, 먼지가 가라앉기 전에."

그 때 M-72 로켓을 가지고 있던 용병이 주저하며 물었다.

"저…… 같이 가면 안 될까요?"

남아공 군대를 갓 제대한 듯 앳돼 보이는 용병은 의외로 순진한 구석이 있었다. 전쟁은 남에게 권할만한 것이 아니고 또 즐기는 것도 아니지만, 사정을 뻔히 알면서도 자원한다면 마다할 이유가 없었다.

"안 될 건 없지만, 돈을 더 줄 수도 없고, 목숨도 보장 못 해. 그래도 같이 가겠나?"

남아있는 2명의 용병 모두 인디고를 빤히 쳐다보며 고개를 끄덕였다.

"좋아, 도와준다니 고마운데, 자네들 중 1명도 죽거나 다치면 안 돼. 그리고 내가 시키는 대로 해. 알겠지?"

개인의 의지로 어떻게 할 수 없는 당부였지만 이번에도 2명의 용병은 고개를 끄덕였다. 이들의 생각이 변하기 전에 움직이는 것이 좋을 것이다. 로켓 1발과 유탄발사기가 있으니 적에게 어떻게든 타격을 줄 수 있다. 인디고는 다른 대원들과의 연락을 시도했지만 너무 멀리 떨어졌는지 교신이 되지 않았다. 더 이상 기다릴 순 없었다. M-79 유탄발사기를 앞으로 멘 인디고는 소음기가 장착된 M-4 카빈을 다시 한 번 점검하고 일어섰다.

"자, 이제부터 남쪽으로 간다. 다들 정신 똑바로 차려야 해!"

적의 전차포 사격이 계속되고 있었지만 베르쿠트 일행은 점점 더 멀어지고 있었다. 더 이상 추격하는 적이 없는 것으로 보아 어느 정도 안전이 확보된 것 같았다. 구불구불한 골목길이 끝나고 폭이 넓은 외곽 비포장도로가 이어지고 있었다. 말이 비포장 도로지 8차선 도로가 놓여도 괜찮을 정도의 폭이여서 마치 광장을 가로지르는 것 같았다. 어쨌거나 이곳만 가로질러 조금만 더 가면 시내를 완전히 벗어나 투치아치족과 합류하거나 탄지가 있는 비행장으로 바로 갈 수 있었다.

눈앞에 2층 건물이 번듯이 서 있었고, 그 주위에 단층 건물이 띄엄띄엄 늘어서 있었다. 골목에서 포복으로 기어가 조심스럽게 주위를 살핀 베르쿠트가 이상이 없음을 확인하고 오렌지와 레드에게 말했다.

"내가 먼저 가서 위치를 확보할 테니, 뒤따라 오게."

말을 마친 베르쿠트가 다시 앞으로 나가 주위를 살피더니 곧바로 건너편의 2층 건물 옆의 흙더미를 향해 쏜살같이 달려 나갔다. 등 뒤로 메고 있는 드라구노프 저격총이 유난히 길어 보였다.

손을 다친 레드가 베르쿠트가 있는 곳으로 모습을 감추자 이어서 오렌지가 달려 나갔다. 하지만 몇 발짝 못 갔을 때 100여 미터 정도 떨어진 골목 한 쪽에서 굉음과 함께 적의 사격이 시작되었다.

베르쿠트와 레드가 엄호사격을 하는 사이 오렌지가 전력을 다해 달리기 시작했지만 허공을 가르는 총알과 바닥을 훑는 총알이 뒤섞이며 그의 다리와 팔에 박히고 말았다. 급기야 오른쪽 다리를 절며 앞으로 나가던 오렌지는 장갑차에서 쏘아대는 30mm 고폭탄 세례에 오른쪽 얼굴과 옆구리, 양쪽 허벅지에 파편이 박히는 부상을 입고 길바닥에 쓰러지고 말았다.

오렌지가 외쳤다.

"나는 내버려두고 가! 난 이미 끝났어!"

베르쿠트와 레드는 오렌지를 도울 수 없다는 것을 알고 있었다. 하지만 도망갈 수 없었다. BTR 차륜장갑차가 천천히 다가오며 30mm 고폭탄을 계속 토해내고 있었다. 그 뒤에는 장갑차 2대가 더 따라오고 있었다. 둘이 할 수 있는 일이라고는 최대한 버티는 것뿐이었다.

그 때 부상당한 손으로 사격을 하던 레드가 30mm 고폭탄에 직격되어 그 자리에서 상체가 터져버렸다. 레드의 육편을 뒤집어쓴 베르쿠트는 어떻게든 적을 저지하는 것이 급선무라고 생각하고 몸을 일으켜 근처에 있는 단층 벽돌건물로 달려 나갔다. 더 안전한 엄폐물을 확보하기 위해서였다. 30mm 고폭탄과 AK 총탄이 빠르게 이동하는 그를 쫓았지만 무사히 그곳에 다다를 수 있었다.

베르쿠트는 위치를 잡자마자 BTR 장갑차 앞에서 접근하는 적을 향해 M-4 카빈을 조준사격 하기 시작했다. 4발의 총알에 4명의 적이 차례로 넘어갔다. 이제 코앞까지 다가온 BTR 장갑차의 30mm 유탄기관총을 제거해야 했다. 하지만 M-4 카빈의 가늠자와 가늠쇠에 일리야의 모습이 들어왔을 때, 베르쿠트만큼이나 노련한 일리야 역시 베르쿠트를 노리고 있었다. 그러나 일리야의 30mm 고폭탄이 베르쿠트의 5.56mm 총알보다 더 빨리 발사되었다. 베르쿠트가 반사적으로 몸을 피했지만 30mm 고폭탄의 연속된 폭발은 낡은 벽돌건물의 한 쪽 귀퉁이를 허물었다. 그 충격으로 베르쿠트는 건물 안으로 넘어지듯 밀려들어갔다.

무너진 벽돌 파편 사이로 베르쿠트가 겨우 몸을 추스르고 떨어진 총을 잡으려고 했을 때 또 한 번의 충격이 그를 구석으로 내몰았다. BTR 장갑차가 전속력으로 건물 안으로 밀고 들어와 베르쿠트를 들이받은 것이다. 등에 멘 드라구노프 저격총이 척

추에 충격을 더했다. 갈비뼈와 척추에 큰 충격을 받아 널브러진 채 숨조차 쉬기 힘든 그가 고통 속에서 겨우 정신을 차렸을 때 눈앞에 장갑차에서 내린 일리야가 AK 소총을 겨누고 서 있었다. 그리고 이어서 귀를 찢는 총성과 함께 6발의 7.62mm 탄환이 가슴을 갈가리 찢어놓았다.

베르쿠트를 사살한 일리야가 장갑차를 향해 외쳤다.

"장갑차를 뒤로 빼! 다른 놈들은 어떻게 됐나?"

뿌연 흙먼지 속에 엎드려 있는 오렌지는 아직 자신의 다리가 붙어있는 것에 안심했다. 이만하면 버틸 수 있을 것 같았다. 적이 더 밀고 오면 죽을 수밖에 없지만 죽을 때 죽더라도 온전한 상태로 죽고 싶었다. 적의 공격이 잠시 다른 곳에 집중되고 있었지만 적 장갑차가 3대나 되는 상황에서 얼마나 더 버틸 수 있을지 알 수 없었다.

그 때 누군가가 강한 힘으로 오렌지의 목덜미를 뒤에서 잡고 앞으로 끌고 나갔다. 맞은편 2층 건물로 끌고 가는 것으로 보아 적은 아닌 것 같았다. 적의 총탄이 다시 날아오기 시작했을 때 그들은 건물 입구로 이미 몸을 숨긴 뒤였다.

"도망가려면 좀 멀리 가지 이게 뭐야?"

옐로우였다. 오렌지가 놀라며 말했다.

"다른 대원들도 같이 왔나?"

옐로우가 숨을 헐떡이며 답했다.

"좀 있으면 올 거야. 건물 안으로 더 들어가야겠군."

그 시각, 에드워드 영과 블루는 근처 골목에 숨어서 BTR 장갑차가 고폭탄을 쏘며 건물로 접근하는 모습을 지켜보고 있었다. 대전차무기가 하나도 없는 상황에서 믿을 것이라고는 수류탄 밖에 없었다. 그러나 적이 너무 많다는 것이 문제였다. 만약 반군들이 모두 모인다면 지원군이 올 때까지 버티는 것도 힘들 것이다. 하지만 상황이 이렇게 된 이상 선택의 여지는 없었다. 세력이 약할 때는 속도와 의외성을 최대한 활용해야 적에게 타격을 줄 수 있다.

　"레드! 베르쿠트! 내 말 들리나? 2층 건물로 들어갈 수 없으면 알아서 숨어있어. 레드! 베르쿠트!"

　아무런 대답이 없었다. 교신을 끝낸 에드워드 영이 다시 상황을 살폈다. 광장 같이 넓은 비포장도로에 장갑차 1대가 2층 건물에 서 있었고 언뜻 봐도 6~7명은 되는 적이 장갑차 옆에서 서성이고 있었다. 그리고 장갑차 2대가 수 십 미터 뒤에서 다가오고 있었다. 성공하든, 실패하든 이제 공격을 시작해야 했다.

　에드워드 영이 말했다.

　"블루! 한 판 멋지게 벌여보자고."

　에드워드 영이 앞장서자 블루도 총을 겨눈 채 뛰어 나갔다. 에드워드 영은 자신의 M-4 카빈에 도트사이트를 제거한 것이 오히려 잘 된 것이라고 생각했다. 코앞에서 근접사격을 할 때는 순전히 감각에 의해 사격하는 것이 더 편했다. 두 눈을 모두 이용해서 한 눈으로 주변의 상황도 주시하고, 다른 눈으로 표적을 순간적으로 처리하기 위해서는 원시적일지라도 더 익숙한 가늠자와 가늠쇠가 더 도움이 된다.

에드워드 영과 블루는 사격자세를 유지한 채 적과의 거리를 빠르게 좁혀 나갔다. 10여 미터까지 접근했을 때 적 몇 명이 이상한 낌새를 눈치 채고 뒤를 돌아봤지만 이미 늦은 뒤였다. 동축기관총 사수를 제일 먼저 제거한 에드워드 영과 블루는 장갑차를 이용해 몸을 가린 후 빠른 걸음으로 적을 사살해 나갔다. 하지만 불과 10여 초 남짓한 두 사람의 반격도 경험 많은 적의 용병에게는 역부족이었다. 뒤에서 다가오는 장갑차에서 30mm 고폭탄을 쏘아대기 시작했다. 그와 동시에 뒤따르던 10여 명의 적들이 일제히 수류탄을 던졌다. 그들은 남아있는 동료들이 죽든 말든 상관하지 않고 에드워드 영과 블루를 죽이기 위해 혈안이 되어 있었다.

장갑차 밑에 몸을 숨긴 에드워드 영과 블루는 반격할 기회를 노렸다. 이제 남은 선택은 2층 건물로 뛰어들어가는 수밖에 없었다. 에드워드 영이 옐로우에게 무전을 날렸다.

"옐로우! 들어갈 테니, 쏘지 마!"

에드워드 영이 블루와 함께 수류탄을 1발씩 꺼내 들고 안전핀과 안전클립을 제거했다.

"하나, 둘."

동시에 숫자를 센 두 사람은 수류탄 2발을 동시에 적을 향해 던졌다. 그리고 2층 건물을 향해 힘껏 내달려 무사히 건물 안으로 들어가는 데 성공했다. 하지만 장갑차는 역시나 멀쩡했다. 이제 꼼짝없이 건물 안에 갇혀 있을 수밖에 없었다.

　베르쿠트를 사살하고 밖으로 나온 일리야는 자기가 없는 사이, 부하들이 큰 피해를 입은 것을 알고 머리 끝까지 화가 났다. 길바닥에 널브러진 사상자들의 모습은 일리야를 흥분시키기 충분했다.

"도대체 어떤 놈들이야?"

야신이 말했다.

"부상자들까지 건물 안으로 데리고 간 모양입니다. 적은 4명입니다."

　부하들은 건물 내부로 진입을 못하고 있었다. 때마침 모터사이클 소대와 대통령궁을 수비하던 병력이 막 도착했다. 일리야는 심호흡을 크게 하며 흥분을 가라앉히려고 애썼다. 순간적인 반응을 잘 하려면 절대 흥분하면 안 된다.

　잠시 후 그가 다시 침착함을 찾았을 때, 세르게이 중사가 다가와 말했다.

"이곳으로 오던 헬기에게 오지 말라고 연락했습니다. 다시 수단으로 돌아간다고 합니다."

　이제 연료 보급이 불가능하게 됐으니 타고갈 헬기도 없었다. 세르게이가 다시 말을 이었다.

"만일, 반 카야 장군이 전투에서 패했다면 이곳도 위험합니다.

이쯤에서 수단으로 철수하는 것이 좋지 않겠습니까?"

맞는 말이었다. 하지만 일리야는 대통령궁을 공격한 적을 직접 상대하고 싶었다. 용병이 용병을 상대로 극한의 상태까지 밀어붙이는 경우는 앞으로도 없을 것이기 때문이다.

일리야가 고개를 저었다.

"퇴로를 확보하기 위해서도 이놈들은 처리해야 해. 내가 처리할 테니 걱정하지 마라. 성공하면 연락하지. 연락이 없으면 내가 죽은 거니까, 너희들은 수단으로 돌아가라. 장갑차와 몇 명 준비시켜. 지금 들어간다."

2층 건물의 내부는 낡은 외관과는 달리 깨끗한 석조로 이루어져 있었다. 공사를 중단한 내부에는 각종 석재가 여기저기 놓여 있었는데 부상을 당한 오렌지와 옐로우는 1층에 놓여있는 자재 더미 사이에 숨어 있었고, 에드워드 영과 블루는 계단을 올라가 2층에서 1층을 내려다보며 정문을 경계하고 있었다. 전투가 잠시 소강상태로 접어들자, 옐로우는 오렌지의 허벅지를 압박대로 세게 눌러 지혈했다. 오렌지가 고통스러워했지만 죽는 것보다는 나았다.

옐로우가 큰 소리로 물었다.

"캡틴, 여기서 얼마나 버틸 수 있을까?"

물론 알 수 없었다. 하지만 죽는 것을 걱정할 필요는 없다. 때가 되면 적들이 알아서 해줄 테니까.

에드워드 영이 큰 소리로 답했다.

"글쎄, 총알을 다 쓸 때까지는 버텨야지."

그때 에드워드 영의 헤드셋에서 인디고의 목소리가 들려왔다.

"어이, 캡틴! 아직 살아있나?"

"죽기 직전이야. 어디 있나?"

"2층 건물 앞에 적들이 우글대는데, 혹시 거기 있나?"

"맞아, 좀 도와줄 수 있나?"

"우리 쪽은 나까지 합해서 3명이야. 로켓 1발에 유탄발사기 하나. 어떻게든 도와주지."

하지만 방법이 생각나지 않았다. 적은 장갑차가 3대나 있고 모터사이클을 탄 병력까지 도착해서 병력이 증강되었다. 병력 셋으로 뭘 할 수 있을까?

"인디고, 그렇다면 자네도 위험해. 여기는 우리가 알아서……"

에드워드 영의 말이 채 끝나기 전에 1층에서 수류탄 폭발음이 들려왔다. 적의 공격이 재개된 것이다. 이어서 정문이 부서지며 BTR 장갑차 1대가 안으로 밀고 들어왔다. 블루가 사격자세를 취했지만 장갑차의 14.5mm 동축기관총이 건물을 뭉개버리기라도 하듯 기관총탄을 마구 쏟아냈다. 기관총은 에드워드 영과 블루를 향해 화력을 집중했다. 곧 이어 5명의 적이 수류탄 폭발의 먼지 속에서 모습을 드러냈다.

귀를 찢는 총성과 부서진 돌 조각들이 에드워드 영의 몸을 스치고 지나갔다. 오른쪽에만 끼고 있는 귀마개를 깊이 틀어막으려 했지만 귀마개는 이미 빠져버리고 없었다. 왼쪽 귀의 헤드셋마저 풀어버린 그가 손가락으로 귓구멍을 막으려는 순간, 건물을 뒤흔드는 2번의 폭발음이 들렸다. 1층에 있던 옐로우가 수류탄을 터트린 것이다. 그 충격으로 에드워드 영의 귀가 일시적으로 들리지 않았다.

겨우 고개를 들었을 때 장갑차가 뒤로 빠지고 있었다. 뿌연 흙먼지와 돌 파편이, 흘러내린 땀에 들어붙어 눈과 얼굴을 따갑게 했다. 하지만 그 와중에도 눈앞에서 움직이는 형체를 가까스로 볼 수는 있었다. 단 1명, 권총을 든 단 1명의 적이 쏜살같이 계단을 뛰어오르고 있었다. 일리야였다. 마치 소리가 들리지 않고 화질도 나쁜 액션영화를 보는 것 같았지만, 이렇게 비현실적인 장면이 눈앞에서 펼쳐지는 것은 지극히 무서운 것이었다.

1층에 남아있는 적을 옐로우가 상대하는 사이, 에드워드 영과 블루는 권총을 들고 달려오는 일리야를 향해 반사적으로 총을 쏘았다. 하지만 그는 마치 총알의 방향을 알고 있기라도 한 듯 1발도 맞지 않고 권총으로 응사하며 코앞까지 접근하고 있었다. 권총을 들고 달려오는 그가 미친 사람인지, 신들린 사람인지 분간할 수 없었다. 앞에서 총을 쏘던 블루가 권총탄에 쓰러지는 것을 보고나서야 에드워드 영은 순간적인 공포에서 깨어날 수 있었다. 그와 동시에 들리지 않던 귀와 따갑던 눈도 정상으로 돌아왔다. 동료의 죽음이 그를 일깨운 것이다.

블루가 마지막까지 총을 겨누자 일리야의 권총이 다시 불을 내뿜었다. 그 사이 에드워드 영의 M-4 카빈이 일리야를 향해 발사되었다. 하지만 눈앞에서 발사된 5.56mm 탄환은 일리야의 오른쪽 어깨를 스치고 날아갔고, 이어진 그의 발차기로 인해 에드워드 영의 소총이 손에서 떨어졌다.

에드워드 영은 있는 힘을 다해 바닥에 떨어진 카빈의 소음기를 잡고 일리야의 권총을 후려쳤다. 일리야의 오른손과 권총이 허공을 가르는 사이, 에드워드 영은 Ka-Bar를 꺼내어 튕기듯 일어나 일리야의 가슴에 칼을 꽂고 비틀었다. 갈비뼈가 벌어지는 소리와 선혈이 뿜어 나오는 감촉이 느껴졌다.

에드워드 영은 느낄 수 있었다. 격렬한 전투 끝에 찾아오는 죽음의 순간, 침묵이 얼굴을 맞댄 두 사람을 감싸고 있었다. 일리야는 숨을 멈춘 채 그 자리에 강하게 버티고 서 있었다. 몇 초의 시간이 지났을 때, 얼굴을 맞댄 일리야가 거친 숨을 몰아쉬는 에드워드 영을 보고 웃었다. 그 때 에드워드 영은 뭔가 불길한 느낌이 들었다. 급히 일리야를 밀쳐내자, 그가 후 허리춤에서 권총을 꺼내 발사했다. 3발의 총알이 에드워드 영의 왼쪽 허벅지와 옆구리, 어깨를 스치고 지나갔다. 뒤로 나가떨어진 채 자신의 9mm 베레타를 뽑아 든 에드워드 영은 몸을 겨우 일으켜 쓰러진 채 죽어가는 일리야를 향해 한 탄창을 모조리 쏟아부었다.

더 이상 총성이 들리지 않았다. 일리야가 살아있다면 무전을 보내야 하는데, 총성도 무전도 없었다. 이제 다 끝난 것이다.

"세르게이! 당장 밀고 들어가는 게 어때?"

야신이 세르게이에게 물었지만 세르게이는 생각이 달랐다. 용병은 돈을 받고 돈 값을 하면 된다. 상황이 달라지면 계약은 파기하면 되는 것이다. 중요한 것은 목숨이다. 반 카야가 남부전투에서 패했고, 일리야까지 죽었다면 네멩게에 머물 이유가 없다. 무의미한 희생보다 그냥 철수하는 것이 옳다. 자존심만으로 전투를 계속할 수는 없다.

세르게이가 말했다.

"수단으로 돌아가자. 이제 다 끝났어."

야신이 소리를 질렀다.

"일리야의 시체라도 찾아야지."

"무의미한 전투야. 더 이상 희생을 강요할 수는 없어. 적의 지원군이 오기 전에 빨리 가야 해."

세르게이가 말을 마쳤을 때 어디선가 날아온 로켓이 장갑차 1대를 폭발시켰다. 곧이어 2개의 장갑차 타이어가 불이 붙은 채 날아갔고, 적탄이 비오듯 쏟아졌다.

자세를 낮춘 세르게이가 큰 소리로 명령을 내렸다.

"적의 지원군이다! 당장 이곳을 빠져나가야 한다! 빨리 움직여!"

인디고의 M-79 유탄발사기가 40mm 고폭탄을 연이어 날리고, 용병 2명이 연이어 탄창을 비우자, 지휘관을 잃은 반 카야의 용병들은 서둘러 장갑차와 모터사이클에 올라 도망치기 시작했다.

도망가는 적을 강하게 밀어붙일 필요는 없다고 생각한 인디고가 명령을 내렸다.

"너무 가까이 가지 말고 압박만 해!"

이어서 인디고가 성대 마이크를 통해 교신을 시도했다.

"캡틴, 놈들이 물러간다. 캡틴!"

응답이 없었다.

"아무나 대답해. 놈들이 물러간다고!"

다시 동료들과 교신을 시도한 인디고는 계속해서 아무 반응이 없자 답답했다. 40mm 고폭탄 4발을 남기고 유탄 사격을 그만둔 인디고는 자신의 M-4 카빈을 들었다. 동료들의 생사를 직접 확인하고 싶었다.

도망가는 적이 견제사격을 했지만 위협적이지는 않았다. 적들이 흙먼지를 일으키며 서둘러 모습을 감추자 인디고는 총을 겨눈 채 빠르게 앞으로 걸어 나갔다. 근처에서 사격을 하던 용병 둘은 흩어져서 인디고와 보조를 맞춰 진격하고 있었다. 푸석한 땅바닥에 떨어진 핏자국과 시체들이 막 전투가 끝났음을 말해주고 있었다. 인디고는 서둘러 동료들의 시신을 찾기 시작했다. 같이 온 용병 둘이 주변을 경계하는 사이 인디고는 레드의 조각난 시체와 베르쿠트의 시체를 겨우 찾을 수 있었다.

일단, 2명의 죽음은 확인했으니 건물 안으로 들어가야 했다. 같이 온 용병 2명에게 경계를 지시한 인디고는 건물 안을 향해 큰 소리를 질렀다.

"캡틴, 나 인디고야. 지금 들어 갈 테니까, 쏘지 마!"

인디고가 성큼성큼 건물 안으로 들어가자 아수라장이 되어버린 내부가 뿌연 먼지 속에서 모습을 드러냈다. 곳곳에 누워있는 적의 시체를 지났을 때, 돌기둥 뒤의 누군가가 손을 흔들고 있었다. 오렌지와 옐로우였다. 두 흑인의 얼굴이 돌가루와 먼지로 하얗게 변해있었지만 금방 알아볼 수 있었다. 오렌지는 다리에 압박붕대를 감고 있었고, 옐로우는 얼굴이 찢어져 피를 흘리고 있었다.

"둘 다 부상당했군."

인디고의 말에 오렌지가 답했다.

"죽을 정도는 아니야. 2층에 캡틴하고 블루가 있을 거야."

인디고가 서둘러 계단을 향하자 옐로우가 물었다.

"레드와 베르쿠트는 확인했나?"

인디고가 뒤로 돌아 답했다.

"둘 다 이미 끝났더군."

인디고는 계단을 올라 2층으로 향했다. 적의 시체 옆에 에드워드 영이 앉아서 멍한 표정으로 담배를 피우고 있었다. 블루의 시체를 확인한 인디고가 에드워드 영에게 다가와 조용히 말했다.

"블루, 레드, 베르쿠트는 전사. 1층의 오렌지와 옐로우는 부상이야. 캡틴은 어때?"

에드워드 영이 담배연기를 내뿜으며 말했다.

"총알이 스치고 지나간 것 말고는 아무 이상 없어. 아직 귀가 멍멍하군."

"다행이군. 멀쩡한 건 좋은 거야. 자, 일어나. 놈들이 물러났으니 여길 빠져 나가야지."

인디고가 일으켜 세우자 에드워드 영이 천천히 일어나 몸의 먼지를 털었다. 이제 남은 일은 지원군과 함께 비행장을 점령하는 것뿐이다. 혼자만이라도 마지막 전투는 반드시 참여하고 싶었다.

"영화의 한 장면이 생각나는구만."

지휘용 UH-1에서 지상을 관찰한 트래비스가 큰 소리로 외치자 옆에 있는 동양인 남자가 말없이 웃었다. 병력을 가득 실은 20여 대의 헬리콥터가 네멩게시티 상공을 배회하며 마지막 남은 반 카야 용병들을 소탕하고 있었다. 적의 용병들은 돌비 소령이 이끄는 전차와 장갑차의 공격으로 뿔뿔이 흩어져 도망가고 있었다. 그러나 곧이어 나타난 헬기에서 로켓과 기관총을 쏘아대자 제대로 된 저항 한 번 못하고 죽어갔다.

그 때 동양인 남자가 말했다.

"트래비스 중령의 정확한 타이밍 계산이 승리를 이끌었소. 이제 마무리를 하러 갑시다."

그 말을 들은 트래비스가 환하게 웃으며 무전기를 들었다.

"모든 헬기는 비행장으로 가서 반군을 소탕한다. 돌비 소령은 잔적을 소탕하고 비행장에서 합류한다, 이상."

레드와 베르쿠트의 시신을 수습한 에드워드 영 일행은 곧 돌비 소령의 병력과 합류했다. 헬리콥터와 전차의 공격으로 퇴각하던 적들은 모조리 소탕되었고, 살아서 생포되거나 도망간 경우는 거의 없었다. 네멩게로 오던 탈북자 용병들과 그 가족들을 구출하느라 비록 늦었지만 손쉽게 승리한 것이다.

에드워드 영 일행에게 탈북자들이 구출되었다는 소식은 뜻밖이었다. 모든 것이 트래비스 중령이 기획한 것이었다. 에드워드 영조차도 전혀 눈치 챌 수 없었다. 이제 남은 것은 탄지를 구하는 것뿐이었다.

지휘 장갑차에서 내린 돌비 소령이 말했다.

"에드워드, 자네는 여기서 대기하게. 트래비스 중령의 명령이야. 전투가 다 끝나면 모두 후송조치할 거야."

하지만 에드워드 영과 살아남은 대원들은 전혀 그럴 생각이 없었다. 모든 전투의 끝을 보고 싶었다. 먼저 죽은 동료들을 위해서라도 반드시 그러고 싶었다. 마치 탄지와 자신을 일부러 떼어놓으려는 것 같았다.

에드워드 영이 말없이 총을 들고 일어났다.

"구경만 할 테니, 우리도 데려가 주십시오."

돌비가 말했다.

"부상자도 다 데려갈 생각인가?"

다리 부상을 당한 오렌지가 옐로우의 부축을 받아 일어나며 말했다.

"좋은 구경인데 놓칠 수 없죠."

그 때 돌비의 통신병이 뛰어와 보고했다.

"소령님, 투치아키족 부대 모두가 공격에 합류했습니다. 잭슨 상사도 곧 도착한답니다. 서둘러야 합니다."

에드워드 영이 말했다.

"몇 명 안 되는데 데려가 주십시오. 탄지 장군을 구해야죠."

잠시 난감한 표정을 짓던 돌비가 입을 열었다.

"좋아, 하지만 자네들 임무는 끝났으니 전투에는 참여하지 말게. 뒤에 있는 장갑차에 올라타."

제14장

슬픈 열대

 인디고, 오렌지, 옐로우와 함께 장갑차에 오른 에드워드 영이 출발을 명했다. 먼저 출발한 M-48 전차의 흙먼지를 피해 M-113 5대가 속력을 높였다. 비행장으로 다가갈수록 포성과 총성이 점점 크게 들렸다. 헬기는 언뜻 봐도 20대 정도는 되 보였다. 일부는 레펠로 병력을 투입시키고 있었고, 일부는 로켓과 기관총 사격으로 반군을 공격하고 있었다.

 옆에 있던 옐로우가 큰 소리를 질렀다.

 "투치아키족 기마대까지 왔군!"

 전차, 장갑차, 기마대 그리고 보병이 뒤섞여 반군을 공격하는 모습은 현대전에서는 볼 수 없는 이상한 조합이었지만, 공격은 꽤나 효과적인 듯 반군은 이미 궤멸상태였다.

에드워드 영은 가지고 있던 쌍안경으로 비행장 입구를 관찰했다. 격렬한 전투가 있었음을 증명하듯 파괴된 기갑차량이 흩어져 있었고 시체 역시 즐비했다. 탄지가 죽었는지 살았는지는 모르지만, 정부군으로 보이는 병력 10여 명이 참호에서 나와 있었다. 반군의 파상공세를 끝까지 막아낸 모양이었다.

에드워드 영이 비행장 입구를 가리키며 말했다.

"이봐, 조종수, 비행장 입구로 가자."

회사 소속의 병력 모두가 반군과의 전투에 집중한 탓인지, 정부군 생존자에게는 아무도 신경쓰지 않았다. 에드워드 영을 태운 장갑차 1대만이 탄지가 있는 곳으로 향하고 있었다. 파괴된 전차와 장갑차로 이루어진 강철의 무덤을 지나자 격렬했던 전투의 흔적들이 적나라하게 드러났다.

무너진 흙더미가 급조한 참호였음을 말해주었다. 피아 구분을 할 수 없는 시체들이 대지를 가득 메우고 있었다. 정부군 생존자들은 채 30명이 되지 않았다. 모두 넋이 나간 표정으로 자리를 지키고 있을 뿐이었다. 장갑차가 시체들의 장벽을 넘지 못하고 정지하자 에드워드 영은 인디고와 함께 장갑차에서 내렸다. 다른 동료들에게 내려오지 말 것을 지시한 에드워드 영은 근처의 정부군 생존자에게 탄지의 행방을 물었다.

"탄지 장군은 어디 있나?"

누군가가 손으로 한 곳을 가리켰다. 탄지가 무너진 참호에 기대앉아 담배를 피우고 있었다. 에드워드 영은 빠른 걸음으로 탄지에게 다가갔다.

"장군님, 무사해서 다행입니다."

하지만 탄지는 에드워드 영을 쳐다보지도 않고 혼잣말을 하듯 중얼거렸다.

"피해가 너무 커. 지원군이 너무 늦게 왔어."

그 때 UH-1 헬기 1대가 무너진 콘크리트 창고 근처에 내려오고 있었다. 트래비스가 타고 있는 지휘용 헬기였다.

에드워드 영이 말했다.

"그래도 이제 다 끝났습니다. 따질 것은 트래비스 중령에게 직접 따지십시오. 모시고 가겠습니다."

에드워드 영이 탄지를 일으켜 세웠다. 그제야 에드워드 영을 쳐다보며 탄지가 입을 열었다.

"당신 회사는 네멩게 정부와의 계약을 어겼어. 무전연락도 잘 되지 않았고 적절한 지원도 없었어. 덕분에 내 부하들이 희생을 강요당했지. 이 일은 반드시 따질 거야."

"헬기가 도착했으니 가시죠. 인디고, 와서 부축해."

달리 부상당한 곳은 없었지만 탄지는 힘이 없었다. 극심한 전투의 피로가 힘을 다 빼 놓은 듯 했다. 양팔을 부축한 에드워드 영과 인디고는 시체가 가득한 참호를 지나 헬기가 착륙한 곳으로 향했다. 콘크리트 창고 뒤 폐허로 변해버린 박격포 진지는 막 착류한 헬기가 일으킨 바람으로 황량한 모습을 그대로 드러냈다.

세 사람은 흩날리는 흙먼지에 다시 고개를 숙인 채 앞으로 나아갔다. 메인로터의 기세가 조금씩 약해지며 바람이 잦아들자 헬기에서 사람들이 나오기 시작했다. 먼저 모습을 드러낸 사람은 트래비스 중령과 윌리엄 소령이었다. 트래비스를 본 탄지는 에드워드영과 인디고를 뿌리치고 비틀거리며 혼자 앞으로 나아갔다.

"트래비스! 당신은 계약을 어겼어. 당신 때문에 부하들이 너무 많이 희생됐어. 도대체 어떻게 된 거야?"

절규에 가까운 소리였지만 트래비스는 그저 무표정하게 서서 당당하게 말했다.

"장군, 미안하지만 당신과의 계약은 이미 파기됐소. 우리의 새 고용주는 부통령인 음베키 알라몬이오. 솔직히 말하면 당신이 지금까지 살아있다는 게 이상하군."

트래비스의 멱살이라도 잡고 흔들 기세였던 탄지가 그 말을 듣고 주춤했다. 에드워드 영 역시 놀랐다. 트래비스는 이중계약을 해서 탄지를 배반한 것이다.

"캡틴, 뒤쪽 분위기가 이상한데?"

인디고의 말에 에드워드 영이 뒤를 돌아보았다. 전투가 일방적인 승리로 끝나가는 사이, 몇 대의 장갑차가 비행장 입구에 병력을 하차시키고 있었다. 이상한 것은 투입된 병력들이 정부군 생존자들을 무장해제 시키고 한 쪽으로 몰아가고 있는 것이었다. 그리고 그 지휘관은 다름아닌 돌비 소령이었다. 타고 온 장갑차에 머물고 있는 에드워드 영의 다른 일행들 역시 멀뚱히 이 이상한 광경을 구경만 하고 있을 뿐이었다.

에드워드 영이 다시 몸을 돌리려는 그 때 지휘용 헬기가 있는 곳에서 2발의 총성이 울렸다.

"탄지 장군!"

총성과 함께 쓰러진 사람은 다름 아닌 탄지였다. 분명 헬기 안에서 권총탄이 발사됐는데도 트래비스와 윌리엄은 그저 서서 구경만 하고 있을 뿐이었다. 에드워드 영과 인디고는 달려가서 쓰러진 탄지를 반듯하게 눕혔다. 2발의 총탄에 오른쪽 가슴이 뚫려, 폐동맥의 붉은 피가 쏟아져 나왔다. 에드워드 영이 가슴에 난 구멍을 손으로 막아 보았지만 역부족이었다. 탄지가 에드워드 영의 가슴을 쥐어뜯으며 용을 쓰듯 말을 뱉었다.

"더러운 용병놈들."

그리고 그것이 마지막이었다. 탄지는 눈을 뜬 채 숨이 멎었다. 탄지의 손을 풀고 천천히 일어선 에드워드 영은 트래비스를 보고 외쳤다.

"도대체 어떻게 된 겁니까? 왜 탄지가 죽어야 합니까?"

그 때 헬기 안에서 누군가 소리쳤다.

"박성택! 자네는 여전히 이상주의자로군."

그것은 분명 한국말이었다. 그 말을 알아들은 사람도 에드워드 영뿐이었다. 자신의 본명을 알고 있는 목소리의 주인공을 향해 M-4 카빈을 겨눈 에드워드 영이 한국말로 외쳤다.

"당신이 탄지를 쏘았나? 나와서 정체를 밝혀라!"

38구경 권총을 한 손에 든 남자가 헬기에서 밖으로 나오자 에드워드 영은 그를 한 눈에 알아볼 수 있었다. 사파리 복장을 한 그는 바로 밸런타인 작전의 실무 책임자였던 김종근이었다.

"설마 잊지는 않았겠지? 나, 김종근일세."

에드워드 영은 총을 겨눈 채 잠시 할 말을 잊었다. 8년 전 자신을 아프리카로 보냈던 김종근이 왜 이 자리에 나타난 것일까? 그리고 그는 왜 탄지를 쏜 것일까? 에드워드 영이 김종근을 겨누는 동안 옆에 있던 윌리엄 소령이 에드워드 영에게 M-4 카빈을 겨눴다.

"에드워드, 내 손으로 당신을 쏘게 하지는 마시오. 총을 내리시오."

그 때 뒤에 서 있던 인디고가 말했다.

"윌리엄 소령, 당신 뒤통수나 조심하시지."

윌리엄이 뒤로 돌려다 멈칫했다. 뒷머리에 총구가 닿아있었다. 그리고 돌비 소령의 목소리가 들렸다.

"당신 총부터 치우시오. 둘 중 하나를 택하라면 나는 에드워드를 택하겠소."

그제야 보다 못한 트래비스 중령이 버럭 소리를 질러 상황을 정리했다.

"뭣들 하는 건가? 작전이 성공리에 마무리되었는데, 우리끼리 무슨 짓인가? 윌리엄 소령! 돌비! 모두 총을 거둬! 한국인들끼리 알아서 해결하도록 내버려둬!"

월리엄이 총을 내리자 돌비도 권총을 내렸다. 에드워드 영만이 김종근에게 총을 겨누고 있었다. 그러자 트래비스가 다가와 조용히 말했다.

"에드워드, 내가 잠시 자리를 피해줄 테니 알아서 해결하게. 하지만 우리 회사의 재정후원자를 쏘지는 말게."

말을 마친 트래비스가 손짓으로 모두 철수시키자 에드워드 영과 김종근 둘만 남게 되었다.

에드워드 영이 총을 내리고 물었다.

"당신이 회사의 재정후원자였소?

김종근이 허리에 찬 권총집에 권총을 집어넣으며 말했다.

"이미 알고 있는 줄 알았는데, 생각보다 둔하군."

"도대체 어떻게 된 겁니까? 그동안 무슨 일이 있었던 겁니까? 이것도 밸런타인 작전의 일환입니까?"

김종근이 태연하게 답했다.

"밸런타인 작전은 이미 7년 전에 실패로 끝났지. 이번 작전은 사막의 눈물 작전이라네. 자네의 맹활약으로 성공리에 마무리되었지."

김종근은 헬기에 걸터앉아 설명을 시작했다. 그제야 에드워드 영은 그 동안 자신을 괴롭혔던 의문들이 하나 둘씩 풀리기 시작했다.

그에 의하면, 당시 밸런타인 작전의 세부사항이 정보사의 고위

층에 의해 북한으로 빼돌려진 정황이 포착되어 어쩔 수 없었다고 했다. 그리고 이들 고위층 고정간첩은 이번 사막의 눈물 작전을 방해하려다 얼마전 제거되었다고 했다.

밸런타인 작전의 실무 책임자였던 김종근 역시 한동안 한직으로 밀려났다가 새로운 비밀공작인 사막의 눈물 작전의 실무 책임을 맡았다. 그의 정치적 인맥과 아프리카에서의 실무경험이 재기의 기회를 제공한 것이었다.

한편 용병회사 설립을 희망하던 트래비스 중령은 에드워드 영이 한국 출신임을 파악하고 비밀리에 국정원과 교섭하여 자금조달의 대가로 한국의 아프리카 진출을 돕는다는 계약을 체결했다. 트래비스 입장에서도 세계적인 대기업보다는 국가를 상대로 한 마케팅이 더 필요했다. 이는 자금뿐만 아니라 용병사업이 갖는 정치적 위험부담 때문이기도 했다. 이를 계기로 한국의 국정원은 사막의 눈물 작전을 시작하게 되는데, 그 핵심은 비밀리에 용병회사를 운영하여 아프리카에 진출한 한국 기업을 간접 지원하고, 궁극적으로 아프리카에 한국의 교두보를 확보한다는 것이었다. 이로써 트래비스사는 사실상 한국 국정원 소유의 회사가 되었고, 재정적 · 정치적 부담을 덜게 되었다. 그리고 성창그룹, 특히 성창인터내셔널은 한국 기업 중 아프리카에 가장 많은 투자를 한 회사로써 트래비스 경비 서비스와 자연스럽게 협력 체제를 구축할 수 있었다. 그리고 그 핵심적 역할을 에드워드 영이 하게 된 것이다.

나이지리아에서 있었던 성창인터내셔널 피랍 직원 구출작전이 성공하자 미국 CIA 역시 국정원의 시도에 관심을 갖게 되었고, 중국의 아프리카 진출 견제와 대호수지역의 평화 안정을 명분으로 한 대 아프리카 전략에 트래비스사를 적극 활용하기 시작했다. 네멩게의 트래비스사 안에 있던 미군 정보기지 운용 그리고 콩고 비룽가 국립공원에서 있었던 인질구출작전과 알-카에다 소탕작전이 단적인 사례였다. 트래비스, 돌비, 윌리엄은 이 사실을 모두 알고 있었던 것이다.

하지만 아직 풀리지 않는 의문이 있었다.

"네멩게 내전은 어떻게 된 겁니까? 탄지를 왜 죽어야 했죠?"

"중국은 몇 년 전부터 네멩게를 노리고 있었네. 반군을 지원해서 정권을 장악한 다음 괴뢰정권을 만들 생각이었지. 우리가 나서서 그런 상황을 막은 것 뿐이야. 중국이 아프리카를 독식하는 것을 그냥 보고 있어야겠나? 우리도 우리 몫을 챙겨야지. 우리나라 같은 자원빈국이 어디 가서 자원을 구걸하겠나? 구걸해서 얻은 자원으로 우리나라 산업이 지탱할 것 같나?"

"한국이 제국주의 국가입니까? 그래서 탄지를 죽였습니까?"

그 말에 김종근이 코웃음을 쳤다.

"제국주의? 그럴 수도 있지. 하지만 뭐가 문제인가? 우리가 일본처럼 학살을 하고 착취를 했나? 영토를 침략했나? 단지, 그들의 일을 대신 해줬을 뿐이야. 반군을 제거하고 중국의 영향을 차단했지. 그 대가로 네멩게가 아직 필요로 하지 않는 지하자원을 가져가는 것 뿐이야. 단지 그 뿐이라고. 사실 그것은 탄지도 원했던 거야. 더 좋은 조건으로 음베키와 새로운 계약을 체결했을 뿐이지. 그리고 백 번 양보해서 이것이 제국주의라면 또 어떤가? 제국주의는 방어적 개념으로 출발했고 지금도 그렇게 작용하고 있네.

지하자원도 없는 나라가 고도의 산업사회를 유지하는 것이 얼마나 힘이 드는지 아는가? 유가와 원자재 가격이 급등하면 경제가 휘청대는데 어떤 대책도 세울 수 없어. 이제 우리도 공세적으로 해외진출을 해야지. 그래서 그 일환으로 사막의 눈물 작전이 기획된 걸세. 에너지 자급률 4%를 겨우 넘는 우리나라의 마지막 희망이지.

한국이라는 나라가 그냥 돌아가는 것 같나? 남들이 생각하지도 못하는 것을 생각하고 남들이 하려고 하지 않는 일을 하는 우리 같은 사람들이 있어서 그나마 유지되는 거야. 썩은 정치인들이 이 일을 하겠나? 멍청한 공무원들이 하겠나? 외국 이론을 앵무새처럼 받아 지껄이는 대학교수 놈들이 하겠나? 그렇다고 정보를 왜곡, 조작해서 혼란만 부추기는 언론인들이 하겠나?

탄지를 왜 죽였냐고? 방해물이었기 때문이야. 너무 똑똑하고, 너무 깨끗했지. 진정한 네멩게의 발전을 위해서는 그것만이 해결책이었어. 최선이라고는 말하고 싶지 않지만 현 상황을 정리하려면 어쩔 수 없었네. 선과 악, 그게 뭔지는 나도 몰라. 오직 신만이 알 수 있지. 우리가 이 작전을 벌인 것은 선이나 악을 행하기 위해서가 아니야. 단지, 서로의 효용을 극대화하려고 했을 뿐이야. 효용의 극대화가 선과 악을 규정짓는 것은 아니지만 자본주의에서는 그나마 선이라고 할 수 있지.

탄지의 희생으로 한국과 미국, 네멩게 모두 각자의 이익을 얻은 거야. 한국은 석유와 광물자원을 획득했고, 미국은 대호수지역의 안정과 중국의 아프리카 독식을 막았네. 그리고 네멩게 부통령 음베키는 대통령 당선과 경제발전을 보장받았지. 그 약속은 지킬 거야. 그러니 누구 하나 손해본 쪽은 없다네. 모두 각자의 이익을 얻었지. 이만하면 성공적이지 않나?"

에드워드 영은 갑자기 머리가 어지러웠다. 아무에게도 말하지 않았지만 에드워드 영과 그의 팀원들은 탄지의 정권 장악을 내심 바라고 있었고, 용병생활의 위안으로 삼고 있었다. 자신들은 비록 더러운 용병으로 살고 있지만, 네멩게가 아프리카의 희망이 되는 것을 바라고 있었다. 그것은 용병들에게는 속죄의 의미이기도 했다. 그런데 자신의 조국 한국과 자신을 고용한 트래비스 경비 서비스가 탄지를 죽였다. 단지, 자신들에게 방해가 된다는 이유로.

"탄지를 죽여 네멩게의 미래를 죽이는 게 한국의 미래를 살리는 길입니까?"

에드워드 영의 분노에 찬 목소리가 황량한 허공을 울리자 김종근이 큰소리로 답했다.

"네멩게의 미래를 죽인 게 아니야. 오히려 네멩게의 미래를 건설했지. 탄지를 비롯한 희생은 어쩔 수 없는 부수적 피해일 뿐이야. 박성택, 자네는 용병이면서도 감상적 낭만주의자로군."

그런지도 모른다. 하지만 용병이 감상적 낭만주의자라는 것이 크게 잘못된 일인가? 용서받지 못할 부도덕한 짓인가? 자신을 한 번 버린 조국이 이번에는 용병으로 재활용했던 이유가 바로 이것이었을까? 아프리카 곳곳을 떠돌며 전투에 참여했던 이유가 고작 이것이었을까? 네멩게의 자원 확보를 위해서? 세계를 주름잡는 대한민국의 영광을 위해서? 단지 그 뿐이었을까?

김종근은 진한 담배연기를 뿜으며 태연히 말을 이었다.

"자네가 없는 동안 한국은 많이 변했네. 정말 웃기게 변했지. 군사정권 시대보다 더 국민을 강조하고 민족을 강조하지. 세상에! 국민 여동생은 물론이고 국민개까지 있다네. 군사정권보다 더 전체주의적이면서도 스스로는 자유롭다고 착각하지. 이제 반미와 반일은 하나의 상품으로 전락했네. 하긴 체 게바라가 누구인지도 모르는 젊은 것들이 티셔츠에 그의 얼굴을 새기고 다니니, 말 다한 거지.

그뿐인가? 민족장사꾼, 지식폭력배, 지식사기꾼, 정보협잡꾼들이 대학교수, 국회의원, 고위공무원, 언론인으로 맹활약하고 있지. 민족? 한국의 지식인들은 그 낡아빠진 개념으로 계속 장사를 하고 있네. 민족을 팔아 권력을 얻고, 명예를 얻고, 책을 쓰고, 돈을 벌지. 그런데 그런 놈들이 진정 민족을 위해 뭘 했나? 그런 민족 감정적 마스터베이션만으로 국제경쟁에서 살아남을 것 같나?

민족을 입에 달고 사는 놈들이 탈북자 용병문제를 해결할 수 있었겠나? 수단에서 용병과 노예로 살던 탈북자들이 이곳 네멩게에 정착하기로 했네. 탈북자 용병문제도 이만하면 잘 해결된 것 아닌가? 누가 이런 일을 하겠나? 이 모든 것을 가능케 한 자네가 바로 애국자야. 자네가 여기서 할 일은 이제 다 끝났네. 이제 고국으로 돌아갈 수 있어. 훈장은 물론 중령, 대령 계급도 주겠네. 원한다면 더 많은 보상이 기다리고 있네."

이제 와서 보상이 무슨 소용인가? 용병에 불과한 자신이 중령이면 어떻고, 하사면 어떻고, 장군이면 또 어떤가? 금속조각에 불과한 훈장이 무슨 의미가 있을까? 밸런타인 작전 이후 지난 8년 동안 아프리카에서 친구를 잃었고, 동료를 묻었고, 전우를 보냈다. 밸런타인 작전이든, 사막의 눈물 작전이든 말장난에 불과했다. 군 정보요원이었을 때나 용병인 지금이나 달라진 것은 없었다. 꼭두각시처럼 영문도 모른 채 이용만 당했다. 그 결과, 황폐해진 정신과 피폐해진 몸뚱이만 남았다. 아프리카에서 모든 것을 잃고서, 한국으로 돌아가 정상적으로 살아갈 수 있을까? 살인전문가인 자신이 무엇을 제대로 할 수 있을까?

에드워드 영은 논쟁을 하고 싶지 않았다. 아니, 이 일은 애초에 처음부터 논쟁거리가 되지 않았다. 이것은 힘의 문제였다. 힘 있는 자가 뺏고, 힘없는 자는 뺏기는. 논리의 문제가 아닌 힘의 문제다. 한낱 용병에 불과한 자신이 국가권력을 대표하는 사람과 무엇을 놓고 논쟁할 것이며, 논쟁에서 이긴들 무엇이 달라지겠는가? 다 쓸데없는 짓이다.

에드워드 영이 돌아서며 말했다.

"한국으로 돌아가지는 않을 겁니다. 박성택이 아닌 에드워드 영으로 이곳에 남겠습니다."

그는 흙먼지와 피, 땀이 베인 전투복 상의를 벗어 몇 번 탈탈 털어낸 후 탄지의 얼굴을 덮었다. 그것이 자신이 할 수 있는 그에 대한 마지막 예의였다.

"탄지 장군, 잘 가시오. 미안합니다."

그리고 총과 장비를 들고 다시 일어섰을 때 총성이 길게 울려 퍼졌다. 용병들이 생존한 탄지의 부하들을 한 곳에 모아 놓고 사살하고 있었던 것이다. 마지막 남은 방해물을 제거하는 것이었다.

뒤돌아선 에드워드 영에게 김종근이 말했다.

"자네 뜻이 그렇다면 강요할 생각은 없네. 하지만 이것만은 기억하게. 조국은 자네에게 큰 빚을 졌으니 언제든 요구하게. 내가 해줄 말은 그 뿐이네. 그동안 정말 수고 많았네."

에드워드 영은 총과 장비를 들고 힘없이 걸었다.

이제 네멩게 내전은 끝났다. 하지만 이렇게 찾아온 평화와 안정이 언제까지 계속될지 아무도 알 수 없었다. 동료들이 기다리고 있는 장갑차로 돌아왔을 때, 갑자기 흐려진 하늘에서 굵은 빗방울이 떨어지기 시작했다. 3~4년에 한 번 꼴로 네멩게의 건기를 적셔준다는 건기의 폭우였다. 장갑차에 오르자 빗줄기가 더 강해졌다. 다른 동료들은 장갑차 안으로 모두 들어갔지만 그는 강하게 퍼붓는 빗줄기에 그냥 몸을 맡기며 장갑차 위에 드러누웠다. 모든 더러움과 기억이 다 씻겨가길 원하면서. 그냥 그렇게 있고 싶었다. 비는 더욱 강하게 내리고 있었다.

　미국 외교계의 거두인 상원의원 에릭 빈슨은 주미 중국대사 탕어화의 말을 경청하고 있었다. 70이 훨씬 넘은 고령에도 불구하고, 미국 외교를 주무르는 거물답게 탕의 말을 하나하나 곱씹으며 메모를 하는 등 열성을 보이였다. 이런 모습은 중국의 입장을 대변하는 탕에게 긍정적인 신호로 받아들여졌다. 이에 더욱 희망을 갖게 된 탕은 감정을 조절하면서 계속 말을 이었다.

　며칠 전 네멩게를 차지하려던 중국의 시도는 완벽하게 실패하고 말았고, 작전 실무 책임자들도 모조리 숙청되었다. 새로 네멩게의 정권을 장악한 27세의 부통령 음베키 알라몬은 권좌에 오르자마자 미국과 한국의 이익대표부 설치와 대사급 외교관계 수립을 원한다는 입장을 공식 천명했고, 미국에 군사기지까지 제공한다는 제안까지 한 상태였다. 이러한 제안에 대해 미국과 한국 정부는 긍정적으로 검토하고 있다는 입장을 천명했다. 하지만 이것은 중국의 입장에서는 모욕에 가까운 행위였다. 아프리카 전역에 영향력을 확대하려는 중국의 시도가 대실패로 끝났고, 오히려 미국과 한국의 아프리카 진출 확대의 빌미를 제공했다는 판단 때문이었다.

　이러한 이유로 중국 정부는 탕에게 어떻게든 미국의 군사기지가 네멩게에 건설되는 것을 막으라는 훈령을 내렸다. 외교관계 수립이나 상호이익대표부 설치에 대해서는 어쩔 수 없지만, 미국의 군사기지 설치는 향후 중국의 대 아프리카 외교에 있어 중요한 걸림돌이 될 것이기 때문이었다.

탕이 급하게 미국 외교계의 거두인 에릭 빈슨과의 면담을 요청한 것도 바로 그것 때문이었다. 그는 에릭 빈슨에게 미국의 군사기지 설치를 제고해달라는 부탁을 할 참이었다. 그 중요한 논거는 바로 완충지대론이었다. 즉, 네맹게에 서로 관여하지 않음으로써 서로의 입장을 존중하자는 것이었다.

잠시 후 본국의 입장을 충분히 전달했다고 판단한 탕이 말을 마치고 물을 한 모금 마셨다. 이제 에릭 빈슨이 답할 차례였다.

의자에 몸을 깊숙이 파묻은 에릭 빈슨이 천천히 입을 열었다.

"귀국 정부의 입장은 충분히 알겠소. 하지만 계획된 일이 중단되지는 않을 것이오."

탕이 희망 섞인 미소를 거두며 입을 열었다.

"그 말씀은……."

"네맹게와의 외교관계 수립과 동시에 아프리카사령부의 전술기지가 설치될 겁니다."

탕의 표정이 더욱 굳어졌다. 이렇게 된 이상 좀 세게 나가야겠다는 생각이 들었다. 작심한 듯 그가 입을 열었다.

"의원님, 제가 이런 말까지 하게 된 것을 용서하십시오. 얼마 전 내전 당시 미국 특수부대가 무인정찰기를 운용해서 용병들의 작전을 도왔다는 첩보가 있습니다. 미국이 먼저 네맹게에 내정 간섭을 시작한 것 아닙니까? 그런데도 우리의 이런 제안을 거절하고 미군 기지를 설치하겠다는 겁니까?"

탕은 본국에서 보내온 정보자료를 바탕으로 언성을 높였다. 미군과 관련된 내용은 외부 반박자료로 사용하지 말 것을 요청받았지만, 지금은 그런 것을 따질 때가 아니었다. 밀리면 끝이었다. 탕의 말을 들은 에릭 빈슨은 책상 위에 있던 파일 하나를 펼쳤다. 그 안에는 A4용지 크기의 컬러 사진 몇 장이 들어있었다. 날짜는 바로 이틀 전이었고, 모두 시체들을 찍은 사진이었다.

에릭 빈슨이 말했다.

"먼저 이런 자료를 보여드릴 수밖에 없는 상황을 용서하십시오. 이 사진들은 모두 네멩게 정부가 우리 정부에 공식 확인 요청을 한 것들입니다. 모두 네멩게 내전이 끝나고 찍은 사진입니다. 동양인 시체가 몇 구 발견됐는데, 국방부 정보본부에 의하면 그 중 한 명이 중국 인민해방군 소속의 천홍싱 대교라고 하더군요. 나머지 동양인들도 모두 인민해방군 장교들이라고 합니다. 그리고 그 옆에서 소만가스가 든 화학탄이 다량 발견됐습니다. 중국어로 된 화학무기 사용설명서까지 발견됐더군요. 사진에 잘 나와 있죠? 전투에 참가한 용병들 중 소만가스 사망자가 상당수 있었다고 합니다. 분석결과는 사진 뒤에 첨부되어 있습니다."

사진을 훑어보는 탕의 손이 가늘게 떨렸다. 본국에서 미군 관련 내용은 외부 반박자료로 사용하지 말라고 했던 이유를 이제야 알게 된 것이다.

에릭 빈슨이 말을 이었다.

"이것이 뭘 의미할까요? 약속을 어긴 것은 중국 정부가 아닙니까? 네멩게 문제에 관여하지 않겠다고 대외적으로 천명한 것은 중국 정부이지 미국 정부가 아닙니다. 그런데도 군사고문단을 보내 반군을 지원하고 합법적인 정부를 전복시키려 했소. 그것도 모자라 전투가 불리하게 돌아가자 화학탄까지 이용했소. 이런 말은 안 하려고 했는데……. 중국 정부는 국제범죄자인 용병대장 반 카야를 고용해 전투를 하게 했다고 하더군요. 그런 짓을 하고도 우리에게 이래라저래라 하는 겁니까? 우리 미국은 네멩게 정부의 공식적인 협조요청을 받고 개입한 것입니다. 그것도 정보지원 같은 간접적인 방법으로 말입니다."

또박또박 단호하게 자신의 입장을 말한 에릭 빈슨이 잠시 말을 끊었다 이었다.

"탈북자 용병문제도 거론할까요?"

탕은 상기된 얼굴로 차량에 올랐다. 에릭 빈슨과의 면담은 탕의 완패로 끝났다. 일이 커지면 커질수록 중국이 불리한 것은 명백했다. 미국은 중국의 모든 행동을 다 알고 있었다. 네멩게를 둘러싼 중국의 공작은 하나부터 열까지 미국에 의해 철저히 분쇄 당했다.

따지고 보면, 탈북자 용병 동영상이 돌기 시작하고, CNN과 FOX TV가 이를 직접 확인 취재하기 위해 특파원을 파견했을 때부터 일이 꼬이기 시작했다. 인터넷에서 떠도는 단순한 동영상이야 조작으로 몰아가면 되지만 세계적으로 인지도 있는 방송사가 확인취재 한다면 문제가 커진다. 그 때문에 본국에서 네멩게 문제에 관여하지 않는다는 성명을 급하게 발표했지만 끝내 거기에 발목을 잡힌 것이다. 그러지만 않았어도 어떻게든 외교적인 해결책을 찾을 수 있었다.

차량이 에릭 빈슨의 저택을 빠져 나와 차도로 들었을 때 탕이 중얼거렸다.

"염병할 CNN과 FOX TV. 그 놈들만 아니었어도."

그때 옆좌석에 앉아있던 정보담당관 평샤오우가 휴대폰 통화를 마치고 주저하며 입을 열었다.

"저, 대사님, 드릴 말씀이 있습니다."

창밖을 내다보던 탕이 한숨을 쉬며 답했다.

"뭔가? 말해보게."

"며칠 전 CNN과 FOX TV에 탈북자 용병 취재자료를 요청한 적이 있지 않습니까?"

탕이 퉁명스럽게 말했다.

"그래, 그런데 왜? 거부하던가?"

평샤오우가 또 주저하며 입을 열었다.

"그게 아니라……양 방송사 모두 아프리카에서 탈북자를 취재한 적이 전혀 없다고 합니다."

그 말에 탕이 버럭 소리를 질렀다.

"그게 무슨 말이야?"

"양 방송사 보도국장과 직접 통화했는데 탈북자를 취재한다고 아프리카에 특파원을 보낸 일이 없다고 합니다. 다른 방송사도 확인했는데 모두 마찬가지입니다."

"그럼 우리가 있지도 않은 일 때문에 호들갑을 떨었단 말인가?"

펑이 조심스럽게 말을 이었다.

"지금 정보를 수집하고 있습니다만, 아마도 크루거-닐슨 PR그룹의 로버트 왓슨이 방송사가 아닌 사설 촬영팀을 그곳으로 보내고 소문을 내서 우리를 압박한 것이……"

탕이 낮은 신음소리 토하며 말했다.

"그러니까 결론은 일개 정치 홍보대행사의 농간에 당했다는 거군."

펑이 동의하듯 고개를 끄덕였다. 긴 한숨을 내쉰 탕은 생각을 정리했다. 일이 이렇게 된 이상 피해를 최소화해야 했다. 본국 정부는 망신을 당하더라도 자신만은 살아야 한다.

"이봐, 펑, 조금 전에 한 얘기는 우리 둘만 아는 걸로 하세. 알려지면 자네와 나는 끝이야. 무슨 말인지 알겠지?"

"예, 알겠습니다."

넥타이를 조금 풀어헤친 탕이 차창을 조금 열고 말했다.

"모든 일정을 취소하고 외곽으로 드라이브나 가지. 맑은 공기를 마시고 싶군."

네멩게 내전이 끝나고 한 달이 막 지났을 무렵, 세인트 조지 병원에는 중상으로 입원한 20여 명의 트래비스사 직원만이 남아있었다. 남부전투에서 큰 피해를 입은 맥그루더와 만프레드의 병력들은 생존자가 거의 없었다. 적의 맹렬한 공격, 특히 화학탄 공격으로 사망자가 대부분이었고, 맥그루더를 비롯한 극소수의 생존자들 역시 급성신부전과 간부전으로 고통 속에서 죽어갔다. 그 결과, 생존자는 만프레드 소령을 포함해서 6명에 불과했다.

에드워드 영이 병원을 찾은 것은 만프레드 소령을 만나기 위해서였다. 남부전투에서 적 헬기의 공격으로 오른팔이 부러지고 다리에 화상을 입은 만프레드는 회사와의 계약을 연장하지 않고 은퇴할 뜻을 전했다. 그런 그가 퇴원하기 전에 에드워드 영을 만나고 싶다고 연락을 해온 것이다.

에드워드 영이 병실을 찾았을 때 텅 빈 4인용 병실의 한 쪽 끝에서 만프레드가 담배를 피우며 편하게 누워 있었다. 오른팔의 깁스는 아직 하고 있었지만 다리의 화상치료는 거의 끝난 듯 했다.

간단한 인사와 이런저런 이야기가 끝나자 만프레드가 본론을 꺼냈다.

"어떻게 하다 보니 자네 이야기를 알게 되었네. 상심이 컸겠군. 앞으로 어떻게 할 생각인가?"

에드워드 영의 표정이 조금 어두워졌다.

"글쎄요, 어떻게 할 지 아직 결정하지 못했습니다."

트래비스, 돌비는 물론 윌리엄 소령도 한동안 상대하기 싫었다. 함께 작전을 하다 죽어간 동료들에게 미안했기 때문이다. 은퇴하려고도 했지만, 그렇다고 달리 할 수 있는 것도 없었다. 예전에는 어디라도 가서 다른 일을 하며 편하게 살 생각도 했지만 이제는 도저히 엄두가 나지 않았다. 새로운 것을 하기가 두려웠기 때문이다.

만프레드가 말했다.

"자네는 조국에 더 이상 충성할 필요가 없네. 이제는 자네 스스로를 위해서 살아가게. 더 이상 아무에게도 미안해하지 말고."

"그래도 될까요? 저 때문에 많은 사람들이 죽어갔는데도요?"

"살기 위해 어쩔 수 없었지 않나. 먼저 간 동료들도 자네 잘못이 아니란 걸 알 거야. 단지 운이 없었던 거지. 자네나 나나 살인을 즐긴 것은 아니지 않나?"

맞는 말이다. 살기 위해 그랬다. 먼저 간 동료들도 모두 죽음을 각오하고 있었다. 그래도 그렇게 쉽게 얼버무릴 수 있을까? 국가 권력에 이용당하고, 돈에 이용당하며 전쟁터를 누빈 것이 그렇게 쉽게 잊힐 문제인가?

만프레드가 가지고 있던 지포 라이터를 내밀었다.

"작별선물이네."

말없이 건네받은 에드워드 영은 라이터에 각인된 독일어 문구를 바라보았다.

…… aber das Leben geht weiter.

"아버 다스 레벤 게트 바이터. 그러나 삶은 계속 된다는 말이 군요."

"나약해지지 말게. 삶은 계속되어야지. 이곳 사람들의 삶도 그리고 자네의 삶도 말이야."

만프레드가 손을 내밀며 작별인사를 했다.

"난 그리스에 정착할 생각이야. 연락할 테니, 시간나면 한 번 놀러오게."

에드워드 영이 그의 손을 잡고 힘 있게 흔들었다.

"고맙습니다. 잘 가십시오, 만프레드 소령님."

뉴욕 맨해튼에 위치한 허드슨 리버 파크의 산책로는 생각보다 조용했다. 바로 옆에서 개를 데리고 산책을 하는 노부부를 제외하고는 벤치에 앉아 스타벅스 커피를 마시고 있는 김중택을 방해하는 사람은 아무도 없었다. 폭풍이 올라온다는 예보가 있어서인지 흐린 날씨에 일광욕을 하는 사람도 없었고, 웃통을 벗고 시원한 강바람을 맞으며 조깅을 하는 사람도 없었다. 평일, 늦은 오후의 도시공원은 그렇게 평온한 모습이었다.

커피를 한 모금 마신 김중택은 옆에 둔 조간신문을 다시 펼쳐서 한 쪽 귀퉁이의 머리기사를 또 읽었다.

음베키 알라몬, 네멩게의 새 대통령으로 선출.

내전이 끝나고 평화를 되찾은 네멩게에서는 이틀 전 새로운 대통령을 뽑는 선거가 실시되었다. 누구나 예상했던 대로 단독 출마한 음베키 알라몬 부통령이 압도적인 지지로 당선되었다. 선거부정 의혹이 곳곳에서 제기되었고 대규모 소요사태가 있었지만 결국 유혈 진압되었다.

한국의 성창그룹은 모든 역량을 동원, 네멩게의 사회간접자본 건설을 시작해 공항을 시작으로 학교·병원·화력발전소·도로·상하수도 시설을 네멩게 정부와 비용을 분담해 향후 10년에 걸쳐 완공하기로 합의했다. 그리고 그 대가로 하루 20만 배럴을 생산하는 유정의 지분 48%와 니켈광산과 구리광산의 지분 52.5% 그리고 희토류, 희소금속의 독점채굴권을 보장받았다. 미국은 전술기지와 정보수집기지를 건설하고 있었다.

김중택이 뉴욕에 온 지 한 달이 지나는 동안, 성창그룹의 네멩게 사업은 위기상황을 잘 넘기며 성공적으로 진행되고 있었다. 이런 이유로 마지막까지 같이하지는 못했지만 나름대로 자부심을 가지고 있었다. 한은지와의 관계 역시 계속 유지되고 있었다. 하지만 모든 일이 다 그렇듯 아쉬운 점과 궁금한 점이 있기는 했다. 아쉬운 점은 자신이 높이 평가했던 탄지 경제장관이 내전기간 중 전사했다는 것이었고, 궁금한 점은 트래비스 경비 서비스사와 에드워드 영의 근황이었다. 특히 한국인 에드워드 영과는 그 흔한 술 한 잔은커녕 변변한 대화조차 없었다. 이제 그가 어떻게 지내는지 전혀 확인할 방법조차 없었다. 로간 박사의 말대로 '암흑의 핵심'(Heart of Darkness)에서 빠져 나오지 못한 것인지, 아니면 이미 죽었는지도 모른다. 내전 직전 네멩게에서 철수를 했지만 성창그룹과의 계약을 철저히 이행한 트래비스사가 지금도 활동하는지 역시 알 수 없었다. 형식적으로 운영하던 회사의 홈페이지도 없어졌고, 예전의 연락처로는 연락이 되지 않았다.

그때 낯익은 사람이 웃으며 걸어왔다.

"김 이사님, 다시 뵙는군요. 잘 계셨습니까?"

김종근이었다. 일주일 전 뉴욕에 출장 온다고 연락한 그는, 간단한 산책 후에 교포가 운영하는 식당에서 돌솥비빔밥을 먹자고 했다.

"바쁘실 텐데 찾아주시고…… 고맙습니다."

얼굴에 웃음이 가득한 김종근이 김중택의 손을 맞잡고 가볍게 흔들며 답했다.

"원, 별 말씀을. 그나저나 네멩게 사업이 잘 되는 것 같아서 정말 좋습니다. 이 모두가 김 이사님의 업적입니다."

"과찬이십니다. 제가 한 게 뭐 있습니까?"

"뉴욕 지사장으로 오시자마자 남미지역 자원개발을 추진하신다고 하시던데 잘 됩니까?"

일주일 전에 스페인어에 능통한 현지인력 채용을 허가받았다. 이 인원들과 남미에 거주하는 한인네트워크를 활용해 남미의 자원개발을 본격적으로 추진할 계획이었다. 당장의 목표는 볼리비아의 구리광산이었다. 정보기관원답게 김종근은 이미 모든 사실을 알고 있었다.

"추진한지 얼마 안 되는데, 벌써 알고 계셨군요."

김중택이 놀라워하며 말하자, 김종근이 환하게 웃었다.

"산책하면서 그 얘기나 해주십시오. 혹시 압니까? 제가 도와드릴 일이라도 있을지. 물론 식사는 제가 대접하지요."

김중택이 흔쾌히 답했다.

"별 일 아니니 다 말씀 드리지요. 자, 가십시다."

신문을 쓰레기통에 집어넣은 김중택은 김종근과 함께 산책을 시작했다. 시원한 강바람이 두 사람을 스치고 지나갔다.

김종근의 말대로 아직은 누구도 손해를 보는 게 아니었다. 하지만 이런 상황이 언제까지 계속될지 아무도 확신할 수 없었다. 벌써부터 이익분배를 둘러싸고 분열조짐이 있으며, 네멩게 사람들 사이에 미국인과 한국인에 대한 반감이 생기고 있다고 했다.

지난 8년간 이용당했으면서도 인식조차 못한 자신처럼 이곳 아프리카 사람들도 그럴 것이다. 거대한 국제정치의 체스판 위에서 영문도 모른 채 이리저리로 휩쓸려 다니며 희생당할 것이다. 그리고 희생자의 주위에는 자신과 같은 용병이 있을 것이다. 아무리 감성적 이상주의자라고 해도 용병은 용병이고 피와 죽음을 부르는 존재에 불과하다.

현실은 그렇게 단순하다. 'No Guts No Glory - 배짱 없이는 영광도 없다.' 그리고 'Who Pays Wins - 돈을 지불하는 자가 승리한다.' 그것이 그동안 보아 온 현실이었다. 그 현실이 최선이건 아니건, 현실을 맞닥뜨린 인간은 어떻게든 살아가야만 한다. 만프레드 소령의 지포 라이터 글귀처럼 어떻게든 삶은 계속되어야 한다.

외부요인에 의해 결정되어버린 개인의 삶을 완전히 바꿀 수는 없다. 계속 살아가면서 변화를 모색할 뿐이다. 트래비스 경비 서비스사의 중역이 된 지금, 에드워드 영은 예전과는 다른 모습으로 살아가고 싶었다. 또 조금씩 과거의 더러운 용병 이미지를 탈피하고 싶었다. 한국을 위한 것이든 아니든 상관하지 않고 오로지 자신의 신념을 관철시키기 위해 그렇게 하고 싶었다. 피와 죽음을 부르는 용병일수밖에 없다면 조금이라도 가치 있는 일을 하고 싶었다. 그것이 탄지와 죽은 동료들에 대한 마지막 속죄라는 생각이 들었다.

"에드워드, 보트가 준비되었소. 곧 출발해야 합니다."

윌리엄 소령이었다. 에드워드 영은 피우던 담배를 갑판에 비벼 끄고 일어났다. 이제 다시 본연의 업무를 시작해야 한다.

윌리엄이 확인하듯 물었다.

"작전 내용은 숙지했죠?"

에드워드 영이 말했다.

"두말하면 잔소리죠."

2대의 조디악 보트에 나눠 탄 에드워드 영과 인디고, 오렌지, 옐로우는 소말리아 해적에게 납치된 성창그룹 계열사 오성수산 오성7호 선원 9명을 구출하는 작전에 참여하고 있었다. 인질을 구출하고, 배를 폭파한 후 보트를 타고 모선으로 다시 돌아오는 작전이었다. 그리고 공해상으로 나가 한국 해군 강감찬함에 선원들을 인계하면 된다.

　에드워드 영이 보트에 올랐을 때는 모든 준비가 끝난 뒤였다. 부상에서 회복한 옐로우가 보트 2대의 시동을 걸자 엔진의 소음이, 잔잔한 소말리아의 밤바다에 낮게 울려 퍼졌다.

　"자, 출발하자고."

　에드워드 영의 말에 2대의 조디악 보트가 모선에서 멀어졌다. 그들은 또 그렇게 검은 대륙 속으로 빨려들 듯 들어가고 있었다.

끝

사막의 눈물 2

어느 한국인 용병 이야기

1판 1쇄 인쇄 2010년 6월 15일
1판 1쇄 발행 2010년 6월 22일

지은이   윤충훈
발행인   임채성
디자인   푸른다솜향
펴낸곳   판테온하우스
주소   서울 마포구 동교동 165-8 LG팰리스빌딩 810호
전화   02)332-6304 팩스 02)332-6306
이메일   pantheon11@naver.com
카페   http://cafe.naver.com/pantheonhouse
등록   2010년 4월 22일(신고번호 제313-2010-119호)

ISBN 978-89-964393-1-8 04810   978-89-964393-2-5 04810(세트)